재벌가 망나니 입니다만?

재벌집 막나니 읽어다닌? 3

초판 1쇄 인쇄일 2020년 1월 15일 | **초판 1쇄 발행일** 2020년 1월 21일

지은이 초촌 | **펴낸이** 곽동현 | **담당편집 팀장** 이범수
편집부 정요한 홍현주

펴낸곳 (주)조은세상 | 출판등록 제2002-23호
주소 경기도 연천군 미산면 청정로1355
TEL 02)587-2966 | FAX 02)587-2922
E-mail bukdu@comics21c.co.kr

초촌ⓒ2019
ISBN 979-11-6432-638-9 | ISBN 979-11-6432-635-8(set)
값 8,000원

재벌가
망나니
입니다만?

초춘 현대판타지 장편소설

MODERN FANTASY STORY

3

북두
(주)좋은세상

초촌 현대판타지 장편소설

MODERN FANTASY STORY

CONTENTS

초촌 현대판타지 장편소설

MODERN FANTASY STORY

CONTENTS

Chapter 1. 해외여행 좀 보내 주세효

"이 정도까지 될 줄은 몰랐는데……."

잘 본 줄은 알았다.

생각보다 술술 풀렸고 풀 것도 없이 본능적으로 아는 문제
도 있고 제법 성적이 잘 나올 줄은 알고 있었는데.

"내가 전국 수석이라고?"

열흘 후 날아온 성적표엔 90만이 넘는 응시생 숫자 앞에 '1'
이라는 숫자가 버젓이 쓰여 있었다.

326점. 1 / 943821.

내가 전국에서 탑을 찍었다는 거다.

난리가 났다.

아버지가 덩실덩실 춤을 추고 어머니는 멀찌감치에서 웃고 오민선 지지배는 괜히 째려본다.

대통령에게 불려 갔고 삼촌에게 불려 갔고 모든 언론이 일제히 SD 텔레콤의 대표가 전국 수석이 되었노라고 찬양했다.

그중에도 몇몇 언론은 더욱 극성이었는데, 원래부터 천재였다고 막중한 임무 수행 중에도 전국 수석을 이룰 만큼 규격 외라고 20살의 나이에도 그룹 회장들의 전폭적인 지지와 대통령의 인가까지 받은 이 시대 최고의 천재로 물고 빨았다.

얼떨떨했다.

고르고 고른 언론사와 인터뷰를 할 때도 '교과서 위주로 공부해서 그렇다'고 전국 수험생을 상대로 빌런 짓이나 해 대고.

한 가지 웃긴 건 전국 차석이 325점이란다.

쓸데없이 회귀한 내가 녀석의 영예를 막은 거다. 쿠쿠쿡.

"이거 미안하네."

덕분에 입시는 수월하게 치렀다.

외숙모 보라고 나재호처럼 동양사학과나 지원할까 했으나 기업인은 모름지기 경영학이 아니겠나.

이것도 무난히 합격하였다.

물론 수석은 아니었다.

내신이랑 이것저것이 어느 정도 되었어야 가능했을 텐데, 워낙 개판이라 전국 수석도 여기에 대해서는 힘을 쓰지 못했다.

중간쯤 자리 잡았는데 이것도 사실 학교 차원의 배려가 아닌가 싶을 만큼 내 고교 시절은 상상 이상이었다.

"한국대 입학을 축하드립니다."

"감사해요, 최 소장님."

"신입생 OT는 언제 한다고 하죠?"

"잘 모르겠어요. 별로 관심이 없어서."

"참가하지 않으시려고요?"

"그렇죠. 사실상 시험 본 목적은 다 이뤘으니까요."

"그렇군요. 대표님께 학력은 큰 의미가 없겠군요."

"이해해 주시니 감사해요."

"아닙니다. 대표님이라면 좀 더 큰 걸 바라시지 않을까 상상해 봤습니다."

"너무 띄워 주지 마세요. 안 그래도 얼굴이 열 개라도 부족할 만큼 부끄러우니까요."

"하하하하하, 대한민국의 차세대를 이끄실 분께서 너무 겸손하십니다. 요즘은 좀 더 나서서도 될 것 같습니다."

"그런 말씀도 하지 마세요. 우리끼리 얘기지만 진짜 닭살 돋습니다."

이전까지 특별한 일이 없는 한 만남도 삼간 양반을, 1989년 새해가 시작되고 한창 바쁠 최순명을 굳이 대표실까지 불러 쓸데없는 얘기나 하는 이유는 다른 게 아니었다.

내일 청와대에서 간담회가 열린다. 기업인들 초청해서 미주알고주알 날리는 건데, 어쨌든 관련하여 나도 현황 정도는 알고 들어가야 했기에 그의 도움이 필요했다.

"모처럼 만난 김에 남한산성에 닭도리탕 잘하는 집이 있다 던데 연구원들 죄다 데리고 일단 그리로 갈까요? 달성도만 대략적으로 얘기하고?"

"남한산성이요? 오호호호, 그래 주시면 사기 진작에 크게 도움될 겁니다. 워낙에 콕 박혀 연구만 하는 친구들이라 한 번씩 코에 바람을 쐬어 줘야 좋아하거든요. 부탁드리고 싶을 정도입니다."

"밖엘 잘 안 다니십니까?"

"아무래도 공무원만 상대하다 보니."

최순명까지 좋아 입이 찢어지는 모습을 보이니 전엔 대체 어떻게 살았나 싶었다.

설마 감금당한 건 아닐 테고.

다 잘 먹고 행복하게 살자고 하는 짓인데 이런 식으로 흘 러가는 건 내 경영철학과 맞지 않았다.

"그럼 말 나온 김에 버스 한 대 대절할 테니 30분 정도로 끝내죠. 어때요?"

"시간이 너무 적지 않겠습니까?"

"개발에 착수했다고는 하나 1년이 지난 것도 아니고 이제 시작이잖아요. 기간망, 중계기 건설도 겨우 입지나 다지고 있 는데 청와대가 아니라 청와대 할아버지가 와도 방법이 없으 니까 괜찮습니다. 사실 최 소장님을 부른 것도 같이 밥 먹고 싶어서고요. 겸사겸사해 특이사항이 있나 들으려고인데요."

"아유~ 이렇게까지 신경 써 주시니 어떻게 말씀드려야 할지 모르겠습니다. 감사드립니다."

"뭘요? 애로사항은 따로 없나요?"

"사실 말이 나와서 그런데 좀 있긴 합니다."

"뭔가요?"

"갑자기 수십만 단위로 수용량을 증폭시키려 하니 한두 가지 문제가 아니더라고요. 물론 그것만 성공하면 서울도 단 20대로 커버가 되긴 한데."

입맛을 다시길래 얼른 물어봤다.

"무슨 문제가 있나요?"

"상위 구조 설계가 난항입니다. 기존 유선전화만 상대했을 때와는 달리 이번엔 무선통신도 염두에 둬야 하니까요. 물론 지금이라도 시험 생산은 가능하나 아직까지 수용량이 원하는 목표치에 달하지 못했습니다. 현재 기술력으로는 한계점에 도달한 거죠."

"네?! 시험 생산이 가능하다고요? 뭐가요?"

난 이게 무슨 소린가 했다.

대한민국 이동통신은 90년대 중반에야 상용화에 성공한다. 그 모든 게 다 삐삐로 이룬 기반에 CDMA기술과 전전자교환기의 기술력이 합작하여 이룩한 성과였다.

거기까지는 아는데, 난 그 두 가지 기술이 모두 90년대 초에야 완성되는 거로 알고 있었다.

그래서 2년의 시한을 잡고 돈을 퍼부어 연구하면 샘플 정
도는 나오겠다 자신한 건데, 지금 얘기는 뭔가 야리꼬리한
게 나의 더듬이를 사정없이 건드렸다.

근데 웃긴 건 최순명도 나와 비슷한 모양이었다.

"어어…… 지금 대표님과 저 사이에 뭔가 어긋남이 느껴지
는데…… 이게 저만의 느낌인가요?"

"아니에요. 최 소장님만의 느낌이 아니에요. 저도 그래요.
서로 핀트가 나간 것 같죠? 여쭤볼게요. 지금 시험 생산 가능
하다는 그거 중소도시급 TDX-1B 얘기는 아니신 거죠?"

"당연히 아닙니다. 그건 1만 회선 아래를 지원하는 거라 서
울에 넣었다간 감당도 안 되고 건설 효율도 나지 않습니다."

전전자교환기 TDX는 기본적으로 덩치가 크다.

마치 진공관 컴퓨터를 연상시킬 만큼 큰데 연구소 벽면 하
나를 가득 채운 걸 보고서야 나도 조기 개발은 일찌감치 단
념해야겠다 마음먹은 게 바로 지난달이었다.

나는 나도 모르게 최순명의 손을 덥석 잡았다.

"지금 제 생각이 맞다면…… 대체 얼마까지 진행된 거죠?"

"재작년부터 연구해 10만 회선까진 얼추 나오게 만들었습
니다. 여기에 세계적 대세인 지능망 ISDN 기능을 부가하기
위한 연구 중에 갑자기 SD 텔레콤으로 옮기게 된 거고요."

"……그럼 지금은요?"

"TDX-10이라면 지금이라도 시험 모델 제작이 가능합니다. 기능시험도 당장 거칠 수 있습니다. 그 녀석은 거의 완성 단계니까요."

"그럼 문제라는 건요?"

"TDX-100의 개발에 난항이 생겼다는 겁니다. 현재의 기술력으로는 너무 고난도 작업이라 시간이 좀 걸릴 것 같아서…… 수천만이 동시에 사용할 녀석인데, 안정적인 트래픽 처리는 그야말로 녀석의 존재 이유지 않겠습니까?"

"……."

얼이 나갈 것 같았다.

내가 지금까지 무슨 짓을 한 건지.

현재 난 SD 텔레콤의 대표로서 명백히 한국전자통신연구소의 역량을 오판했고, 그럼에도 불구하고 부임한 지 몇 달이나 지나서야 이 사실을 알게 된 거다.

치명적인 실수였다. 관리 소홀을 물어 당장에 퇴임시켜도할 말이 없을 만큼 너무나 큰 실수를 저질렀다.

왜 그랬을까? 아니, 어서 물어야 했다.

깡그리 무시했던 당초 계획부터 차례대로 알아야 했다.

"그럼 TDX-10의 상용화 계획은 어떻게 진행되고 있던 건가요?"

"89년 올해까지 테스트를 마치고 90년대 초까지 전국 대도시망에 투입한다는 계획이었습니다."

"예산은요?"

"저번에 말씀드린 500억이 여기에 포함됩니다."

저번에 돈 얘기만 하고 보고서는 쳐다도 안 본 게 이런 꼴을 만들었다.

사과해야 했다.

"미안합니다. 제가 다른 곳에 정신이 팔려서."

"아닙니다. 제가 듣기로 처음 대표님은 SD 텔레콤 대표 자리를 생각지도 않았다 했습니다. 갑작스런 결정으로 본래 계획에 차질을 빚으신 점도 있고요. 또 어차피 TDX-100은 개발해야 할 목표였습니다. 특별히 유난 떨어야 할 점은 없었습니다."

"그래도 대표로서 SD 텔레콤의 역량조차 제대로 알지 못했으니 실격입니다. 이걸 대체 어떻게 보상해 드려야 좋을까요?"

"괜찮습니다."

"아닙니다. 해 드려야지요. 제가 해 드릴 수 있는 건 모두 해 드리겠습니다."

"그렇게까지는……."

"제 마음이 편해지기 위해서입니다. 부탁드립니다."

진심을 다해 쳐다봤다.

내 실수였다.

이 일이 밖으로 알려지진 않겠지만 내가 알고 하늘도 알고 최순명도 안다.

무엇이든 제대로 마무리 지으려면 그에 관한 반대급부가 필요한 법.

할 수 있는 모든 방법을 동원해 내 실수를 만회할 것이다.

"말씀해 주세요. 대표로서 할 수 있는 모든 방법을 강구하겠습니다."

"허어……."

"기탄없이 편하게 절 위해서 말씀해 주십시오."

"그렇게까지 말씀하신다면 하나 소망하던 일이 있긴 있습니다."

"뭔가요?"

"해외여행 좀 보내 주십시오."

기업이라는 건 상하관계가 명확한 조직이었다.

사원은 사원대로 간부는 간부대로 대표는 대표대로 각자 할 일이 따로 있고 그것이 유기적으로 돌아갔을 때 이상적인 조직이 된다.

최순명은 간부로서 수년째 혹사 중인 연구원들을 다독일 필요가 있었다. 나는 나대로 이 일을 내 마음대로 이슈화시킬 필요가 있었다.

그런 전차로 청와대에서 주최한 경제인들 간담회 전, 난 우거서라도 대통령과 독대할 시간을 가져야 했다.

"일 있나? 일찍 찾아오고."

"바쁘신데 시간 내 주셔서 감사합니다."

"그런 인사는 집어치아라. 무슨 일이고?"

"직원들 데리고 해외여행 좀 다녀오려고요."

"갔다 온나."

"네."

끝.

11시 30분쯤 되자 오찬장엔 이 대한민국에서 내로라하는 기업들이 하나둘 도착했다.

미리 온 난 한쪽 구석에 짱박혀 있었는데 일빠로 온 최 회장이 날 알아보고 아는 체를 해 왔다.

"자네가 1등이로군. 내가 항상 1등이었는데 말이야. 전국 수석 축하하네. 한국대도 입학했다지?"

"감사합니다. 덕분에 운 좋게 들어갔습니다."

"운은 무슨…… 자네가 말한 건 다 이뤄졌는데. 자, 이제 증명했으니 앞으로 어떻게 할 생각인가?"

"아직 별다른 계획은 없습니다. 통신망 개발이 완료돼야 주변을 돌아볼 수 있을 것 같고요. 다른 일을 한다는 건 아직 시기상조죠."

"그렇겠군. 개발한다던 전전자교환기는 진척이 좀 있나?"

"그것 때문에 연구원들 데리고 여기저기 다녀 보려고요.

오늘 대통령님께도 재가받았습니다."

"으응? 그게 무슨 얘긴가?"

"해외여행 좀 다녀오려고요. 견문도 넓힐 겸 환기도 시킬 겸."

"해외여행? 지금 연구에 박차를 가해도 모자랄 시간에 해외로 여행을 간다고?"

"네."

"허어……."

한숨 내쉬는 모양이 꼰대 짓 하고 싶어 몸이 단 것 같았다.

하지만 곧바로 삼촌이 도착하자 그는 삼촌으로 타깃을 변경했다.

"나 회장."

"네, 오셨습니까?"

"그렇소. 근데 우리 오 대표께서 지금 연구원들을 데리고 해외여행을 간다고 하네요."

다짜고짜 던져 버린다.

씨발이. 사람이 숨 쉴 시간도 주지 않고.

"네?"

"지금은 한시가 급할 때 아니오? 전전자교환기가 없으면 통신사업에 막대한 지장을 준다는 건 나 회장도 알고 있지 않소."

"그렇긴 한데요……."

삼촌도 날 쳐다본다.

나도 물끄러미 같이 봐 줬다.

피식 웃는다.

"뭐 알아서 하겠죠. 대표는 제가 아니니까요."

"나 회장까지 이러기요?"

"……."

최 회장은 물러설 기세가 아니었다.

가만히 놔두면 괜히 실랑이가 길어질 것 같아 나도 끼어들었다.

게다가 해외여행도 일단은 예산을 움직이는 행사였다.

내가 대표라고 해도 이들은 대주주.

존중해 줘야 한다.

"참고로 대통령 재가까지 받았습니다. 명분도 있고요."

"그분이 재가해 주셨다고?"

"네."

"그럼 더더욱 알아서 해야겠구먼."

"네."

"그래, 규모는 어느 정도로 잡고 있지?"

"먼저 일본에 갔다가 미국으로 한 보름 정도 갈 생각입니다. 연구원 전체를 데리고. 가족들까지 포함해서요."

"그 인원을 다?"

"네."

"대규모로 진행되겠구만."

"예산 좀 쓰겠습니다."

"알아서 하시오."

"나 회장!"

Chapter 2. 무라타 리조트

최 회장이 이곳이 어딘지 망각한 채 소리치나 삼촌은 아예 그의 등을 토닥이며 다른 곳으로 이끌었다.

"놔두시죠. 기한은 2년입니다. 그때까지 개발만 해 준다면 뭔 짓을 하든 놔두기로 한 거 아닙니까. 오 대표가 직원들 앞에서 가오 좀 잡겠다는데 우리가 말리면 모양새가 나쁘지요."

"그래도 이건 좀 아닌 것 같소."

"관대하게 보시지요. 자기가 전용하는 것도 아니고 직원들을 위해 쓰겠다는데요. 그들이 힘내야 더 발전하는 거 아니겠습니까?"

"허어…… 자꾸 이러시면 나도 곤란하오. 내 비록 파워게

임에서 밀렸다지만, 지분을 30%나 가진 대주주임을 잊지 않으셨으면 좋겠소."

"오해하지 마십시오. 이전에도 대양은 오 대표에게 전권을 줬고 지금도 마찬가지일 뿐입니다. 그러니 모든 건 결과로써 말해야겠지요. 그거 하라고 앉혀 준 거 아니겠습니까?"

"나는 잘 모르겠소. 이 건에 대해선 아무래도 나 회장과 평행선일 것 같소."

"그러시다면 어쩔 수 없겠죠. 자, 비서실장님이 나오시는 걸 보니 시작할 것 같습니다. 자리에 앉으시지요. 저기 현수 회장님도 오셨네요."

오늘 마련된 이 자리는 사실 다른 의미가 아니었다. 작년 5공 특위 때 고생한 회장급들을 위무하기 위해서다.

적당히 이권도 나눠 주고 양보받을 것도 양보받기 위함이었는데 대통령도 이들에게 유감이 남지 않길 바라는지 시종일관 따뜻하게 대했다.

분위기는 나쁘지 않았다.

서로 좋은 게 좋다고, 회장들도 대통령 심기를 굳이 건드리지 않았고.

그러나 그것도 오래가진 않았다.

사람 좋은 미소를 날리던 대통령이 중점 이슈를 꺼내며 나빌레라 하는 순간 또 분위기는 사정없이 싸늘해졌다.

수도권 위성도시 개발 건과 공기업 민영화.

눈앞에서 조 단위의 사업권이 휘둘린다.

큰돈을 움직이는 건 역시 건설이 최고. 게다가 알토란 같은 공기업들이 시장에 흘러나왔다.

그제야 비로소 회장들도 긴장하며 촉각을 곤두세웠다. 작년 온갖 망신을 온몸으로 버텨 낸 보상이 비로소 눈앞에 왔고 현 정부에 대해선 일언반구도 하지 않았던 보람이 마침내 사정거리로 다가왔다.

하지만 대통령은 노련했다.

한창 열이 오를 때 저 끄트머리 하석에 앉아 있던 나를 불러 인사시켰다.

"이번에 SD 텔레콤에 대표이사직을 맡은 오 대표요. 보다시피 아직 젊으나 실력만큼은 최고이니 다들 잘 지내셨으면 좋겠습니다. 인사하세요. 오 대표."

"만나 뵙게 되어 영광입니다. 이번에 SD 텔레콤의 대표이사를 맡게 된 오대길입니다. 대한민국 경제의 역사이신 분들과 함께 자리하게 되어 참으로 기쁘게 생각합니다. 모쪼록 예쁘게 봐주시길 바라겠고 거침없는 지도편달 부탁드리겠습니다. 감사합니다."

맥이 끊겨서 그런 건지, 인사하는 와중에도 탐탁지 않게 생각하는 이들이 보였다.

아니, 거의 대부분이 그러긴 한데…….

나도 안다. 대통령이 직접 소개했다 한들 나는 여전히 그들에게 의문이었고 저들로선 공개적인 것 외 다른 의미를 생각할 수밖에 없는 요소였으니. 비리나 다른 커넥션 같은 것 말이다.

하지만 할 수 없었다. 이 자리에서 벌거벗는다고 인정해 줄 늙은이들이 아니었다.

결국 시간이 약이었다.

"엿이나 드세요. 씨벌놈들."

간담회가 끝나자마자 뒤도 돌아볼 것 없이 SD 텔레콤으로 달려온 나는 총무부터 불러 해외여행 계획을 마련하라고 지시했다.

느닷없는 해외여행에 깜짝 놀라고 또 그것이 가족까지 포함된 전 직원을 대상으로 하는 계획이라니 혼이 나간 듯 입을 떡 벌어진다.

반응이 마음에 들었다.

이 정도 반응은 나와 줘야 돈 쓰는 맛이 생기지 않겠나.

내 계획은 간단했다.

1차로 연구원들만 죄다 모아 일본과 미국을 거쳐 올 테고, 2차는 직원들끼리 순차적으로 가는 거다. 여행국은 동남아로 한정하고.

차별은 어쩔 수 없고.

싫으면 나가면 되고.

나도 이번 여행엔 기대가 컸다.

TDX-10도 개발된 마당에 생각하면 생각할수록 애니카랑 마리아의 존재를 감출 이유가 있나 싶었다.

일본에서 온천하며 푹 놀다가 미국 실리콘밸리로 가서 물꼬를 터 주면 또 어떤 일이 발생할까?

이게 시너지가 된다면, 그게 확정된다면 어쩌면 올해 안에 결실을 볼 수 있지 않을까?

설레었다. 설렌 만큼 쇼를 크게 벌였다.

전 직원을 강당에 모아 놓고 발표했다.

너희들 전부 해외여행에 데리고 가겠노라고.

우와아아아아아아아아~~~~.

당연히 열광했다.

몇 년 만에 남편, 아버지, 효자 노릇 해 본다고 기뻐했고 내 앞에서 절까지 하는 이들도 생겼다. 그들 앞에서 난 또 올해 임금을 무조건 10% 상승시킬 테고 한 해 동안 기여도를 종합적으로 판단해 1등 1억, 2등 5천, 3등 3천, 기타 열 명까지 천만 원씩 포상금을 주겠다고 선포했다.

난리가 났다.

1억이면 강남 아파트가 두 채다. 다른 지역이면 몇 채도 살 수 있는 금액.

서로 손 붙잡고 전율에 떨었다.

저 뒤에서 최순명이 엄지를 치켜든다.

됐나? 됐다.

사기 진작? 까불지 마라. 이런 게 바로 선동이다.

출발은 보름 후였다.

너무 바리바리 싸 온 바람에 김포공항에서 몇몇 걸린 것 외
모든 게 순조로웠다.

나리타에 내리자 대기하던 버스가 줄지어 우릴 태웠고 전
세 낸 온천 료칸에 내려 줬다.

아아아아아아.

크어어어어어.

여기저기에서 탄성이 터져 나온다.

바로 여기에서 온천에 몸 담그며 사흘간 관광만 할 거다.

이게 계획이다.

그러나 나만 그렇게 즐기지 못하고 저녁을 넘어 밤의 시간
이 다가올 즈음 김하서를 대동하고 도쿄 한복판으로 향했다.
무라타 유스케를 만나러.

"일삼촌, 잘 지내셨어요?"

"조카, 잘 왔소?"

"그럼요. 숙모님은요?"

"히로나는 곧 올 거요. 자자, 앉읍시다."

무라타 유스케.

현 무라타 리조트 사장의 아들이자 사장 대행이며 내가 일
삼촌이라 부르는 친척뻘 남자였다.

이 사람과의 인연을 풀이하려면 할아버지 대로 거슬러 올라가야 하는데, 현 무라타 리조트의 사장인 무라타 조지는 이 남자 무라타 유스케의 아버지였고 무라타 요코란 여자의 오빠였다. 그리고 무라타 요코는 할아버지의 여자였다.

그러니까 무라타 요코와 할아버지.

우리 할머니 박순희 여사와 할아버지.

무라타 요코는 할아버지의 두 번째 여자로 슬하에 1남 1녀까지 두었다.

자세한 건 집안 비사라 삼가겠으나 일제 강점기 시절 이 여인의 도움이 없었다면 대양은 없었다고 보는 게 일가의 정설이다.

어쨌든 지금 내 앞에서 욕망에 눈이 벌건 자는 회장인 삼촌과 외사촌지간이라고 보면 좋겠다.

한국에선 족벌로 인정받지 못하지만, 저번에 내가 일본으로 오면서 관계를 이렇게 풀었다. 제발 좀 딴생각하지 말라는 요청과 함께.

"식사는 하셨소. 조카?"

"료칸에서 주는 거로 간단히 때웠습니다."

"부족할 텐데 조금 더 드는 게 어떻겠소?"

"주시면 감사히 먹겠습니다."

자꾸 권하는지라 이미 준비한 거로 판단해 허락했더니 이 사람의 아내인 무라타 히로나가 직접 상을 끌고 왔다.

유카타를 곱게 차린 그녀는 다시 봐도 색을 참 많이 가진 여인이었다.

처음 넓은 챙 모자에 온갖 핑크와 색조 화장으로 날 놀라게 하더니 어떤 때는 단정하면서도 청순한 매력으로 어필하였고 보일 듯 말 듯 은근한 섹시로 안달 나게도 하였다. 특히나 살짝 숙였을 때 보이는 앙가슴은 일품이었다.

"숙모님."

"앉아 계세요. 모처럼 오셨는데 제가 대접할 거예요."

그녀는 삼십 대 중반의 한창인 여인이었다.

반면, 무라타 유스케는 체격도 다부지고 짙은 눈썹에 호남형 스타일에, 젊어서 무슨 운동을· 했는지 손도 단단했고 또 두툼했지만 오십 대 중반이었다.

초반 난 이 둘의 관계를 잘못 이해하고 무라타 히로나란 여인의 성향 또한 은근 정에 약하고 잘 거절하지 못하는 스타일이란 걸 오판하여 개발바리처럼 큰일을 저지를 뻔하였다.

그때 덮쳤다면 어휴~.

민망한 마음에 얼른 시선을 돌려 무라타 유스케를 살폈다.

'어디 보자~ 관상이…… 여전하구나.'

번듯한 이마에서 내려오는 넓은 미간과 옆으로 세를 떠받친 듯 짙은 눈썹, 선이 굵은 콧대와 단단한 콧방울, 입과 턱까지 발달하여 언뜻 출셋길을 타고난 사람처럼 보이나 눈이 너무 아쉽다.

큰 눈망울이 감정을 쉽게 드러내고 쏘아보는 힘이 약해 끈기와 위압감이 부족하다. 그것도 모자라 백치미마저 은은히 흐른다.

수성에는 문제가 되지 않지만 뭔가를 일으키기엔 치명적인 단점이 보이는 상.

여기에서 끝나면 좋겠건만, 광대가 툭 불거지고 번들거리다 못해 번쩍번쩍 빛난다. 감정을 표출하는 데 거리낌도 없다. 욕심이 사납다는 증거다.

능력이 되지 않는데 욕심이 사나운 자. 한마디로 집안을 말아먹을 상이다.

게다가 그는 아내마저 단단하고 딱 부러지는 현모양처가 아닌 빗장이 반쯤 열린 여자였다.

작년이랑 달라진 게 하나도 없었다. 오히려 지갑이 더 열린 것 같은 위태로움이 느껴졌다.

단도직입적으로 나가야 함을 깨닫는다.

삼촌이 일본행에서 부탁한 일.

나의 일본행에서 어느새 가장 중요한 일이 돼 버린 일을 지금 꺼낼 생각이다.

대충 자리가 깔리고 무라타 히로나가 남편의 옆에 요조숙녀처럼 앉은 순간 거두절미하고 본론을 꺼냈다.

"일삼촌, 바로 여쭙겠습니다. 아직 오사카랑은 붙지 않으신 거죠?"

이 말을 꺼내자마자 그의 입꼬리가 비틀린다.

좋지 않았다.

"그 말을 먼저 꺼내 줘서 얘기가 편하겠군. 조카, 난 조카에게 실망했네."

"전 그게 중요합니다. 남자 대 남자의 약속을 지키셨는지."

"난 지켰지. 그리고 배신당했지."

다행이다. 아직 섣부른 짓은 하지 않았다.

작년 난 이 남자의 욕망을 '남자'라는 단어 하나로 말렸다.

"조카 말대로 나의 대망을 2년이나 미뤄 두기로 하였는데, 이게 무슨 뜻이지? 리조트를 팔겠다니."

"말씀 그대로입니다. 대양은 무라타 리조트를 팔 생각입니다."

"설마…… 이것까지 노린 건가?"

"네."

"조카!!"

그의 주먹이 테이블을 내리쳤다.

정갈하게 놓여 있던 음식이 와르르 무너졌다.

무라타 히로나가 놀라 몸을 움츠렸다.

"나에게 접근한 것도, 무라타 리조트를 컨설팅해 준 것도 다 이걸 노리고 한 것인가?!"

"모두 맞습니다."

"이이이, 어찌 나에게 이러는 건가?! 난 조카를 조카로 여기고 믿었는데!!"

"대양의 재산권 행사를 제가 무슨 수로 막겠습니까마는, 조카니까 그렇게 한 거라는 걸 알아주십시오."

"뭐라?!"

"가만히 두었다면 틀림없이 오사카로 자금을 밀어 넣었을 겁니다. 아닙니까?"

"그건……."

"정신 차리십시오. 오사카가 도쿄를 어떻게 보고 있는지 모르십니까? 거기가 어떤 곳인데 기웃거리십니까? 진정 뒤통수 맞아 봐야 수백 년 대치의 의미를 이해하시겠습니까?"

무라타 리조트는 도쿄에서 후지산으로 가는 길목 카나가와 현에서 북쪽으로 약 10km 떨어진 곳에 위치한다.

뒤로 단자와산을 끼고 앞으로 미야가세 호수를 둔 장장 50만 평이라는 부지를 활용해 리조트와 함께 골프장을 운용하는데, 산악 트래킹과 신사참배, 호수 낚시 등 다양한 프로그램까지 갖춘 명실상부 일본 최대최고의 리조트였다.

그렇다면 이게 대양과 무슨 관련이 있는 걸까?

긴말 필요 없고 바로 말한다면.

무라타 리조트는 대양의 재산이었다.

보험, 병원, 언론, 제지, 전자로 사업체를 늘려 가던 대양이 어느 날 갑자기 은행으로 달려가 1970년대 수준으로는 말도 안 되는 금액을 차입, 자기 돈과 함께 다른 곳도 아닌 일본, 이 자리에 리조트를 짓는 희한한 짓을 하게 된다.

이유는 오직 하나였다. 한국 정치가 불안해서.

갈수록 달라는 돈이 많아져서.

이러다 말라 죽을 것 같았던 할아버지가 결단하였다. 이왕 이렇게 된 거 아예 누구도 손 못 댈 곳에 둥지를 터 놓자.

그 대상은 일본이었고 그의 결단은 다시 생각해도 전자산업 진출과 함께 양대 선견지명으로 꼽힌다.

그 후 대양은 비자금 부족에서 자유로워졌다.

돈이 곧 총알인 시대에서 대양은 무라타 리조트를 기반으로 우뚝 섰고, 연달아 3대째 대통령과 친해진 이유를 만들어 냈다. 뿌린 돈의 수백 배에 이르는 이권과 함께.

물론 이건 한국에서의 사업만을 위한 건 아니었다. 지금도 그렇고 일본 무역의 중요성을 감안한다면 일본에도 누구 하나 옆구리에 끼지 않으면 곤란할 게 아주 많았다.

"다시 여쭙겠습니다. 일삼촌이라면…… 여러모로 많은 일을 했고 아직도 할 일이 많은 알토란 같은 리조트를 왜 하필 이 시점에 정리하려 할까요? 거기까진 생각해 보지 않으셨습니까?"

"그게 나 때문이란 건가?"

"설마요. 일삼촌만의 문제라면 일삼촌만 교체하면 그만입니다. 이해 못 하십니까?"

"그럼 뭔가?!"

Chapter 3. 선택하세요

　지금에야 10년째 이어지는 활황에 온갖 사치가 범람한다지만 얼마 안 가 일본 경제는 무너진다. 그것도 와르르 무너지며 편승하여 치솟던 부동산, 서비스업도 거의 종말을 고한다.

　경기 부양책이니 뭐니 하며 100조 엔을 때려 붓는 강수를 둬도 한번 무너진 신뢰는 돌아오지 않는다.

　결국 버티던 대양도 몇 년 안 가 일본 경제 진단을 이렇게 마치게 된다.

　가망 없음. 도장 꽉!

　그때부터 모든 사업을 한국으로 돌리게 되는데 당연히 무라타 리조트도 정리 대상에 포함되었다.

재벌가 막나니 일대기란? 3

거기에서부터가 문제였다.

잠깐 몇 년 사이 무라타 유스케가 시류를 보지 못하고 오사카에 지점을 차리려 무리한 확장을 하다가 아무것도 챙기지 못하고 근 3천억 엔에 가까운 돈을 공중분해시켜 버린 것이다.

이 소식을 들은 삼촌이 눈이 뒤집히는 건 예상한 바고.

물론 큰일은 벌어지지 않았다.

세간에 떠들어 봤자 대양만 손해인지라 당시 울며 겨자 먹기로 묻긴 했는데 이 때문에 우호적이던 무라타 가문과 완전히 틀어지게 된다.

내가 알기로 그날부터 대양에 일본색이 사라진 것 같았다. 무라타 유스케란 이름도 그날 이후 듣지 못했다.

"다 일삼촌을 위한 일이었습니다. 그날 말리지 않았다면 오사카 그 탐욕스러운 뱀 새끼들한테 당하는 줄도 모르고 돈만 쏟아부었을 거 아닙니까?"

"필요한 자금일 뿐이다. 무라타 리조트도 더 이상 도쿄에만 머물러 있어선 안 돼. 세계적 브랜드로 키워야 한다."

"그 말씀엔 동의하지만, 오사카는 아닙니다. 가더라도 5년 이상 시간을 두고 천천히 진행시켜야 할 일입니다."

"조카는 어째서 오사카를 경계하지?"

"제가 다시 여쭙겠습니다. 일삼촌은 어째서 오사카를 믿습니까?"

"……"

일본 경제는 하나가 아니었다.

아주 오래전부터 하나인 듯 두 갈래로 나뉘어 따로 흘러갔다. 그리고 이 사실을 아는 자도 그리 많지 않았다.

한국 정치가 영호남을 가르며 지역갈등을 일으킨 것보다 훨씬 오래전부터 형성되었고, 우리가 하는 상상보다 훨씬 더 뿌리 깊은 반목으로 물들고 또 골이 넓고 두려운 일임을 일본인들도 잘 실감하지 못했다.

도쿄와 오사카.

정치와 경제에 깊이 관여될수록 이 두 도시를 골자로 하는 구도를 무시하곤 아무것도 되지 않았다.

성공하기 위해선 소속을 정확히 하거나 둘 사이서도 살아남을 수 있는 정치 감각이 필요했다.

"도쿄와 오사카는 근본적으로 다릅니다. 여기에서 먹힌다고 거기까지 먹힐 거라고 판단하는 건 큰 오산이에요."

"뭐라?! 한국인인 네가 그걸 어떻게 자신하는 거냐? 난 일본인이다."

"저도 일삼촌이 일본인인 건 압니다. 일본에서 뼈가 굵으신 분이라는 것도 알고요. 그런데도 아직까지 모르신다는 게 납득이 안 됩니다. 이런 분이 어떻게 도쿄와 오사카를 잇는 가교를 꿈꾸십니까? 그렇게 실력자가 되고 싶으신 겁니까? 이렇게까지 꺼내 놨는데도 제가 일삼촌의 야망을 모른다고 하실 겁니까?"

"너…… 너…….."

도쿄에선 유머가 되는 것이 오사카에서는 모욕으로 간주된다.

이 엄청난 사실을 그는 왜 모를까.

지역도 다르고 사람들의 기질도 다르다. 사용하는 언어도 조금씩 차이 나고 선호하는 브랜드, 라멘 국물 내는 법, 심지어 라디오 주파수까지 다르다.

도쿄는 오사카를 시골 촌구석의 자존심만 센 놈들이라 욕하고 오사카는 도쿄를 실속 없는 허풍선들이라 무시한다.

관광, 식량 생산, 제조, 첨단기술 어떤 분야로 들어가도 이 두 도시는 그것의 정점에서 팽팽히 대립하고 보이지 않는 자존심 싸움을 해 댄다.

유신 시대를 거쳐 올라.

오사카 상인, 도쿄 상인이 활개 치던 시대를 지나 도요토미 히데요시의 오사카, 도쿠가와 이에야스의 도쿄. 이름만으로도 역사를 뒤흔들었던 효웅들의 시대에도 두 도시는 서로 앞서거니 뒤서거니 하며 피 튀기게 싸웠다.

이 역사를 무라타 유스케가 품겠다고?

지금도 관동과 관서라는 애매모호한 경계로 또 나뉘며 날카롭게 대립각을 세우는 곳을?

"스스로의 역량을 과대평가하지 마십시오. 이 세상에는 날고 기는 자들이 넘칩니다. 그리고 그 뿌리는 너무나 깊고 또 광

활합니다. 잘못 빠졌다간 인생을 송두리째 저당잡힐 겁니다. 정신 차리십시오, 일삼촌."

"이놈~~!!"

"지금은 노하실 수 있으나 적어도 몇 년 안에 제가 당신의 복이었음을 인정하실 겁니다. 다시 요청드립니다. 아무것도 하지 마세요. 리조트를 정리하고 대양이 챙겨 줄 돈도 꽉 쥐시고 나라 정세만 바라보세요. 어떤 놈이 와서 살살 간지럽혀도 흔들리지 마시고 그놈이 바로 일삼촌을 함정에 빠뜨릴 놈이라 생각하세요."

"오대기일~~~."

호황이고 돈이 넘쳐나는 시절이라면 어떻게든 버틸 수 있을지도 모른다.

여유로울 땐 웬만하면 웃어 주니까.

그러나 곧 추운 겨울이 닥친다. 그때가 되면 돈의 씨가 마르고 사람들의 얼굴에서 미소가 사라지며 인색이 미덕이 된다.

무라타 유스케라는 유리그릇은 매서운 칼바람을 이겨 낼 수 없다.

쾅!

주먹이 나도 모르게 탁자를 쳤다.

나도 화가 머리끝까지 솟은 거다.

"나처럼 인생을 후회 속에서 살고 싶어?! 술과 여자 뒤에 숨어 남은 인생을 남 욕만 하다 낭비하고 싶냐고?! 무라타 유스케! 마지막 기회다. 할복한다는 각오로 임하지 않으면 앞으로 다가올 겨울을 넌 결코 이겨 낼 수 없어."

"이노~옴!"

"분수에 넘치는 욕망은 죽음을 부른다. 끈기도 약한 게 귀까지 얇아. 넌 흉살의 중첩이다. 이런 네가 괴물들이 득실대는 오사카의 문을 두드린다고? 잘나갈 땐 호남을 넘어 쾌남에 가까울지 몰라도 궁지에 몰리면 꼬리부터 말고 도망가기 바쁜 강아지 주제에? 넌 무언가를 획책할 만한 그릇이 못 돼. 그러니 가지고 있는 거나 잘 지키란 말이다!!"

공중분해된 3천억 엔도 무라타 유스케가 빼돌린 게 아닐 확률이 높았다. 필시 이놈도 이용만 당하다 눈탱이 맞고 버려진 게 틀림없었다.

"난 분명 너에게 인내심을 요구했다. 그리고 넌 나에게 널 찾아온 것에 걸맞은 무게로 내 말을 가슴에 두겠다 하였다. 겨우 이 정도로 흔들리는 건가?! 이게 무라타 유스케란 남자인가!"

"이놈……."

"상생하자 했다. 너의 미래에 대양가가 함께 있길 바란다 했다. 내 성이 오 씨라도 널 삼촌이라 받아들인다 했다. 너에게 공손히 예의를 갖췄다. 그 일이 있은 지 고작 1년도 지나지 않았다. 넌 대체 내게서 무엇을 보았더냐?!"

"……."

"……."

"……."

"……."

"……."

"……."

"……."

"……."

"……."

"……."

"……너는 너를 계속 믿어 달라는 거냐?"

말투가 가라앉다 못해 긁힐 지경이었다.

나도 화를 누그러뜨렸다.

"믿어 달라고 하는 게 아닙니다. 선택하시라는 겁니다. 당신의 삶을 앞으로 어떻게 살게 하실지."

"네 보기에 내가 그렇게도 형편없나?"

"수성은 돼도 공성은 안 됩니다."

"……그나마 다행이군. 수성이라도 되는 게."

"여보~."

"히로나, 미안하군. 못난 모습을 보여서."

"아니에요. 히로나는 언제나 당신 옆에 있을 거예요."

공손히 고개 숙이는 무라타 히로나를 잠시 쳐다보던 무라타 유스케가 다시 나를 보았다. 그 눈엔 다시 힘이 들어가 있었다.

"오대길. 무례하구나."

"죄송합니다."

"허나 그 약속이 깨지지 않았음을 나도 이 순간 확인했다. 배신감은 아마도 내 옹졸한 마음에서 시작한 거겠지."

"……."

"나더러 가만히 있으라 했던가?"

"네."

"이젠 근거 정도는 얘기해 줘도 되겠지?"

"꼭 아셔야 합니까?"

"아직도 자격이 되지 않았나?"

"과실의 달콤함은 언제나 추수의 때에나 맛볼 수 있지요."

"때가 되면 알게 된다?"

"아직 30년을 더 사신다고 봤을 때 남은 1년 6개월은 그리 긴 시간이 아닙니다. 숙모님 모시고 해외여행이나 다녀오시는 건 어떠십니까? 키네와 준을 위해서라도 합당한 시간이 될 겁니다."

"그 정도인가?"

"더는 드릴 말씀이 없습니다."

"내 생각해 보지."

무라타 유스케가 어떤 선택을 할지 지금으로선 알 수 없었다.

대양이 움직였으니 쓸데없는 짓은 못할 테고 얼마간 남겨 준 돈으로 계속 다른 곳을 기웃거리다 눈탱이 맞을지. 아님,

내 충고를 받아들여 또 다른 대박을 맞을지 이젠 내 손을 떠났다.

씁쓸하긴 했다.

그들이 나에게 준 친절은 진짜였으니까.

근데 난…… 삼촌이 일본에 가는 김에 잘 설명하라고 했는데 싸우기만 했다.

나에겐 옳으나 이 사람에겐 옳지 않은 게 분명할 텐데…….

'씨벌…….'

그러나 인생의 모든 것은 자신의 선택이라.

내가 관여하는 것도 여기까지였다.

난 바로 내가 있을 곳으로 돌아갔다.

SD 텔레콤이란 가족들이 있는 곳.

거기에서 환영받으며 그들의 가족들과 어울렸다.

오늘의 일을 떨치듯 하루 종일 먹고 마시고 놀고, 다음 날도 먹고 마시고 놀고. 모두의 얼굴이 반질반질해질 때까지 즐긴 후 일정에 따라 미국 LA로 날아갔다.

자도 자도 끝이 없고 뻐근한 몸을 어떻게 풀 수 없는 비좁은 곳에서 장장 12시간이나 되는 시간을 버티느라 모두가 지쳐 갈 때쯤 우리는 LA에 도착했다.

옛날에는 나성이라 부르는 곳.

발을 내디디는 순간부터 왠지 고향으로 편지를 띄우고 싶은 곳에 도착하자마자 난 뜻밖의 환영인사를 받았다.

"오우, 보스. 보스다!"

"꺄악."

"보스~~."

은은하면서도 달콤한 버버리 향기가 물씬 풍기는 여자 셋이 한꺼번에 달려들어 나를 안는데.

와우~.

메마른 가지에 수분이 공급되던가.

축 처지던 몸에 생기가 돌고 강남 가 버린 활력이 다시 돌아온 것처럼 몸이 화악 들떴다. 기분이 너무 좋았다.

"애니카, 마리아, 메리. 여긴 웬일이야?"

"보스, 보스가 온다는데 가만히 있을 수가 있어야죠."

"맞아. 다른 분도 아니고 보스가 온다는데 연구실에서 기다릴 수는 없죠."

"보스, 보고 싶었어요. 왜 이제야 와요~."

재잘재잘재잘재잘.

주인 반기며 난리 치는 비글처럼 나도 호응 안 해 주면 두고두고 섭섭해할 것 같아 하나씩 다시 안아 주었다.

"너무 기뻐. 이렇게 만날 줄 정말 몰랐어. 너희들이 환영해 주니까 몸이 막 날아갈 것 같아."

"호호호호호, 정말이요?"

"거봐. 보스가 좋아할 거라 했잖아. 우리도 기뻐요."

"나도 기뻐요."

그러고 보니 외모가 확 바뀌었다.

펑퍼짐한 청바지에 체크무늬 셔츠, 포니테일 혹은 단발이 패션의 최고봉이었던 이들이 허물을 벗은 나비처럼 완전히 바뀌었다.

빨간 머리 애니카는 여전한 주근깨와 환히 웃는 미소로 사람의 마음을 편하게 해 주긴 했는데 하늘거리는 구름무늬 원피스로 더욱더 사랑스러운 여자가 되었고, 마리아는 실크 재질의 블라우스와 바지를 입어 커리어우먼처럼 보였는데 늘씬한 라인에 특유의 금발을 더욱 풍성하게 살려 뭇 남성의 시선을 끌었다. 두꺼운 돋보기안경까지 벗으니 어디에다 내놔도 미인이라 불릴 만큼 대단했다. 메리는 타고난 귀여움에 자신감까지 더해지자 절로 안아 주고 싶을 정도였다. 원래 아기자기했는데 살을 좀 뺐는지 더욱 윤곽이 살아났고 각선미가 정말 대단하였다.

그렇지 않아도 만렙인 지성미에 세련미까지 더해지자 참을 수 없는 자극이 왔다.

진흙탕 속에서 진주를 발견하면 이런 느낌일까. 넘어졌는데 금맥을 발견하면 이런 느낌일까.

이런 여자들을 몰라봤다니 나도 아직 한참 먼 거였다.

"자자, 먼저 인사 좀 할까?"

일단 백 명에 달하는 일행과 모두 인사시켰다.

뜻밖의 손님에 다들 얼떨떨한 기색을 보였으나 워낙에 시골에서 자라 격의 없는 셋이 친화력을 부리니 금세 모두가 좋아하였다.

사실 당초 이들과의 일정은 따로 있었는데 적당히 LA에서 마치고 샌프란시스코에서 만날 계획이었긴 한데.

아무렴 어떤가. 왔으니 같이 즐기면 된다.

먼저 라스베이거스로 달려 적당한 카지노 호텔에 짐을 풀고 그랜드 캐니언과 할리우드, 유니버설 시티 등을 같이 관광했다.

같이 먹고 같이 놀고 같이 즐기고. 왜 왔는지 따위는 묻지 않았다. 온 거로 충분했고 존재 자체만으로도 난 만족스러웠다.

"역시 보스는 대단해."

"맞아. 이 많은 인원을 여기까지 데려오겠다는 마음을 누가 먹을까."

"애니카, 메리. 나 어쩜 사랑에 빠졌는지도 몰라."

"홍, 너희들 명심해. 누구 때문에 보스를 만나게 됐는지. 난 그걸 운명이라고 생각해."

"알아. 애니카. 헌데 순서가 늦었더라도 사랑할 수는 있는 거잖아. 이런 박력이라면 난 언제든지 보스를 허락할 수 있어."

"맞아. 사람들까지 아우를 수 있는 진짜 천재 곁에 있을 수 있다면 난 그것만도 행복해."

"그렇지."

"그래."

세 여자가 이런 달콤한 세레나데를 노골적으로 던지고 있는 줄도 모르고 난 나대로 우리 최순명한테 닦달당했다.

Chapter 4. 너무 잘돼도 피곤하다

"누구입니까?"

"저들이요?"

"네."

"나중에 얘기하면 안 될까요?"

"지금 알고 싶습니다."

"그냥 우리 일정에 반드시 필요한 사람들이라고 생각해 주시면 안 될까요? 그 이유는 내일이면 알게 될 텐데요."

"내일이요? 샌프란시스코 일정에서요?"

"네, 맞아요. 샌프란시스코 일정이요."

LA에서 며칠간 잘 논 우리는 계획대로 내일 샌프란시스코로 향할 계획이었다.

실제로 그렇게 출발했는데, 거기에서도 버스를 대절해 해안선을 따라 산호세까지 이어지는 실리콘 밸리를 구경하였고 유명하다고 하는 곳은 다 둘러보았다.

이때까지도 전혀 눈치를 못 채고 있던 일행은 DGO 인베스트 산하 DGO 시스템즈 연구실에 들어오고 나서야 세 여인을 발견하고 경악했다. 물론 가족들은 다른 버스로 관광지를 계속 돌았다.

"어서 오세요. 반가워요. 여긴 DGO 시스템즈입니다. 호호호호~."

같이 놀던 때와는 달리 완전한 연구원 복장으로 깨발랄스럽게 우릴 맞은 세 여인은 멀뚱거리는 우리 연구원들을 자신감이 넘치는 손짓으로 다뤘다.

"오호호호, 이리 오세요. 자자, 겁내지 마시고 얼른 자리에 드세요."

"여기, 여깁니다. 이리로 오시면 저희가 누군지 알게 되실 겁니다."

"호호호호, 호호호호호~."

언제 빌렸는지 작은 소강당에 죄다 몰아넣고는 또 일언반구도 없이 이동통신 시스템에 대한 브리핑을 시작했는데, 시간이 갈수록 연구원은 물론 나도 놀라 입을 떡 벌렸다.

"……결국 통신이란 방식에서 암호화란 최후의 방패라고

보시면 되겠죠. 이제 다음으로 넘어가서 그렇다 보니 이에 대한 송출 방식도 굉장히 중요하게 됐는데요. 원래 우리 연구는 여기에서 난항을 겪어 좌초될 위기에 처해 있었습니다. 암호화를 한다고 해도 추적 가능한 송출이라면 결국 송신자와 수신자가 노출되는 건 시간문제라고 생각했으니까요. 헌데 몇 달 전, 보스께서 명확한 해답을 알려 주셨죠. 호호호호~. 보스께서 제안한 스펙트럼 방식은 가히 획기적이었으니까요. 세상에 도입하자 말도 안 되는 효율을 일으키며 암호화 시스템과 시너지를 일으켰습니다. 수용량, 보안성, 안정성까지 이전과는 비교도 할 수 없는 통신 체계가 완성된 거죠. 우리는 모두 놀랐습니다. 보스는 정말 시대를 앞서는 천재실지도 모르겠다고요. 호호호호호호, 그렇지 않아도 임상 시험 일정을 정하려던 때였는데 마침 오신다고 하시니 저희로선 마다할 수 없이 기뻤습니다. 물론 여러분들도 반갑고요~~."

이게 지금 무슨 소리를 하는 건지.

임상 시험 일정을 정하려고 했다고?

왜?

그때 최순명이 번쩍 손을 들었다.

애니카가 눈짓으로 허락했다.

"아까 설명에 DGO 시스템즈는 설립된 지 6개월밖에 되지 않았다고 하지 않으셨습니까? 그럼, 지금 단지 6개월 만에 통신망에 관한 기본적 바탕을 마련하셨다는 얘깁니까?"

"아니죠."

"아니라고요?"

"네, 아닙니다. 기본적 바탕이 아니라 당장 사용해도 될 상품 개발에 성공한 겁니다. 아, 그리고 정정해 드릴게요. 이 기술은 6개월이 문제가 아니라 순전히 보스와의 만남으로 인해 성공한 겁니다. 보스가 아니었다면 아직도 어딘가에서 헤매고 있었을 거겠죠. 참고로 대략적인 시스템 설계에만 저희도 2년이 넘게 걸렸습니다."

"허어……."

연구원들이 나를 쳐다보았다.

그중 최순명의 경악은 더욱 심했다.

가만히 놔뒀다간 달려와서 멱살이라도 잡을 것처럼 부들부들 떨었는데 결국 못 참고 달려와 소리쳤다.

"대표님!"

"아, 예."

"지금 이게 뭡니까?"

"네……?"

"대표님, 대표님은 얼마 전까지 대학 입시까지 치른 분이 잖습니까? 거기에서 전국 수석도 하셨고요. 이런 걸 할 시간이 어디에 있다는 겁니까?!"

"그야……."

"하아~ 정말 죄송합니다. 세상에나, 제가 또 대표님의 역량을 제 수준에서 가늠한 것이로군요. 자리에 앉아만 계셔도 좋다고 여겼는데, 이건 정말…… 사죄드릴 수밖에 없는 결과입니다. 저도 나름 앞서 있다고 생각했는데 대표님 앞에선 몸 둘 바를 모르겠습니다. 대체 대표님의 한계는 어디까지입니까?"

이상한 소릴 지껄이며 그의 허리가 구십 도로 꺾였다.

그러자 연구원들도 하나같이 일어나 내게 허리를 꺾었다.

"저희도 사과드리겠습니다. 보이지 않는 곳에서 이토록 열심히 일하신 줄도 모르고 폄훼하고 얘깃거리로 삼았습니다. 죄송합니다. 용서해 주십시오."

"용서해 주십시오."

"용서해 주십시오."

"용서해 주십시오."

분위기까지 이렇게…….

사실 이 정도까지 열기가 끓어오를 일은 아니었는데, 아무래도 일본으로 미국으로 같이 돌아다닌 게 마음을 너무 말랑말랑하게 만들어 버린 모양이었다.

어째 톡 건들면 울음바다가 될 것 같기도 하고.

이럴 때는 같이 어울려 주는 게 진리였다.

필사적으로 겸손한 척했다.

"이러지 마십시오. 연구는 이 세 분이 다 했고 저는 그저 옆에서 지켜만 봤을 뿐입니다. 아시다시피 제가 뭘 할 수 있는 여건이 안 됐잖습니까."

"아니……에요. 보스가 없……었다면 성공 모 해쓸 거이다!"

마리아가 더듬더듬 한국말로 끼어들었다.

얘가 한국말을?

"마리아, 한국말도 해?"

"공부해써요."

"오오오, 잘하는데. 언제 공부했어? 아주 기특해. 아주 좋아. 아주 예뻐."

날 위해 한국말까지 공부하는데 어찌 사랑스럽지 않을쏘냐.

무조건 칭찬해 줬다. 사람들이 없었다면 그냥 안아 줬을 것이다.

내 마음이 고스란히 전해졌는지 마리아의 입이 사정없이 벌어졌는데 뒤로 애니카랑 메리가 뭔가를 다짐하는 게 보였다.

지켜보는 사람들도 하나둘 어금니를 깨물기 시작했다. 열기도 끓어오르고 마치 종교집회처럼 맹목화되는데 하아~.

그건 그렇고 이거 진짜 큰일 났다.

2년을 두고 시작한 사업이 벌써 가시권에 들어와 버리다니.

전율이 막 돋는데.

'TDX-10도 시험만 해 보면 가동이 가능하고 CDMA도 거의 성공 문턱까지 오다니. 이것 참…….'

모든 게 잘되는데 이상하게도 불안하다.

너무 잘되는 것도 문제던가.

그러고 보니 문제점이 한둘이 아니었다.

아직 삐삐도 전국망 서비스가 안 된다.

전화 서비스는 당연히 무리.

이걸 어떻게 해야 할까.

개발해 놓은 걸 묵혀 둘 수도 없고.

저리들 좋아하는데 정치적으로 이용할 수도 없고.

이게 시대를 앞선 오버테크놀로지던가.

이런 게 시대로도 분석하기 불가능한 오파츠던가.

당황스러웠다.

하지만 주먹은 또 불끈 쥐어졌다.

'이로써 매년 200억 달러를 찍을 기업이 내 손에 들어왔다.'

라이센스 사업만 최소 50억 달러 이상을 찍을 기업이 내 손에 잡혔다.

결과적으로는 난 성공한 셈.

'씨~벌.'

돌이켜 보면 운이 참 좋았다.

운이 운에 겹쳐 중첩을 이루지 않았다면…….

선영 최 회장의 어깃장으로 미국행을 하지 않았다면…….

퀄컴과의 어긋남도, 애니카와의 첫 만남도 이 순간엔 내겐 모두 운명처럼 여겨졌다.

'내가 세계를 선도할 통신기업의 오너가 되다니.'

기대했으되 실제로 이뤄지고 보니 꿈만 같았다. 하지만 이제부터 시작이기도 했다.

머리를 써야 했다. 지금부터 진짜 승부다.

한 발이라도 잘못 디디는 순간 모든 게 날아갈지도 모를 큰 도박판이 열렸고 난 이제 겨우 발을 디딘 초보자다.

일단 가족들에도 비밀로 해 달라는 단속을 하고 자리를 파했다.

밤이 되어 세 여인과 최순명만 따로 불렀다.

"보시다시피 일이 이렇게 됐습니다."

"그렇군요. 전 그것도 모르고 불안해하기만 했습니다. 사실 전전자교환기만 해 달라고 했을 땐 이게 뭔가 했고, 또 이것이 정말 가능한 일인지도 의문이었습니다. 모든 게 다 큰 그림이셨군요."

대략의 내용을 들은 최순명이 고개를 끄덕였다.

나도 더는 숨기지 않았다.

"의구심이 가셨으면 많이 도와주세요."

"여부가 있겠습니까. 이 자리에 끼워 주시는 것만도 저는 영광입니다. 아니, NASA에 처음 입사할 때처럼 설렙니다. 그것도 아니죠. 이곳도 결코 NASA보다 못하지 않으니 더욱 떨립니다."

"애니카."

"예, 보스."

"최순명 소장님은 NASA 출신 과학자로 우리가 필요한 전전자교환기를 이미 완성하셨어. 그게 아마도 우리가 만든 통신망의 기본 골격이 될 거야. 무슨 말인지 이해하지?"

"물론이죠. 사실 CDMA의 스펙트럼 스프레드를 받아들일 수 있는 기술이 있다면 누구라도 손잡을 판이에요. 이렇게 바로 연동시킬 수 있는데 무엇이 불만이겠어요. 저희가 오히려 부탁드리고 싶어요."

"나도 그렇긴 한데, 아직 하나 걸리는 점이 있어."

"뭐가요?"

"통신 모듈 때문이야."

"그게 왜 문제가 되죠? CDMA는 거의 완성된 기술이에요. 모듈 디자인은 수십 번 검토했고 문제가 없다는 게 제 판단이에요."

"지금만 본다면 그렇겠지."

"다른 것도 있나요?"

"있지. CDMA는 전제조건부터 문제가 있어."

"전제조건요?"

"잘 생각해 봐. 상용화에 성공하기 위해 필요한 게 더 무엇이 있는지. 우리 말고 말이야."

중요한 문제가 하나 남았다.

지금 대한민국의 역량으로는 도저히 손쓸 수 없는 기술. 반드시 가야 할 길이지만 지금으로서는 방법이 없는 기술.

"설마…… 인공위성이요?"

마리아가 답했다.

"그래, 인공위성."

"그게…… 왜요?"

당연히 인공위성을 이용하고 또 당연히 그래야 함이 인식에 박혀 있지만, 반대로 말하면 인공위성 없이는 아무것도 안 된다는 얘기였다.

"그걸 묻기 전에 이것부터 알아야 해. 왜 대한민국이 독자적인 기술을 위해 조 단위의 자본을 밀어 넣을까? 가만히 놔 둬도 유럽에서 개발해 줄 기술을 말이야."

"그야……."

"으음……."

"돈이죠. 결국 돈 문제. 우리도 돈이고 사회도 돈이고 국가도 돈이잖아요."

이건 메리였다.

이쪽은 메리가 빠른가 보다.

"맞아, 메리. 기술의 종속 문제도 있지만 결국 그것마저 돈 얘기야. 국부의 유출을 막기 위해 교육지책으로 이토록 일을 벌이지는 거지."

"그치만 인공위성은…… 아!"

"이제 이해돼?"

"그렇겠네요. 당장 우리 기술만 해도 로열티가 발생하는데, 상용화에 성공하고 한창 사용 중일 때 미국이 로열티를 요구하면 달리 방법이 없겠어요."

"달라는 대로 줄 수밖에 없겠지. 그만큼 사용요금이 올라갈 테고 국부 또한 빠져나갈 거야. 하지만 대한민국은 가난해. 일일이 대응할 여력이 없어."

"보스, 그러면 비동기식 기능을 하나 더 탑재해야겠네요."

애니카였다.

"옳지. 인공위성을 사용하는 게 훨씬 간단하겠지만, 나중을 대비해서라도 중계기 간 데이터를 주고받을 수 있는 모듈이 탑재됐으면 좋겠어."

"정말 그러면 완벽하겠네요."

"그렇지. 물론 인공위성이 있는 나라는 굳이 필요 없겠지만 없는 나라는 확실히 짚어 둘 문제니까. 어때? 할 수 있겠어?"

"확실히 복잡하긴 하겠네요. 마리아, 네 생각은 어때?"

"으음, 결국 이것도 예산 문제겠죠. 중계기에만 엄청난 예산이 들 텐데…… 그러려면 차라리 전체가 공유하는 방식이 어떠세요?"

"그게 무슨 얘기지?"

"중계기마다 데이터를 심으려면 틀림없이 트래픽 문제가 올 텐데 스프레드 방식을 응용해 중계기 전체를 하나로 공유시켜 연동시키면 데이터베이스가 수백 배 확장되는 거 아니겠어요? 그러니까 중계기 자체를 블록화해서 체인을 달아 누가 접속하든 전체가 움직이게 하는 거예요. 이렇게 해 놓으면 누가 접속해도 기록이 남게 되니 보안 문제도 훨씬 간단해지고 요. 어차피 CDMA는 암호화 기술이잖아요."

"……."

어후~ 얘는 정말 천재인가. 2000년대에나 나올 블록체인 개념을 여기에서 들을 줄이야.

"좋은 발상이긴 하네. 문제점이 있긴 하지만 나쁘지 않은 제안이야."

"여기에 문제점이 있다고요?"

"인공위성에 스프레드로 뿌려 주는 방식은 물론 이것도 장 단점이 있긴 하겠지만 어쨌든 하나만 통제하면 될 일이야. 이건 인정해?"

"그렇죠. 인공위성만 잘 다루면 되니까요."

"근데 블록화는 전체야. 이걸 누가 통제하겠어? 또 그렇다 하더라도 약간이라도 오류가 발생하면 전체 문제로 비화되 겠지. 그건 통신망 전체를 좌우하는 큰 결함이 될 거야. 바이 러스를 생각해 봐."

"아아~ 그렇겠네요. 자칫 해킹이라도 당했다간 전체가 위 험하겠어요."

"옳지. 우리가 NASA 수준의 방벽을 마련할 자신이 없다면 아예 접근도 안 하는 게 좋을 거야. 다만 가능성은 열어 두자 고. 방금 마리아가 말한 부분은 실생활 어디에서도 접근 가 능한 얘기 같거든."

"정말요?"

"그럼 마리아가 제안한 건데 내가 허투루 들을 리가 없잖아."

"고마워요. 보스."

"뭘."

적당히 한 텀이 마무리된 것 같아 이제 본론을 얘기하려는데, 마리아가 또 뭘 떠올렸는지 물어 왔다. 눈을 반짝거리며.

"근데 보스 말대로 위험성이 높아 독립적으로 설치한다 해도 중계기를 따로 놀게 하지 않을 거잖아요. 그렇다면 그것도 적절한 통제방식이 필요하지 않나요?"

"맞아. 내 고민이 바로 그것 때문이야. 독립적이면서도 공유가 가능한 시스템. 그게 필요해."

"네트워크는 사실 제 전공이 아니라 힘든데…… 사실 보스가 만나 봤으면 하는 사람이 한 명 있긴 있어요. 보스가 말한 비전 중에는 전화기로 쇼핑도 하고 사진도 찍고 인터넷도 속해 있잖아요. 그걸 다 하기엔 우리로는 역부족이라서 생각해 둔 사람인데……."

"말해 봐. 누군데?"

"그 사람이 Baby Bell에 있어요. 보스."

"Baby Bell?"

Chapter 5. 멕시칸 익스프레스

사실 굳이 나까지 움직일 필요는 없는 일이었다.

최순명의 입에서 해외여행이 나온 순간 난 여행 겸 기술 공유 겸 앞으로 반드시 만나야 할 사람들끼리 만나 안면이나 트려고 이런 그림을 그렸던 거였고, 인솔자다 보니 곧 한국으로 돌아가야 했기에 움직이는 데 제약이 있었다.

게다가 겨우 네트워크 전문가 하나 때문에 움직이는 것도 자존심 상했고.

하지만 자기 색을 잘 발하지 않는 마리아가 웬일로 완강했다. 필히 내가 움직여 주길 바랐는데 그를 꼭 만나라고 손까지 잡아 줬다.

"만나러 가긴 갈 건데 아씨, 샌프란시스코에 온 지 얼마나 됐다고 텍사스까지 날아가라니. 이게 뭔 엿 같은 일인지."

"……."

Baby Bell이란 건 Southwestern Bell을 뜻했다.

AT&T가 82년 반독점법에 패소하면서 미국 전역을 일곱 개로 쪼개 일곱 개의 회사로 분할하게 됐는데, Southwestern Bell은 그중 하나로 텍사스 지역의 전신전화를 책임지는 기업을 말했다.

우리로 치면 한국전기통신공사 정도 되겠다.

얼핏 들으면 광장한 기업이긴 한데 또 따지고 보면 아무런 관련도 없던 기업이라 샌프란시스코에서 잘 놀던 내가 이렇게 김충수 하나만 데리고 이 먼 곳까지 올 필요가 있었냐는 게 내 불만이었다.

"통신에 대한 비전은 그냥 나중에 그렇게 하자는 거였잖아. 굳이 지금은 필요 없고 네트워크야 언제든 할 수 있는 건데…… 아씨, 애니카랑 마리아랑 메리랑 더 놀고 싶은데."

"……."

다른 것도 아니고 그들이 예쁜 걸 알아 버렸다.

통신 분야의 최강자이면서 다른 분야는 젬병인 그녀들을 보면 나도 어느새 그 순수한 모습에 동화되곤 했는데 예쁘기까지 하다. 그런 그녀들을 두고 버터 냄새가 나는 남자를 만나러 텍사스까지 가야 하는 게 맞는 건가.

움직이는 것도 싫었고 이름부터 황량한 서부영화 생각나는 텍사스는 더 싫었다. 나로서는 목적지에 도착할 때까지도 '왜?'란 의문이 뇌리를 지배했고 도착해서도 텍사스행에 대한 불만은 가시지 않았다.

"후딱 끝내고 가자. 1분 1초가 아깝다."

"……"

진짜 후딱 끝내고 가련다.

하루라는 큰 시간을 낭비하게 만든 이 고통을 필시 세 여인에게 투영하고자 다짐하며 만나기로 약속한 곳으로 향했다.

시내를 벗어나 작은 도로를 타고 가기를 30분.

조그만 마을 비슷한 곳에 도착했는데 만날 장소는 거기 '산크리스토'라는 식당이었다. 근처에 가자마자 타코 냄새가 후각을 확 찌르는 집이었다.

거침없이 문을 열고 들어갔더니 멕시코와 멕시코계 사람들 전부가 흠칫 나를 쳐다봤다.

아, 깜짝이야.

김충수가 본능적으로 내 앞을 가린다.

만나자는 곳이 이런 곳이었나?

전부 멕시코인이다.

이때만 해도 동양인은 흔한 부류가 아닌지라 순간 어디 뒷골목에 끌려가 총 맞고 죽는 게 아닌지 나도 흠칫했다.

그제서야 깨달았다. 내가 지금 어디에 서 있는지.

팽배해 있던 불만이 싹 사라지고 정신이 또렷해졌다.

"미스터 오?"

잠시의 대치.

단지 몇 초의 긴장감임에도 몇 시간을 지난 것 같은 피로도가 몰려왔는데.

이렇게 누가 나를 반기지 않았더라면.

또 그가 멕시코계 사람이 아니었다면.

그래서 저들의 시선이 내게서 떨어지지 않았더라면, 무슨일이 일어났어도 벌써 일어났을 것이다. 그만큼 김충수의 긴장도는 강했다.

그리고 아마도 그랬다간 다음 날 TV 뉴스에 한국인 관광객 두 명이 텍사스 벌판에 시체로 발견되었다는 소식이 전달됐겠지.

"초행일 텐데 잘 찾아왔네요. 이 근방에서는 여기 '산크리스토'가 타코로 최고라서 약속을 여기로 잡았습니다. 제가 라파엘 에르난데스입니다."

"아, 예."

"이리로 오시죠. 제가 좋은 자리로 잡아 놨습니다."

"네."

정중한 안내였고 자리도 후미진…… 시야가 탁 트인 상석으로 안내했지만 나는 주변을 다시 한 번 살펴봐야 했다. 김충수도 그렇고.

이곳은 한때 멕시코령이었고 또 지금은 미국령으로 멕시코인들이 가장 많이 분포한 곳이었다.

차로 2시간만 달리면 바로 멕시코로 통하고 지금도 그럴 테지만 20년 후에도 끊임없이 불법 이민자들로 골머리를 썩는 곳이었고 또 그들이 이룩한 카르텔로 반쯤 무법지대나 마찬가지인 곳이었다.

지금도 당장 언성이 높아지면 총 꺼낼 인간만 수십.

청부 살인업자들인 시카리오들이 판을 치고 그 거미줄 같은 조직력에 어린아이라도 얄봤다간 총 맞는 곳.

어느 집이든 아무 집이나 랜덤으로 골라도 범죄자 한둘 나오는 게 이상하지 않은 동네.

그러니까 지금 이 순간 누가 베레타를 꺼내 대가리에 디민다고 해도 딱히 이상할 게 없는 동네가 바로 이 텍사스였고 바로 이 식당이었다.

"조금 불편하신가 봅니다. 미스터 오는 타코를 즐기지 않으시나 보죠?"

너 같으면 즐기겠냐?

삼합회가 도끼 들고 설치는 곳에 데려가 줄까?

차라리 솔직하게 나갔다.

"아시겠지만 동양인이 돌아다니기엔 위험 요소가 많지 않겠습니까. 이해하시죠?"

"아, 그 부분에 대해선 죄송하게 생각합니다. 저로선 이곳이 제일 안전한 곳이라."

"당신의 안전을 위해 나는 상관없다는 말로 들리는데 맞습
니까?"

"다시 한 번 죄송하다는 말씀드립니다. 여기에 대해선 어
떤 의도도 없었고 제가 알기로 미스터 오를 만나기에 이만한
장소가 없었기 때문입니다. 정말입니다."

"이만한 장소가 없다? 그게 무슨 소리죠? 혹 누군가에게 쫓
기고 있다는 얘깁니까?"

"그건 아닙니다. 예민하게 구실 필요도 없습니다. 벨코어
의 연구원인 제가 다른 기업의 오너와 만나고 있다는 걸 알아
선 좋지 않다는 말씀을 드리는 겁니다. 이곳은 백인들이 접근
하지 않거든요."

"잠시만요. 지금 벨코어 연구원이라 하셨나요?"

"예, 그렇습니다."

웬 연구원?

"난 Southwestern Bell의 네트워크 전문가를 만나러 온 건
데 아닙니까?"

"그것도 맞습니다."

"이거 당혹스럽군요. 일반 직종이 아니라 연구원이 외부의
인사를 만난다는 게 어떤 의미인지 모르십니까? 잘못하면 산
업 스파이가 될 판입니다."

"충분히 압니다. 다시 한 번 죄송한 말씀을 드리지만, 제가

이곳으로 약속 장소를 잡은 이유가 바로 그것 때문입니다."

짜증이 나지만 한편으로는 이해되었다.

큰 도시를 두고 여기 작은 마을까지 오라 한 이유.

그러고 보니 지나다니는 행인도 가게에 든 손님도 모두 멕시코인이다.

살벌함은 둘째 치고 다른 인종이 어슬렁거렸다간 온 동네가 다 알 것 같았다. 우리도 물론이고.

"알겠습니다. 그 문제는 잠시 접어 두지요."

"감사합니다."

하지만 그가 정중히 고개 숙이는데도 나는 조급함이 가시질 않았다.

어떻게든 얼른 대도시로 들어가야 마음이 놓일 것 같아 본론을 서둘렀다.

"마리아가 당신을 극구 추천하더군요. 달리 이유도 묻지 말라며 당신을 만나라 하던데, 난 아직 당신을 왜 만나야 하는지 알지 못합니다."

"마리아를 무척 아끼시는군요. 아! 마리아에게 연락받았습니다. 마리아를 거두셨다고 들었습니다."

"그건 운이 좋았고요."

"마리아와 전 캘리포니아 공과대학 동기입니다. 학창 시절 꽤 친했는데 서로 관심 분야가 달랐어도 통하는 게 있었거든요. 우정은 그때부터 쌓았습니다."

"마리아랑 통하는 게 있다고요?"

깜짝 놀랐다. 가끔 괴짜 짓을 하는 마리아를 감당하는 건 애니카랑 메리밖에 없는 줄 알았는데. 고로 얘도 특이하다는 소리다.

"통신은 결국 네트워크니까요. 통신에 대한 마리아의 이해도가 상당해 저도 많이 도움받았습니다. 교류는 지금까지도 이어지고 있고요."

"……."

이 말만으로도 라파엘 에르난데스의 실력이 짐작 가능했다. 마리아가 꼭 필요하다는 이유도 납득되고.

천재는 천재가 알아본다고 어쩌면 나는 나도 모르는 사이 이쪽 계통의 천재를 만나고 있는지도 모르겠다.

하지만 여전히 이 자리가 불편한 건 어쩔 수 없었다. 둘러보면 다들 의식 안 하는 것 같은데 나랑 김충수만 하여튼 힘들었다. 차라리 몰랐다면 훨씬 좋았을 테지만.

도무지 견디기 어려워진 나는 바로 지갑을 깠다.

"단도직입적으로 가지요. 마리아가 당신을 필요로 합니다. 우리 DGO 시스템즈로 오실 수 있나요?"

"절…… 바로 고용하시겠다고요?"

"문제없습니다. 마리아가 필요하다고 한 순간 당신은 DGO 시스템즈의 일순위 영입대상입니다. 대표가 이렇게 직접 날아올 정도로요."

"하아~ 이렇게까지 될 줄은 몰랐는데."

머뭇거리는 것 같아 조건부터 날렸다.

싫다고 하면 바로 돌아갈 셈으로.

아쉬우면 자기가 날아오면 되지 않겠나.

"연봉 10만 달러. 연구 실적에 관한 스톡옵션 1%를 제공합니다. 실리콘 밸리 인근에 주택을 따로 마련해 줄 거고. 더 원하는 게 있습니까? 협상으로 진행해 보지요."

"자, 잠시만요. 정말 저를 데려가 주신다는 겁니까? 그만한 돈도 주시면서 아무것도 묻지 않고요?"

"네트워크에 관해선 최고가 아니십니까?"

"그건 자부합니다."

"그럼 오십시오. 다 정리하고 샌프란시스코로 날아오시면 됩니다. DGO 시스템즈에서 본연의 장기인 네트워크를 연구하시면 됩니다. 하시겠습니까?"

"5분만…… 딱 5분만 생각할 시간을 주십시오. 부탁드리겠습니다."

생각한다길래 또 난 따라올지 말지에 대한 고민인 줄 알았다.

그래서 판단에 도움이 될 만한 말을 던져 주었는데.

"그러시죠. 단 제 제안은 한 번만입니다. 마리아도 당신과 같은 조건으로 일하고 있고 난 이 협상이 틀어지는 순간 바로 샌프란시스코로 날아갈 겁니다."

"아! 오해하지 마십시오. 그게 아니라 혹시 제 연구 결과물도 사 주실 수 있을까 해서 그렇습니다. 몸만 가긴 너무 억울해서……."

"연구 결과물이요?"

"네."

"그게 뭡니까?"

"전신 네트워크를 이용한 데이터 처리 기술입니다. 면목 없지만, 완성은 했는데 상품성이 떨어진다는 판정이 나 표류 중입니다. 그치만 전 제 기술이 언젠간 빛을 볼 거라 확신합니다. 그러니 제발 그 기술도 사 주십시오. 몸만 가면 전 그냥 껍데기일 뿐입니다."

처음엔 무슨 얘긴가 했다.

그러나 얘기를 들을수록 난 테이블 아래에 감춰진 주먹을 피가 쏠릴 때까지 꽉 쥐어야 했다.

세상에 이걸 여기에서 만날 줄이야.

결론적으로 난 샌프란시스코로 돌아가지 못했다.

최순명과 애니카에게 사정을 알리고 직원들이 한국으로 돌아갈 때도 배웅하지 못했다. 최순명도 샌프란시스코에 남았다.

CDMA 기술이 완성 단계라면 최순명이 남아 도와줄 것이 분명히 있었고 그도 자진해서 남기로 한 터라 나도 그편이 마음 놓였다. 그들 사이의 합은 분명 한국형 통신망 상용화에 큰 밑거름이 될 테니까.

대신 나는 밸리 법무법인 사람을 하나 이곳 텍사스로 요청해야 했다.

며칠간 Southwestern Bell의 형태와 벨코어 연구소를 조사해야 했고 또 그들의 아픈 점이 무엇인지 파고들어야 했으니까.

근데 밸리도 눈치가 빠른지 서포트의 스페셜리스트를 보내 주어 날 보좌하게 해 줬다. 그것도 파트너급으로 말이다. 참고로 법무법인 파트너라면 공동사장으로 인식하면 된다.

번갯불에 콩 볶듯 시간이 지나고 D-Day가 왔다.

나는 밸리 법무법인에서 온 존 와이어와 김충수와 함께 보무도 당당하게 Southwestern Bell의 문을 두드렸다.

약속된 대로 Southwestern Bell은 관련자들로 세 명이 나왔는데 명함을 돌림과 동시에 이사급으로 보이는 중년의 남자가 자기 이름도 꺼내지 않고 서두부터 날렸다. 아까부터 괜히 못마땅한 표정을 감추지 않는 양반이었다.

"DGO 시스템즈라고요?"

"네, 실리콘 밸리 한 곳에 위치한 연구소를 가지고 있습니다."

"제가 못 들어 본 것 같은데……."

"작년 말에 생겼으니 아직 실적이 있긴 않습니다."

"아, 그러시군요. 그러면 Southwestern Bell엔 무엇 때문에 찾아오신 거죠?"

"정확한 용무는 벨코어 연구소가 가지고 있는 기술 때문입니다."

"어떤 기술이 목적인 거죠?"

"DSL 기술입니다."

"DSL이라고?"

중년 남자가 잘 기억나지 않는 듯 옆 사람에 물었다.

"이번에 벨코어 연구소에서 완성한 기술인데 전신을 활용한 데이터 처리 기술입니다. 일전에 사업 타당성에 대해 보고드린 바 있습니다."

"아, 그거?"

"네, 그렇습니다."

"그게 벌써 외부에 알려질 정도가 된 건가?"

"거기까진 저도 잘……."

자기들끼리 얘기한다. 사람 앞에 두고 무례한 짓이었으나 나는 지금 을이었다.

얼마쯤 참고 기다리자 중년 남자가 다시 물어 왔다.

"당신이 요구하는 기술은 우리 측 신기술이로군요. 아시겠지만 신기술은 외부 판매에 대한 타협 자체가 불가능합니다. 그리고 이 정보를 어디에서 얻었는지 알 수 있을까요?"

"글쎄요. 저는 얼마 전에 모토로라에 휴대폰 제조기술을 판 것도 알고 있습니다. 그것도 신기술이 아니었던가요?"

"크음……."

"여기에서 정보가 어디에서 나온 건지에 대한 유무는 중요하지 않다고 봅니다. 파실지 안 파실지가 중요하겠죠. 이미 사업성 판단으로 연구비도 건질 수 없는 기술이라 도장 찍지 않았습니까. 그걸 붙들고 목만 매고 계실지 아님, 저한테 파시고 그동안의 비용을 일부라도 세이브하실지. 그것이 중요하지 않겠습니까. 그리고 그게 바로 제가 이 자리에 앉아 있는 이유입니다."

"뉘앙스가 DSL에 대해 자세히 알고 있는 것 같습니다. 그리고 난 아직 의심을 떨치지 않았습니다."

"물건을 사러 오며 내용도 모르고 왔겠습니까? DSL이 하늘에서 뚝 떨어진 기술도 아니고 저도 가능성을 눈여겨보고 있던 기술입니다. 하필 이쪽이 먼저 성공했고요. 저는 멀리 돌아가길 원하지 않습니다. 지금 시점 딱 필요한 기술이 있다면 차라리 돈을 주고서라도 가져오길 원합니다. 더 말씀드려야 합니까?"

"……."

 Chapter 6. 텍사스 익스프레스

다시 말을 멈추며 템포를 조절하는 중년 남자였으나 나는
이미 알고 있었다.

나나 그나 지금 이 순간 서로 다를 바가 없다는 걸.

나도 필요했고 그도 필요했다.

DSL의 사업 타당성 보고서라고 해 봤자 지난 몇 년간의 연
구 성과로는 말도 안 되는 결과물일 테고 결론도 최악을 찍었
을 것이다.

AT&T에서 분리된 전신회사들이 힘을 모아 벨코어 연구소
를 설립했다.

벨코어 연구소란 게 결국 이합집산의 장소라 본다면.

그리고 그 하나하나의 프로젝트 또한 각자의 입김이 들어 갔다고 본다면.

얼마를 들였을지 모를 연구가 고작 최악이라는 성과를 냈다는 건 그와 관련된 이들도 무사하기 힘들다는 얘기와 같았다.

기업도 조직도 방대하게 되면 정치와 떼 놓지 못한다. 모토로라에게 휴대폰 제조기술을 판 것도 그런 조급함에서 출발했을 거라 보는 게 맞았다.

가만히 놔뒀으면 매년 수십억 달러씩 이익을 줬을 라이센스를 팔더라도 이들에겐 오늘을 지키는 것이 무엇보다 중요하니까.

며칠 전에 만난 라파엘 에르난데스가 곤욕을 치르고 있는 것도 이 상황과 일맥상통하였다.

DSL의 책임연구원.

이들이 그렇듯 연구가 성공해도 성과에서 실패하면 라인을 따라 책임연구원도 사내 정치 상황과 맞물려 파도처럼 무사하기 힘들다.

그동안에야 성공에 대한 확신이 있고 라인도 든든해 완성까지 왔지만 그게 끝. 무조건 공격당하게 돼 있다. 책임 소재또한 벗어날 수 없다.

라파엘 에르난데스가 제아무리 미래를 확신해도 안 되는 건 안 된다. 여론은 무슨 일이 있어도 앞을 가리는 장애물을 찍어 내야 직성이 풀리니 괴물이 아니던가.

라파엘 에르난데스가 마리아에게 신세 한탄을 털어놓은 것도 다 그 때문이었고, 내가 여기에 온 것도 또한 모두 그 때문이었다.

이 중년 남자가 어느 쪽에 속해 있는지가 관건이긴 했으나 사실 이 부분도 크게 문제없었다.

나는 자신했고 이들의 결과물을 먹어야 했다.

중년 남자는 나를 한참이나 쳐다본 뒤에야 입을 열었다.

"이 정도까지 우리 사정에 훤하시다면 지금 이 자리의 합의만으로 기술을 살 수 없는 것도 아시겠군요."

"물론이죠. 일곱 개의 별 중 Southwestern Bell이 가장 중심이라는 것도 잘 알고요."

"우리가 중심이라고요?"

"아닌가요?"

"하하하하하하, 이거 한 방 먹었습니다. 나 제프 코트리요. 반갑습니다. 다시 인사하지요."

그가 손을 내밀었다.

지금껏 간 보던 걸 버리는 것 같아 나도 그 손을 잡았다.

"오대길입니다."

"재패니스는 아닌 것 같고 혹 이번에 올림픽을 연 South KOREA?"

"정확하십니다."

"텍사스에서 한국인 사업가를 다 만나게 되다니 이거 영광입니다."

"저도 만나 뵙게 되어 영광입니다."

"만난 김에 하나 질문해도 되겠습니까?"

"하십시오."

"DGO 시스템즈는 무얼 연구합니까? 실례가 안 된다면 답해 주시면 좋겠습니다."

"어려울 거 없습니다. 조금만 조사해도 다 나올 텐데요. 간단히 말해서 개인 통신 연구입니다. 인공위성을 이용한 통신 기술에 역점을 두었는데 지금 가시권에 왔죠."

"아아~ 이제야 뭔가 가닥이 잡히는군요. 그래서 DSL도 빠르게 파악하셨군요. 결국 같은 통신 분야니까요."

"그렇죠. 아무래도 비슷한 계통이긴 하니까요. 그리고 제가 구상하는 종합통신망 구축에 DSL이 필요하다는 게 제 판단입니다."

"종합통신망 구축이요? 그럼 무선과 유선을 다 하겠다는 말씀이십니까?"

우리 앞에서 유선 사업까지 진출하겠다는 거냐는, 도전하는 거냐고 묻는 거였다.

"설마요. 유선으로 Southwestern Bell을 무슨 수로 이긴답니까? 제가 원하는 건 딱 하나입니다. 데이터 처리 기술이죠. 거기에 VOD 서비스를 염두에 두고 만든 DSL이 딱이라는 거죠."

"으음…… 제가 잘못 들은 것 같습니다. 다시 설명해 주실 수 있겠습니까?"

"무엇을 잘못 들으셨습니까?"

"방금 VOD라고 하셨잖습니까."

"그렇죠."

"그건 실패로…….""

제프 코트리가 순간적으로 입을 딱 다물었다.

표정은 정색하였고 회의장엔 적막이 돌았다.

이해한다. 사겠다는 사람 앞에서 실패작이라 말했으니 이런 실수가 없는 거다.

나도 오히려 뻔뻔하게 나갔다.

"실패죠. 그게 뭐가 문제죠?"

"으음…… 뭐 좋습니다. 여기까지 알고 오셨는데 감추는 건 또 아니겠죠. 맞습니다. 그 기술은 VOD 서비스를 염두에 두고 기획한 연구 결과죠."

"완전히 망했고요."

완전히 망했다.

DSL은 VOD, 즉 한창 활황인 비디오 산업을 자기들끼리 독점하기 위해 만든 기술이었다. 그래서 용두사미가 된 기술이기도 했고.

취지는 좋았다.

비디오 가게까지 갈 필요 없이 TV만 틀면 보고 싶은 영화가 나온다. 이걸 유료화했을 때를 가정해 보면 엄청난 수익이 날 것은 자명하였고 라파엘 에르난데스도 여기에 대한 확신을 가졌을 것이다.

다만 시대를 너무 몰랐다.

음성이나 문자 같은 단순 데이터와는 달리 영상은 엄청난 용량을 안정적으로 전달해야 했다. 기본적으로 초당 150만 비트가 필요한데 현재의 DSL로는 감히 감당할 수도 없을뿐더러 VOD 산업도 그렇게 오래 지속되지 못한다.

이게 이들의 패착.

"잘 아시는군요. 앞에 앉은 사람이 다 민망하게요."

"당연한 결과입니다. 안 되는 기술이니까요."

"그런데 왜?"

"왜 사러 왔냐고요?"

"네."

"제게는 필요하니까요. 필요 없는 데 돈 쓸 만큼 전 여유롭지 못합니다."

"그 이유를 알 수 있겠습니까?"

"어허, Southwestern Bell에서는 물건 팔면서 어디에 쓸 것까지 알아야 합니까?"

"음…… 그건 실례했습니다."

"참고로 말씀드리죠. 늘 하는 말 같지만 그게 필요하긴 한데 반드시 기필코 필요한 기술은 아니라는 겁니다.

Southwestern Bell에서 거절하시면 전 이대로 샌프란시스코로 날아가면 됩니다. 서로 깔끔하게요. 어차피 우린 무선통신이 주력이니까요."

"음…… 그렇군요."

미팅은 이대로 끝났다.

자기들끼리 얘기도 해 봐야 하고 벨코어 연구소를 합작한 다른 회사들에게도 의견을 물어야 했으니 시간이 필요했다.

그동안 할 일이 없어진 난 텍사스 구경이나 했는데.

"우와~ 이 동네는 정말 대단하네."

"……."

"무슨 도넛 귀신들만 사나 돌아다니는 놈들 족족 도넛을 물고 다니냐. 김 비서, 존. 도넛 먹어 볼래?"

"미스터 오, 텍사스에 왔으니 피칸 파이부터 맛봐야 합니다. 일단 그것부터 먹고 시작하시죠."

"좋아요. 나도 이젠 스테이크에 질렸으니 다른 것도 맛봐야겠지."

기대하며 가서 달라고 했더니 호두 파이가 나온다.

이게 피칸 파이란다.

맛도 호두 파이랑 비슷했다. 다만 훨씬 부드럽고 달았는데 어쨌든 맛있긴 했다.

그걸 시작으로 돌아다니며 맛집 탐방을 하였다.

얇게 썰어 주는 스테이크도 맛보고 타코 집에서 향신료에

절어 보기도 하고 얼굴만 한 햄버거에 기함을 떨어 보기도 했다. 텍사스 음식은 뭘 시켜도 다 컸다.

"크어~ 미국 콜라가 세야 하는 이유가 있었어. 도저히 버티지 못하겠구만."

"보스, 너무 느끼합니다. 속이 기름에 쩔어 버린 느낌이에요. 우웩."

"하하하하, 미스터 오. 제 체중이 3kg 늘었네요. 이것 참…… 그래도 멈출 수가 없으니 저는 여기 음식 너무 맛있습니다."

존 와이어는 정말 미친 듯이 먹어 댔다.

맛보다가 느끼함에 무릎 꿇은 우리가 돼지고기 송송 썰어 넣어 끓인 김치찌개를 그리워하든 말든 보란 듯이 먹어 댔다.

정말 버티기 힘들었다.

이젠 향신료 냄새만 맡아도 신물이 올라올 지경.

그때쯤 호텔로 연락이 왔다. Southwestern Bell에서 내일 만나자고.

가뜩이나 간당간당하던 차에 잘됐다.

더구나 이렇게 직접 만나자고 한다는 건 팔 의향이 있다는 얘기가 아니던가.

우린 또 신나게 약속 장소로 가 제프 코트리를 만났다.

근데 이 씨바가 또 헛짓을 해 댄다.

"네? 300만 달러요?"

"그렇습니다. 300만 달러에 라이센스 일체를 넘겨 드리죠."

"장난하십니까? 지금 VOD 시장을 믿고 저에게 이러시는 겁니까? 근데 300만 달러요?"

"VOD가 시장성이 낮다는 건 이미 우리도 알고 있는 내용입니다. 그래도 적정한 가격이라 보입니다."

"그게 어떻게 적정한 가격입니까? 케이블 깔기 싫어 만든 기술이잖습니까. 있는 걸 활용하기 위해 만든 기술이고요. 고작 그런 거 하나 팔면서 지난 몇 년간의 벨코어 연구소 연구비를 저더러 책임지라고요?"

"……."

"제가 모를 줄 아셨습니까? 100만 달러면 웃돈까지 얹어 드린 겁니다. 1년만 지나도 그 절반가에 살 수 있는 것을 3배나 후려치다니요. 제가 호구로 보입니까? 그렇게 나온다면 나도 좋습니다. 이 일은 없던 거로 치지요. 이렇게 된 거 까짓 거 광케이블로 시작하죠. 뭐."

벌떡 일어났다.

그제야 제프 코트리가 날 잡았다.

"광케이블이라뇨? 케이블 사업을 시작하겠다는 겁니까?"

"남이사 뭐로 시작하든요. Southwestern Bell의 이사분께서 저희 케이블 사업까지 관여하시려고 묻는 겁니까?"

"그건 아니지만, 미국 전역에 광케이블 공사를 하겠다는 겁니까?"

"누가 공중에 돈을 뿌리든 씹어 먹든 무슨 상관입니까? 여기저기 알아보니까 MCVD법을 사용해서 최소 1dB/km의 손실을 가진 광섬유를 개발한 곳이 있더군요. 값도 아주 싸고요. 그렇게 조그맣게 시작하면 됩니다. 나 참 어이가 없어서. 300만 달러? 일 좀 쉽게 가려고 했더니 영 도와주질 않네."

뒤도 안 돌아보고 나갔다.

적당히 따라 나와 잡을 줄 알았더니 또 안 잡는다.

한숨이 나오지만 이젠 정말 어쩔 수 없다 여겼다.

DSL은 여기까지.

"씨바, 하는 김에 아예 단계를 뛰어넘어야겠어. 한국전기통신공사한테 압력 좀 넣어 달라고 해야지."

미래의 인터넷 사업을 선점한다는 것에 살짝 흥분되어 오버하긴 했지만, 따지고 보면 90년대 중반에나 가능한 사업이었다.

다시 돌아봐도 그리 내키는 게 아니고.

하면 좋고 안 해도 상관없는 정도?

그게 뭐 대수라고 붙잡고 알랑방구를 껴 댈까.

다만 아쉬운 건 라파엘 에르난데스와의 약속을 지키지 못했다는 건데.

"할 수 없잖아. 대신 광섬유 영역을 연구하라고 해야지. 그거면 되지 않겠어? 굳이 이게 없더라도 더 빠른 걸 만들면 되잖아."

아까 큰소리치긴 했지만, 광섬유 영역은 이미 벨 연구소에서 0.2dB/km 영역까지 손실률에 성공했다. 이 정도면 깊이 100km의 바닷속 물체를 수면에서 구별할 수 있는 투명도인데 영국도 일본도 여기까지 기술력이 온 상태였다.

즉 1dB/km라고 해 봤자 내세울 기술력은 아니었다.

그러니까 앞서 내가 든 예는 1981년 한국과학기술연구원에서 개발한 광섬유에 대한 거였다. 세계 최고 수준까지는 아니나 토종 기술이니 로열티도 없고 고속 인터넷 정도 사용하는 데는 아무 문제도 없었다. 다만 말대로 부설 비용이 만만치 않다는 건데…….

"그것도 천천히 하면 돼. 서울부터 수도권부터."

미래처럼 전국망을 형성하려면 엄청난 예산이 소요된다.

우리나라도 살 떨릴 지경인데 미국은 불가능에 가까웠다.

DSL의 탄생 배경이 그러했다.

케이블 매설이 너무 큰 비용을 산정하기 때문에 돈 좀 적게 쓰고 효율을 뽑으려 까불었던 것.

즉 DSL은 비용을 최소화하고자 만든 편법 기술이었고 고로 인터넷 전용으로 개발된 기술이 아니기에 한계점이 뚜렷했다.

이게 현재의 내가 쥐어짜 낸 단점이었다. 물론 지금으로선 이 단점마저도 우습게 보일 만큼 획기적이긴 하겠지만.

"일단 신도시 아파트부터 차근차근 늘리면 되겠지. 어차피 새로 짓는데 광케이블 정도 넣는 거야 일도 아닐 거야. 그래,

씨바, 내 눈에 흙이 들어가는 한이 있더라도 로열티 따윈 줄 순 없지."

그렇게 결론 낸 나는 호텔부터 체크아웃하고 곧바로 공항으로 달려갔다.

마음도 떠났겠다 더 이상 텍사스에 있기 싫었다. 한시라도 빨리 세 여인이 있는 샌프란시스코로 날아가 거기 얼큰한 해산물 요리로 내 식도를 달래야 했다.

서둘러 티케팅부터 하는데.

"자, 잠시만요!"

누군가가 소리쳐 뭔가 하고 돌아봤더니 제프 코트니가 헐레벌떡 뛰어왔다.

저 양반이 왜?

혹 협상할 마음이 생겼던가?

100만 달러에 팔겠다는 건가?

긍정적인 마음을 품고 기다려 주는데 우리 앞에 서서 한참을 숨을 고르고는 또 원하는 말이 아닌 원망을 쏟아 냈다.

"아니, 이렇게 진짜 가시면 어떡합니까? 본래 협상은 주고받고를 해야 되는 거 아닙니까. 진짜 떠나가면 이 일을 저더러 어떻게 해결하라는 겁니까? 다들 결과만 기다리는데."

"네?"

"틀어졌다고 해도 호텔엔 계셨어야죠. 그래야 저희도 요건에 맞춰 재협상을 시도하지요. 바로 공항으로 가시면 남은 저희는 어떻게 합니까? 다 보고 올렸는데."

무슨 말인지 알겠다. 일단 세게 부르고 천천히 가격을 맞춰 나가겠다는 전략 같았다.

근데 상대를 잘못 고른 거다.

결렬되자마자 떠나 버릴 줄은 꿈에도 생각 못 한 모양이었다. 티케팅 순간 나타난 걸 보면 어딘가에서 지켜보고 있었을 수도 있었고.

'이거 웃기는 놈이로세.'

배짱 대결이든 뭐든 여러 측면에서 고민되게 만드는 순간이었다.

'그래도 이왕 왔으니 들어나 볼까?'

우선 공항 라운지로 이동했다.

대화는 해야 했고 조용한 장소가 필요했다. 더구나 상대가 이렇게 저자세로 나왔는데 굳이 틀어 버릴 이유는 없었다.

단도직입적으로 물었다.

"그래서 얼마에 맞춰 주실 수 있습니까?"

"200만 달러는 어떻습니까?"

Chapter 7. 같이 가 주셔야겠습니다

"200만 달러요?"

"네."

"전 100만 달러를 불렀는데요. 그것도 잘 쳐준 거라고 분명히 말씀드렸는데요."

"솔직하게 가겠습니다."

"네, 솔직하게 가세요."

손짓으로 바깥을 가리켜 주었다.

그러든 말든 제프 코트니는 정중하게 허리를 숙였다.

"노여워 마시고 저희 좀 살려 주십시오. 이걸 100만 달러에 팔았다간 저희 모두 남아나지 못합니다. 안 그래도 이 일

때문에 저희 Southwestern Bell이 지도력을 의심받고 있는 판입니다. 거래가 성사되지 않으면 대표님부터 그와 관계된 모두가 위험해집니다. 부디 부탁드리겠습니다."

"당신들 생계 때문에 저더러 100만 달러나 추가 지출을 하라고요? 이게 무슨 말입니까?! 이러려고 우릴 붙잡은 겁니까?"

"사정 좀 봐주십시오. 모두가 납득할 만한 숫자를 가져가지 못한다면 저희는 모두 끝입니다. 그래서 무리인 줄 알면서도 300만 달러나 불렀던 겁니다."

귀에도 들어오지 않았다.

어차피 광케이블로 도배할 건데 굳이 이 기술이 필요 있을까 싶기도 하고.

나에게 인터넷이란 겨우 그 정도였다. 어차피 할 거지만 굳이 지금 이렇게 노력하고 싶지 않은 일.

그러나 또 그렇게 본다면 굳이 하지 않을 필요까진 없었다. 돈 되는 건 이미 알고 있으니까.

그 순간 좋은 생각이 떠올랐다.

"어떻게 한다……."

"도와주십시오. 200만 달러 이하로 내려간다면 저희는 가망이 없습니다."

"하나 물어도 됩니까?"

"말씀하십시오."

"그 책임이 어디까지 내려갑니까?"

"그야……."

"솔직히 말씀해 주세요."

"경영진은 물론 벨코어 연구소까지 갑니다."

"연구소까지요?"

"일반 연구원까진 영향이 적으나 책임연구원은 반드시 영향을 받게 돼 있습니다. 아니, 일반 연구원도 책임연구원이 바뀌면 근무 환경이 바뀌니 영향이 없을 수 없고요."

"그래요?"

이번에 부시가 대통령이 되고 일자리가 2만 개나 바뀌었다고 하던데.

경영진이 바뀌면 당연히 자기 사람을 책임연구원으로 앉힐 테니 세상 어디를 가나 이런 이치는 변함이 없는 것 같았다.

"그 책임연구원을 불러오시죠. 그의 얘기를 들어 봐야 할 것 같습니다."

"책임연구원은 왜?"

"팔기 싫으십니까?"

"아, 아닙니다. 당장 불러 올리겠습니다."

이왕 이렇게 된 거 공식적으로 가야겠다.

기술을 사면 라파엘 에르난데스가 사직서를 내는 거로 그 살벌한 식당에서 합의했지만 이젠 달랐다.

내가 갑이 됐고 얘넨 을이었다.

나중에 부정한 방법으로 인력을 빼 갔으니 함정을 파 기술을 빼 갔으니 하지 못하게 제대로 못 박아야겠다.

30분이 안 돼 라파엘 에르난데스가 쭈뼛쭈뼛 왔는데 제프 코트니는 그를 서둘러 나에게 인사시켰다.

"DSL로 오신 바이어이니까 절대로 예의를 갖추시오."

"안…… 녕하십니까. 라파엘 에르난데스입니다."

"반가워요. 오대길입니다."

마치 처음 본 것처럼 또다신 안 볼 것처럼 난 본론부터 던졌다.

제프 코트니에게.

"이분이 DSL을 만드신 겁니까?"

"그렇습니다. 이 사람이 DSL의 책임연구원입니다."

"그렇군요. 이 일이 잘못되면 이 사람도 사직해야 할 거고요. 맞죠?"

"……네."

"좋아요. 조건 하나를 걸겠습니다. 그것을 이행해 주시면 200만 달러에 사지요."

"무엇입니까?"

"이 사람과 같이 사겠습니다. 이 사람이 지목한 사람도 같이 오는 조건으로요."

"네?"

놀라는 그를 무시하고 라파엘 에르난데스에게 시선을 돌렸다.

"보시다시피 DSL을 두고 협상 중입니다. 난 100만 달러를 불렀고 Southwestern Bell은 처음에 300만 달러를 불렀죠. 지금 200만 달러로 줄긴 했지만 어때요? 난 당신을 조건으로 걸었습니다. 이왕지사 만든 분이 저와 함께 일하시면 좋겠다 생각해서요. 우선 보수는 연봉 10만 달러로 책정하죠. 당신이 지목하는 사람에게도 똑같이 적용하고요. 내가 원하는 건 DSL을 우리 연구소에서 계속 연구해 주는 것입니다."

"그, 그건……."

얼떨떨해하는 라파엘 에르난데스를 두고.

다시 제프 코트니를 봤다.

"제 조건은 이 사람과 연구 기록물 전체입니다. 그러면 200만 달러에 사죠. 어떠십니까?"

"그렇…… 게까지."

"100만 달러도 큰 금액을 두 배나 늘려 드렸어요. 게다가 귀사도 어차피 필요 없는 기술이라 했잖습니까? 무엇을 망설이는 거죠? 물론 이분이 이직하기 싫다고 한다면 귀책사유에서 제외해 드리겠습니다. 그렇게 되면 귀사의 조건과 비슷해지는 거 아닌가요?"

"그렇긴 한데……."

라파엘 에르난데스를 바라보는 제프 코트니의 눈빛이 복잡했다.

그의 천재성을 아는 건지 아님, 단순히 자기 것을 빼앗기기 싫어 이러는 건지 모르겠지만, 어쨌든 그가 바라볼 선택지는 얼마 없었다.

당연히 얼마 안 가 고개를 떨궜고, 게임 셋이 된 걸 두 눈으로 확인한 존 와이어는 텍사스에 남아 추가된 조건을 넣은 계약서를 들고 Southwestern Bell로 향했다.

Southwestern Bell의 대표 직인을 받자마자 나에게 성공시 그널을 보냈는데, 나는 그 시간부로 계약금 10%를 쐈다. 그리고 나흘이 지나지 않아 잔금까지 완료했다.

라파엘 에르난데스는 세 명의 연구원을 데려왔는데, 본래 다섯 명에게 제안했으나 따라온 게 이 정도라나 뭐라나.

이것도 존 와이어가 고용계약서를 맺어 줬다. 연봉은 같으나 연구 성과물에 관련된 1%의 스톡옵션은 라파엘 에르난데스만 가지는 고용계약서였다.

한 일주일 북적댔다.

원하는 장비를 들이고 어쩌고저쩌고.

집도 구하고 사람 들이는 데 할 일이 뭐가 참 많았다.

그렇게 일주일이 더 지나자 우린 네트워크 연구는 아예 손을 놓고 장장 열흘간 DGO 시스템즈의 전 직원이 한 가지 일에만 매달렸다.

별거 아닌 미션이었다.

그냥 몬타라 마운틴에 최순명이 주도한 중계기를 설치하고 실리콘밸리의 애니카가 하프문베이로 간 마리아에게 전화 거는 거였다.

아주 일상적이고도 또 평범하게 보이는 일.

미래엔 숨 쉬는 것만큼 당연한 일이 될 그런 일.

따르르릉. 따르르릉.

-여보세요?

그러나 이렇게 마리아의 목소리가 똑똑히 들리는 순간, 우
린 모두 끌어안고 환호를 외쳐야 했다.

1989년엔 당연한 일이 아니었으니까.

수억 명이 당연하게 여기게 될 일을 마침내 성공했으니까.

전율이 이는 몸뚱아리를 부여잡고 우린 바로 존 와이어를
불렀다. 신나게 달려온 그에게 이렇게 얘기했다.

특허 좀 내라고.

"통신 규격에 대한 특허권을 원하신다고요?"

"네."

"미국은 물론 국제로 가는 것이겠죠?"

"그것도 맞아요."

"그렇다면 일단 PCT(국제특허출원)를 하고요. 동시에 나
라별로 진입하는 게 좋겠네요."

"국제특허출원하면 다 되는 거 아니었어요?"

"PCT를 했다고 해서 모든 체약국에 권리가 생기는 건 아닙

니다. 해당 국가에서 다시 별도의 심사를 거치게 되는데요. 거절 사유가 없는 경우에야 모든 권리가 생기는 겁니다. 그렇게 하지 않으면 나라별로 무슨 일이 벌어질지 모르니까요. 사실 강짜 놓으면 방법이 없지 않습니까? 전쟁할 게 아니라면요."

"그건 몰랐네요."

이래서 전문가가 필요했다. 아무것도 몰랐다면 PCT엔가 뭔가에만 올려놓고 끝난 줄 알고 있었을 텐데.

뭐 그렇다고 해서 크게 침해받을 일은 없겠지만, 나중에 딴소리하는 놈들에게 당하는 것보단 훨씬 나았다.

기분 좋아진 나는 존 와이어에게 이런 약속을 해 줬다.

"전 세계 어디든 완벽하게만 해 주세요. 그러면 성공 보수로 100만 달러를 약속하겠습니다."

"네?! 밸리 법무법인에서 비용 청구가 들어갈 겁니다."

"아니요. 와이어 씨에게만 주는 성공 보수입니다. 내가 이 일에 얼마나 공을 들이고 있는지 알아 달라는 거고요."

"아…… 알겠습니다. 그렇게까지 말씀하시는 거라면 무조건 해내야죠. 전 세계 160개국을 모두 훑어서라도 이 특허에 관한 한 어떤 문제도 없게 만들겠습니다. 하는 김에 1에서 100까지 작은 기술이라도 모두 세세히 기재해 향후 어떤 나라도 감히 시비 거는 경우가 없게 만들어 드리죠. 아! 그리고 DSL 라이센스에 대해서도 똑같이! 완전히! 짚고 넘어가겠습니다."

오오오오~ 마음에 든다. 딱 마음에 든다.

역시 하나를 시키면 둘 정도는 최소한 아는 사람. 뭘 아는 놈이었다.

그의 손을 덥석 잡았다.

"듬직하군요."

"믿어 주십시오. 고객의 만족을 위해 최선을 다하겠습니다."

그렇지 않아도 디젤 엔진처럼 강하고 믿음직스러운 존 와이어가 제트 엔진까지 달고 하늘을 날았다.

완벽한 마무리가 될 것을 나도 의심치 않았다.

이제 남은 건…….

"일도 다 끝났겠다. 휴가 좀 다녀와야지?"

꼴랑 일곱인 연구원들을 보았다.

"네?"

"말만 해. 유럽이든 하와이든 뉴질랜드든 어디든 보내 줄게. 한 달 정도면 되겠지?"

"보스, 정말요?!"

"가족이든 부모님이든 모시고 다녀와. 효도 좀 하라고."

"보스~."

애니카, 마리아, 메리는 '히잉~' 하는 표정으로 날 보았고 막 합류한 라파엘 외 3명은 이게 또 무슨 뚱딴지같은 소린지 모르겠다는 표정을 지었다.

"보스, 보스도 같이 가는 거예요?"

"같이 가요~."

"맞아. 같이 가요~ 같이 가면 좋겠어요. 예~?"

"아니, 난 여기 최 소장님과 함께 한국으로 돌아가야 해. 거기서 할 일이 있거든."

들러붙는 여자 셋을 물리치고 멍때리는 라파엘 외 3명을 모른 체하고 서둘러 자리를 마무리 지었다.

난들 안 따라가고 싶을까.

낄끼빠빠도 다 때가 있고 더욱이 이 일에 관해서는 필히 대통령과 의논해야 했기에 자리를 더 비워 둬선 곤란했다.

손수건으로 눈물짓는 세 여자를 두고 난 최순명, 김하서와 함께 다시 한국행 비행기에 올랐다.

부푼 마음을 품고 또 이것을 가지고 어떻게 요리해 낼까 고민하며 장장 12시간의 사투를 견뎌 낸 내가 겨우 김포공항에 내려섰는데, 가지 많은 나무에 바람 잘 날 없다고 이게 또 희한한 상황에 맞닥뜨려 버렸다.

"뭐야? 나라가 왜 이래?"

"저도 잘 모르겠습니다."

첫 느낌은 당혹이었다. 그리고 시끄러웠다.

시끄러워도 보통 시끄러운 게 아니라 꼭 쿠데타가 난 것처럼 불온하고 혼란스러워했다.

완전무장한 군인들이 총을 들고 시가지로 나왔고 탱크가 무한 캐터필러를 자랑하며 그 육중한 덩치를 광화문 한가운데로 드러냈다. 온갖 중화기는 덤이고.

바리케이드가, 검문검색이 500m마다 있었고 모래주머니로 쌓은 진지가 250m마다 촘촘히 깔렸다. 자리마다 군인들이 서너 명씩 지켰고.

거리에도 사람이 싹 사라졌다.

"전쟁…… 났나?"

"모…… 르죠. 근데 이런 광경…… 전에 본 적 있습니다."

"언제?"

"군부 집권 때요. 그때도 군인들이 나와 이렇게 거리를 점령했습니다. 대통령이 바뀌고 또…….."

"정말 쿠데타야?!"

제일 먼저 보통 사람이 떠올랐다.

쿠데타라면 결국 그 양반을 겨냥하지 않았겠나.

"그렇다면……!!"

겁이 덜컥 났다. 그 양반이 무너지면 SD 텔레콤도 끝이다. 고로 나도 끝이다.

"아, 씨바, 애니카 따라갈걸. 괜히 돌아왔어."

"자세한 건 알아봐야겠습니다. 도련님도 이제부턴 경거망동하지 마세요."

"알았어. 일단 집으로 돌아가자."

"네."

곧장 SD 텔레콤으로 향하려던 길을 돌려 집으로 향했다.

그래도 가장 안전하고 편한 곳이 집이었다.

그곳에 가서 일단 심신을 추스르고 정보를 수집해 봐야겠다.

다시 30분을 돌아 돌아 겨우 집에 도착하자마자 난 내 방으로 뛰어가 TV부터 켰다.

뉴스를 봐야 했다.

뉴스를 보면 대략의 윤곽이 잡힐 테니까 누가 승리했든 이 일의 정당성에 대해 밝히느라 바쁠 테니까 뉴스만 보면 앞으로의 향방이 결정되리라 생각했다.

그런데 또 뒤에서 서 실장이 나를 불렀다.

"도련님."

"왜?"

"밖에 사람이…….."

"뭐?"

"군인들이 찾아왔습니다."

"군인?"

아니, 내가 들어온 지 1시간이 됐나 2시간이 됐나! 겨우 1, 2분도 안 됐다.

그사이에 쳐들어와?

나가 봤더니 옆구리에 권총을 차고 어깨 견장에 별 두 개를 단 남자가 무궁화 세 개짜리 부관과 함께 서 있었는데, 날 보자마자 졸라 떨리게 이런 말부터 던진다.

"같이 가 주서야겠습니다."

아아~ 나 엿 됐구나.

Chapter 8. 늙어서 가오 상하는 건

길고양이한테 목이 물린 아기 새처럼.

세렝게티 사자한테 깔린 임팔라처럼.

일절 반항 한 번 못 하고 끌려갔다.

대체 무슨 정신으로 가는지 모르겠다. 경호실장과 대천에
서 청와대로 올라올 때도 이렇게 무기력해진 않았는데.

근데 어디로 가는 걸까?

혹 남영동 비슷한 곳으로 가는 건 아닐까?

창밖으로 보이는 거리는 회색빛 삭막하기만 했고 차 내부
는 사하라 사막이 촉촉하게 느껴질 만큼 퍼석퍼석 건조했다.
덕분에 내 심장도 금방이라도 부서져 흩어질 것같이 쩍쩍 메

말라 갔다.

'씨벌.'

인생이 나락으로 떨어지는 소리가 들린다.

저 아래 시커먼 구덩이에 빠져 흔적도 없이 사라지는 영상이 눈앞에 아른거린다.

'하아~.'

모든 게 일장춘몽이던가.

라인 하나 잘 잡았다고 여겼는데 그것이 썩은 동아줄이었을 줄은.

꿈이 높았던 만큼 허탈함도 컸다.

이제 막 발걸음을 떼기 시작했는데…….

조금만 더 하면 어떻게 될 것 같았는데…….

진정 하늘이 그리는 미래엔 내가 없는 걸까.

라인 잘못 탄 인생은 이다지도 짊어질 게 많은지.

'씨바, 죽고 싶다.'

회귀 후 처음으로 맞는 좌절이었다.

한순간에 모든 게 무너지는 소리는 제법 단단해졌다는 내공으로도 도무지 견딜 수가 없었다.

검문소마다 서고 가고 서고 가고를 반복하며 달린 차가 마침내 완전히 멈출 때까지도 나는 죽음이라는 절망을 생각했다. 조수석에서 내린 투스타가 뒷문을 열어 줄 때까지도 나의 좌절은 시간이 가려진 것처럼 계속됐다.

"내리시죠."

"아……."

"다 왔습니다."

"아, 네."

다 왔다길래 고개를 들어 보니 청와대였다.

청와대?

그렇구나. 쿠데타 세력이라면 청와대부터 접수했겠구나.

그럼 저기에 이들의 수괴가 있다는 말이네.

그 수괴가 나를 보자는 거고.

'가기 싫은데…….'

그러나 목줄 잡힌 개 주제에 무슨 반항일까.

힘없이 내려 투스타의 뒤를 따랐다. 전에는 입구에서 꼭 비서실장이 맞았는데 그 사람도 보이지 않는다.

죽었을까? 이런 엿 같은 생각이나 하며 조용히 뒤만 따랐다.

곳곳에 위치한 군인들이 '충성!'을 외쳐도 고개 돌리지 않았고 계단을 올라도 오르고 또 올라 어느 건물 2층에 올라서도 고개 돌리지 않았는데.

"고생 많으셨습니다. 장군님."

익숙한 목소리가 들려왔다.

"그렇지 않습니다. 당연히 해야 할 일이었습니다."

"에……?"

"어서 오게. 대통령님께서 기다리고 계신다네."

"아……."

비서실장이었다.

이 사람 죽지 않고 살아 있었다.

죽은 줄 알았던 그가 나를 환하게 맞이한다.

그 말인즉슨…….

"그럼 저는 인계를 마쳤습니다."

"확인했습니다."

투스타가 떠나갈 때까지도 난 비서실장의 얼굴에서 시선을 떼지 못했다.

다행이다. 다행이다. 진짜 다행이다.

가슴을 누르던 바윗덩어리가 콰작 하고 가루가 되어 사라지고 이제야 숨이 쉬어진다.

"국무회의 중이시네. 자네가 도착했다는 소식을 듣고 지금 회의도 멈추고 대통령님께서 기다리고 계신다네. 복장이 좀 걸맞지 않으나 사안이 사안이니만큼 서둘러 준비하시게."

"아, 네."

그러고 보니 여긴 대통령 집무실 앞이었다.

그리고 난 캘리포니아식 패션을 자랑하고 있었다. 바로 끌려오는 바람에.

'이런…….'

그러나 비서실장은 나의 당혹감을 기다려 주지 않았고 곧바로 큰 회의실로 데려가 문을 열었다.

동시에 수십 명의 시선이 화살처럼 날아와 내 몸에 꽂혔다.

우와~.

관계 주무처 장관부터 국무위원까지 이 나라 살림을 도맡아 하는 인물들을 이렇게 한자리에서 보게 될 줄은 꿈에도 몰랐다. 그들의 이목을 한 번에 집중시킬 줄도 정말 몰랐다.

오늘은 참 스펙타클하다.

"많이 놀랐나?"

장난기가 잔뜩 든 목소리.

대통령이 환한 미소로 나를 반겼다.

이 순간의 감격을 솔직히 표현하자면 그의 뒤에서 후광이 비치는 것 같았다.

이러면 됐다. 그가 무사하면 다 괜찮은 거다. 안심해도 되는 거다.

"앉아라. 저 끝에 앉아 있거라."

"네."

회의는 속개됐는데 대통령이 무사한 이상 내가 들을 만한 현안은 없었다.

언제든 해결 가능한 사안들.

그래 봤자 민생 안정과 정국 수습.

대통령은 거의 모든 요청에 대해 저항 없이 수락하였고 속전속결로 현안을 지워 내고 또 지워 냈다.

물 흐르듯이 흘러가는 바람에 국무회의 금방 끝날 것 같아

할 일이 없었던 난 대통령이 날 여기까지 부른 이유에 대해 슬슬 고민하기 시작했다.

오자마자 투스타까지 보내 픽업한 이유.

어수선한 시국을 대변하는 얘기가 나올지도 모르겠다. 그만큼 중차대한 일일 테고.

무엇이 있나 한창 생각 중인데 잘 가던 재정경제부 장관이 뜬금없이 이런 말이 꺼냈다.

"마침 자리가 나와 드리는 말씀인데, 현재 민영화 대상 기업 중 가장 많은 요청이 들어오는 것이 한국전기통신공사입니다. 어차피 갈 일이긴 하나 그 분위기가 아무래도 SD 텔레콤과 관계없다고는 볼 수 없기에 미래를 본다면 사안의 중대성이 다른 부분에 비해 적다 할 수 없을 것입니다. 그래서 필히 짚고 넘어가야 한다고 사료되는데 앞으로 포항제철, 한국종합화학, 한국중공업, 대한송유관공사, 한국담배인삼공사 등등 수많은 공기업이 민영화 대상인 만큼 공식적인 첫 사례로써 SD 텔레콤 대표에게 사업 진행 상황과 비전 등을 다 같이 들어 보는 시간을 가지는 것도 괜찮을 것 같습니다."

이게 무슨 소린지. 나더러 뭘 얘기하라고?

여긴 국무회의 자리였다. 국가 현안에 대해 심도 있게 다루는 아주 중요한 자리. 여기에서 SD 텔레콤이 나올 이유는 어디에도 없었다.

없는데…… 대통령은 왜 불안하게 재밌겠다는 표정을

지을까.

역시나 고개를 끄덕인다.

동시에 또 모든 시선이 나에게로 왔다. 시커먼 정장 속에서 총천연색의 캘리포니아 패션으로 안 그래도 튀는 나에게.

하아~~~~~.

그러나 대답은 늘 그렇듯 젠틀맨으로 나간다.

"큼큼, 준비가 안 된 관계로 귀하신 분들을 만족시킬 수 있을까 의심스럽지만 성실하게 답변하겠습니다."

"SD 텔레콤의 대표님께서 성실히 답변해 주시겠다 하셨으니 기탄없이 물어보겠습니다. 대체 해외여행은 왜 가신 겁니까?"

첫마디부터 시비조인 재정경제부 장관이었다.

왜 그럴까?

"연구원뿐만 아니라 그들의 가족까지 데리고 가셨더군요. 이 일에 대해 여러 곳에서 우려의 목소리가 높습니다. 지금은 아주 중요한 때가 아닙니까? 한시라도 바삐 움직여도 모자랄 판에요."

말투도 꼭 고3 때 담임처럼 훈계조다.

이 시키가…….

"중요한 때라는 건 누구보다 제가 잘 알겠죠. 그러나 직원들 인솔해서 해외에 가는 거나 가지 않는 거나 그건 모두 대표의 권한입니다. 다른 이들이 관여할 바가 아니죠."

"하지만 SD 텔레콤은 대표님의 것이 아니지요. 더 정확히는 지분 하나 없지 않습니까?"

"물론 그렇지만 있는 동안에는 제 것처럼 해야겠지요. 이게 왜 문제가 되는지 모르겠는데 간단합니다. 제 경영철학이 마음에 들지 않으시면 주주총회를 열어 퇴임시키시면 됩니다. 말 그대로 지분 하나 없으니 쳐내기 참 쉽겠죠."

"반성하지 않으시는 것 같습니다."

"반성할 일이 있어야 하겠죠. 제가 대표로 있는 한 SD 텔레콤의 임직원들은 누구에게도 혹사당하지 않을 겁니다. 일한 만큼 받고 모두가 부러워하는 가운데 직장 생활을 영위할 겁니다. 그게 제 존재 이유니까요."

"그 말은 그들이 한때 공기업 직원이었다는 걸 저격하시는 겁니까?"

"선진 기술을 습득하려면 선진 문화를 배워야겠죠. 저는 제 일만 할 뿐입니다."

"그게 어떻게……."

"이번엔 제가 질문하겠습니다."

대화가 격화되려고 하자 누가 번쩍 손들어 끼어들었다.

통일부 장관이었다.

근데 통일부 장관이 기술 쪽엘 왜?

"저번 인터뷰에서 북한과 관련된 말을 꺼내신 거로 압니다."

아! 그 얘기.

"자신하셨으니 그럼 이번에 개발될 한국형 통신망에서는

보안 문제는 접어 둬도 되는지 대략의 방식이라도 알면 좋겠는데 가능하시겠습니까?"

"그 문제에 대해 답하려면 조금 긴데 괜찮겠습니까?"

"기다릴 수 있습니다."

"네, 먼저 알아야 할 점은 유럽형 GSM과 한국형 통신망은 결과적으로 통화하기 위해 음성 신호를 데이터로 변환시킨다는 점에서는 같습니다. 다만 한국형이 그들과 다른 점은 데이터를 그냥 쏘는 게 아니라 암호화시킨다는 데 있겠죠. 군사기술처럼요. 만일 누군가가 통화 내용을 도청한다고 치겠습니다. 여기에서 정확한 데이터를 찾아 변환하는 것도 문제지만 암호화된 걸 푸는 건 더 문제가 되겠죠. 이게 우선적으로 우리가 자랑하는 방식이 되겠습니다."

"그렇군요."

"하지만 여기에서 멈추면 우리가 아니겠죠."

"더 있습니까?"

"SD 텔레콤은 이걸 한 번 더 꼬아 보내게 됩니다. 암호화된 데이터를 쪼개서 랜덤으로 날려 버리는 거죠. 시간대별로 주파수대역별로 누구도 찾을 수 없게 말이죠. 그렇게 되면 설사 하나의 데이터를 낚아챘다고 하더라도 모두를 찾지 않는 이상 도청은 불가능하게 됩니다. 제가 말씀드린 게 대략이라도 보이십니까? 전화를 거는 순간 수십 개의 데이터가 마구 쏟아지는 겁니다. 이걸 잡을 수 있는 기술은 향후 100

년 이내에 없을 거라는 데 제 대표 자리도 걸 수 있습니다."

"그렇군요. 대표님이 이렇게 설명해 주시니 말미에 남아 있던 의구심도 모두 사라졌습니다. 감사합니다."

"아닙니다. 최선을 다해 경주할 뿐입니다."

이후로도 질문은 계속 쏟아졌다.

그런 기술이 어디에 있냐부터 군사기술과 비슷하다면 혹 미국의 것을 가져오는 거냐와 그걸 다시 통화로 연결시키는 기술과 또 그것이 국민 생활에 얼마나 영향을 끼치고 또 세계가 어떻게 바라볼지까지 기술의 존재 여부는 물론이고 비전까지 공유하는 시간을 가졌다.

꼭 기자회견을 하는 기분이 들었지만 할 수 없었다. 대통령이 날 여기에 부른 이유가 바로 이것 때문이라 여겼기 때문이었다.

그렇게 한 2시간을 시달리고 나자 대통령이 마무리시켰고 비서실장이 나를 영빈관 작은 골방으로 안내했다.

이번엔 대통령과 독대할 차례인가 보다.

역시나 20분이 지나지 않아 그가 왔는데, 오자마자 내 어깨를 두드리며 수고했다 말했다.

"피곤하제? 이제 마 다 됐다. 긴장 풀어라."

"네."

"배고프제? 밥 묵고 가라. 내 니 온다고 갈비찜 준비하라 안 캤나."

"갈비찜이요?"

"와? 그렇게 좋나?"

"갈비찜이라면 진작 말씀해 주시죠. 훨씬 더 기쁜 마음으로 기다렸을 텐데요."

"크허허허허, 오야오야. 비서실장. 언능 가 온나. 아 배고프다 안 카나."

"네."

문이 열리고 상이 들어왔는데, 역시나 가장 먼저 눈에 띄는 건 토실토실한 밤이 올라가고 붉은 당근, 파, 깨 등으로 플레이팅된 갈비찜이었다.

이번엔 비서실장도 나가지 않고 같이 앉았다.

"무라."

"네."

얼른 갈비찜부터 손댔다. 일단 먹어야 했다.

대통령이고 나발이고 오늘 정말 고생했으니 나한테 상 주는 게 우선이다.

실컷 뜯고 있는데 대통령이 흐흐흐 웃었다.

"그리 맛있나?"

"네."

"내도 함 묵어 보까?"

"드세요. 고기도 부드럽고 육즙도 살아 있는 게 감칠맛이 확 도네요."

"감칠맛?"

"아……."

이때까지만 해도 신맛, 단맛, 쓴맛, 매운맛, 짠맛만을 주로 썼고 감칠맛은 잘 등장하지 않았다는 걸 간과했다.

그냥 맛있다고나 할걸.

"먹을수록 땡기는 맛이요. 먹는대도 더 먹고 싶은 맛이요."

"오라, 그런 맛이가?"

"드세요."

"오야."

그때부터 일단 한 그릇 비울 때까지 우린 말없이 고기만 뜯었다.

갈비찜만 두 번 더 리필했고 나머지 반찬은 손도 대지 않았다.

그렇게 잘 먹고 있는데 대통령이 문득 이런 말을 던진다.

"동네 시끄럽제?"

"……네."

"앞으로도 더 시끄러울 끼다."

"……."

"내 친구한테 아직도 충성하는 놈들이 있다 아이가. 대통령은 낸데 말이다. 군인이…… 아니다. 이참에 다 정리해 뿌따."

"네?"

"대길아."

"네."

"남자 아이가. 한번 칼 뽑았으믄 누가 하나 죽을 때까지 가는 기 남자 아이가. 맞나?"

"네!"

"뒤 안 돌아보기로 했다. 5년 해묵고 남는 기 명예뿐이라도 감수할 끼라고. 아직도 과거에 연연하는 놈들 싹 잡아넣어 뿌고 새 시대에 방해되는 쓰레기들은 다 치울라고 한다. 니 내 눈을 봐라. 내 진짜 진지하데이."

"대통령님."

"비서실장."

"네."

"우리 늙어가 작은 친구 실망시키면 안 되겠제?"

"옳습니다. 늙어서 가오 상할 바엔 차라리 죽고 말 겁니다."

"대길아."

"네."

"니 비서실장 말 잘 들었제?"

"네."

"내 어금니 꽉 깨물었다."

"대통령님."

"모진 목숨 살라고 무조건 엎드리고 먹을 때가 되면 신나게 챙기고 그것도 모자라 기업가를 사돈까지 만들었다 아이가.

이게 지금까지의 내 삶이다. 대길아, 이게 어떤 건지 아나?"

"……."

"괴물이 돼 뿌따. 괴물한테 죽지 않을라고 싸웠는데……
살라믄 죽여야 했고 안 되겠다 싶으면 죽는 시늉까지 하고 겨
우 살아남았는데, 어느새 내가 괴물이 안 돼 있나. 그렇게 무
서워했으면서."

"……."

"내 진짜 많이 생각했데이. 근데 이젠 괴물 안 할라고. 그
거 괴물 그만하고 사람 좀 돼 보고 싶다. 대길아, 우짜믄 좋겠
노? 비서실장이랑 내캉 다시 사람이 되고파졌다. 괴물이 된
주제에 사람이 되고파졌어. 허허허허허."

Chapter 9. 홍콩쓰

　지금 내 앞에서 허탈한 표정을 짓고 있는 사람은 다른 누구도 아닌 보통 사람이었다.

　그 보통 사람이 지금 심경 변화를 얘기하고 있었다.

　'세상에…….'

　보통 사람한테 이런 뜨거운 고백을 들을 줄이야.

　근데 갑자기 왜 이렇게 바뀐 건지.

　순간 버퍼가 일어나 사고가 정지되는 것 같았다.

　하지만 그 와중에서도 분명한 건 보통 사람이 자기 삶을 변화시키고 싶어 한다는 것과 자기 삶이 잘못 흘러가고 있음을 인식한다는 거였다.

나중에 어떻게 되든 오늘은 제대로 살아 보겠다는 것.

물론 그것마저 어쩌면 그의 생존본능의 하나일 수도 있겠지만, 이 순간 내게 필요한 건 스피드였다.

"사람이 되고 싶다고요?"

"그렇다."

"그럼 간단하네요."

그의 요청은 복잡하고 뒤죽박죽 엉킨 실타래를 풀어 달라는 거다.

그게 그에겐 내가 여기 있는 이유일 테고 이것이야말로 국무회의 도중 나를 부른 진짜 이유란 걸 나도 이젠 알겠다.

"간단하다꼬?"

살짝 기분 나쁜 표정이 나온다.

온 힘을 다해 치부를 드러냈는데 콧방귀 맞은 느낌일 거다.

더 당당하게 나갔다.

"네, 간단합니다."

"대길아, 니 정말 이걸 간단하다고 생각하는 기가?"

"어려울 게 뭐 있겠어요? 국민학생도 중학생도 고등학생도 대학생도 직장인도 자기 아니다 싶으면 다 때려치우고 딴 일 찾아보는데 또 그게 가능한 사회가 민주주의 사회 아닌가요?"

"……그렇지."

"하물며 대통령님께서 삶의 방향을 정하겠다는데 누가 감히 아니다 말하겠어요. 하시고 싶음 하시면 되죠. 팍팍! 원하는

111

대로 좋을 대로 말이죠."

"그러니까…… 그렇게 살고 싶다는 거 아이가."

물론 지금까진 원론적인 얘기다.

이제 본론을 던진다.

"제가 가오 안 상하게 해 드릴게요."

"으응? 니가?"

"대통령에게 품위가 어렵겠어요? 지금 당장 걸어 다니면서
손만 흔들어 주고 웃어만 줘도 사람들이 좋아할 거예요. 데모
하는 학생들요? 그치들이 까불어도 일대일로 만나 얘기하자
면 누구도 대통령님께 함부로 못 해요. 그게 대한민국이죠. 연
장자에 대한 존중이 살아 있는 나라. 우리가 지켜 나갈 나라."

"……."

"만나세요. 불만이 많다던데 까짓거 만나 주죠. 잘 선별해
서 청와대로 초청해 주세요. 그들의 얘기를 들어 주고 그들의
얘기를 반영시키고 있다는 인상을 심어 주세요. 그러면서 법
과 질서를 흩트리는 행위에 대해서는 단호히 대처하시고요.
탈권위잖아요."

"탈권위…… 후훗."

피식 웃은 대통령이 술을 한 잔 거하게 따라 마셨다.

나도 잠시 멈췄다.

"내가 잘못된 기가? 비서실장, 이 쉐끼 말 듣다 보면 다 해
결된 것 같기도 하고. 비서실장도 그렇나?"

"허허허허, 저도 크게 다를 바 없습니다."

"그렇나? 내만 이상한가 했네. 야야, 대길아."

"네."

"그래, 그거면 되겠나?"

"아니죠."

지금부터가 중요했다. 긴장감이 느슨해지고 조금은 화기애애해졌다고 한다지만 나까지 그러면 곤란하다.

그는 여전히 진지했다. 그의 진지함에 반하는 행위는 삼촌의 분노를 넘어서 총부리를 이마에 붙인 강도를 넘어서 서 실장이 나도 모르게 죽는 것만큼 무서웠다.

'여기에서 의표를 찌르지 못한다면 난 다시는 이 사람의 곁에 오지 못할 테지.'

진짜 도움이 필요할 때 진짜 도움을 줘야 되는 게 진짜 파트너니까. 그걸 그의 머리에 인식시켜 주는 게 오늘의 할 일이었다.

아랫배에 딱 힘주고 질렀다.

"여기 꼴 보기 싫은 청와대부터 허물죠."

"뭐, 뭐라꼬?!"

"자네, 지금 뭐라고 했나?!"

두 사람이 동시에 기함을 토했다.

내뱉었다. 여기에서 머뭇댔다간 아무것도 못 하고 잡아먹힌다.

씨바, 나도 어금니를 악물었다.

"김영산, 김대준이 절대로 못하는 걸 하시라는 겁니다."

"……."

"……."

"그거면 반드시 성공할 겁니다. 아니, 대통령님의 과감한 결정이 국민의 마음을 모을 겁니다."

"김영산이랑 김대준이가 못 하는 게…… 아니, 국민의 마음을 모으는 게 어떻게 청와대를 허무는 거랑 같노? 자세히 말해 봐라."

대통령의 눈빛이 더욱 심유해졌다.

본능인지 아님, 생존에 특화된 삶을 살아서인지 방금의 당혹은 순식간에 사라지고 거부감도 없이 덤벼들었다.

타당하다면 하겠다는 것. 세상에…… 청와대를 허물라는데도 받아들이려 한다. 이 사람의 최대 장점은 어쩌면 적응력이 아닌지 모르겠다.

"고려 땐 아궁이었고 조선에선 수궁이었고 1대 대통령 땐 경무대였고 윤보선 대통령 때부터 청와대였습니다. 푸른 기와의 큰 집. 이곳은 영화롭고 고귀한 곳이며 또한 국민의 마음이 모이는 장소입니다. 그래서 대한민국 모든 대통령이 이곳을 거쳐 가야 합니다. 근데 이게 말이 되는 겁니까? 이 청와대부터 뜯어고치지 않으면 국민을 설득하기 힘들 겁니다."

"아씨, 그러니까 그게 무슨 소리냐고? 알아듣게 빨리 말해 봐라."

독이 올랐다.

그러나 더 이상 말은 필요 없었다.

비서실장 품에서 펜을 빌려 바닥에 그림을 그려 줬다.

[조선총독부 관저 = 청와대]

"······!!"

펜으로 다시 청와대를 콕 찍었다.

"풍문에 그렇다는데요. 이 건물을 하늘에서 보면 큰대(大)
자 형태로 지어져 있다죠? 그것참 좋습니다. 이름에 걸맞게 큰
의미니까 얼마나 좋아요. 근데 저 앞 경복궁 터에 아직도 남아
있는 조선총독부 건물은 날일(日) 자 형태라네요. 그것만입니
까? 세상에······ 저 밑으로 내려가면 나타나는 서울시청 건물
은 근본 본(本) 자로 돼 있네요. 이걸 합치면 어떻게 되죠?"

"······."

"······."

말을 못한다.

직접 글로 적어 줬다.

[대일본(大日本)]

"일본이 어떤 나라입니까? 자기 마음대로 문화재, 자원을 수탈하고 수백만을 죽이고 민족정기를 끊고자 강산에다가 쇠말뚝까지 박아 넣은 나라잖아요. 이 사실은 미취학 아동도 알고 촌구석 시골 노인도 다 압니다. 근데 그 나라의 이름이 지금 버젓이 대한민국의 심장에 박혀 있는 거예요. 이 사실을 국민이 알면 어떻게 될까요?"

"……."

"……."

"한시라도 바삐 철거해야겠죠. 그와 동시에 과거 청산 좋잖아요. 그 여파를 몰아 전 대통령이 못했던 걸 하시면 됩니다. 그걸 하시면요. 영남의 김영산? 호남의 김대준? 다 따라지 되는 거죠. 어디 국가와 민족적 사업 앞에 영호남을 갈라 땅따먹기나 하고 있나요. 안 그래도 남북으로 절반 갈린 이 땅에서 맞아 죽을라고."

"하아……."

"흐으음……."

"공공의 적을 만드십시오. 온 나라를 분노케 하는 적은 생각보다 가깝게 있잖아요. 도요토미 히데요시도 내부의 불만을 잠재우자 임진왜란을 일으켰는데 우리라고 못할 이유가 있나요?"

"하지만…… 일본을 적대시해선 우리도 살아남기 어렵다."

겨우 아주 너무 어렵게 꺼낸 말이었다.

경제 얘기. 먹거리, 살 방안…… 결국 돈 얘기.

대통령도 마구 하고 싶지만, 뿌리부터 일본 없이는 살아갈 수 없는 한국이라는 환경을 먼저 짚어야 한다고 절규한다.

나도 이건 부정하지 않는다.

다만 이 시점 철저히 모른 체할 뿐이다.

"적대시 안 하면 되죠. 초일류 강대국을 적대시해서야 되겠어요? 굳이 손해날 일은 하지 않는 게 상책이죠."

"말이 앞뒤가……."

"정치에만 이용하시면 되잖아요. 누가 일본을 치자는 것도 아니고 친구분 조지는 것도 그에 일환이라면 하는 김에 민족 반역자들 죄다 잡아 꿇리고 단죄하고 개박살내고…… 일본이 뭐라고 한들 어쩔 거예요? 내정 간섭인데. 그냥 우린 우리가 할 일만 하면 되는 거죠. 무력으로만 충돌 안 하면 미국도 가만히 있을 거예요. 미국, 유럽 언론에 일본을 나치에다가 비유해 주면 오히려 우릴 도와줄 겁니다. 유럽, 미국이 지금 일본을 아주 싫어하거든요."

"그들이 일본을 싫어한다고?"

"하아……."

한숨이 아주 길었다.

나도 안다. 상대가 상대다 보니 부담이 크다는 걸. 이 건은 아무리 좋은 말을 해도 들리지 않을 공산도 있었다.

일본과 대한민국.

후폭풍이 두려운 건 어쩔 수 없는 정치인의 한계였다. 아니, 이게 정상이라고 보는 게 옳겠다.

70년대는 말할 것도 없이 고위층에선 지금도 일본어가 심심찮게 사용된다.

고위 공직자일수록 고위 정치인일수록 고위 사업가일수록 일본어를 하지 않고서는 일이 아예 안 된다.

거미줄처럼 이어진 일본과의 커넥션은 사실 누구 한 사람 나선다고 해서 끊길 리도 없고 끊을 수도 없었다. 공격하려다간 도리어 역공을 당한다. 그렇다면 꼴깍대는 마지노선을 넘어야 하는데 그게 그렇게 어려웠다.

내가 말을 꺼내긴 했지만, 나도 어려운 걸 잘 안다.

광복 후 단번에 끊어 내지 못한 일본색은 상상도 못 할 만큼 치밀하고 조직적으로 한국 사회에 퍼져 있었고, 이것은 어느새 한국이 되어 있었다. 고로 일본을 치면 한국이 다친다.

하지만 나도 이젠 모르겠다. 이 시점 일본을 건드려서 무얼 얻으려고 이러는 건지. 냉정하게 판단하려 해도 내겐 떨어질 게 없었다.

그런데도 이상하게 그냥 치고 싶다.

기회가 되면 될 때마다 치고 싶다.

흠씬 두들겨 패 줘야 속이 시원해질 것 같고.

볼 때마다 뒤통수 한 방씩 갈겨 줘야 찜찜함이 가실 것 같다.

억울함이란 감정에 일가견이 있어서 이러나 싶다가도

불뚝불뚝 솟아오르는 감정들은 또 나의 실제 현실이니.

그러니까 내가 억울해한다는 건, 내가 분노한다는 건 다른 것도 아닌 나도 결국 한국인이라는 소리였다.

젠장!

실익도 없이 내 본질만 확인하는 자리로 만들고 말았다. 뒷맛 찝찝하게.

당연히 결론 못 내고 헤어졌다.

1980년대의 일본을 잡으라는 건 대포집에서 흐느끼는 신세 한탄보다 현실성이 떨어졌다.

나는 다시 군용 지프를 타고 집으로 돌아와야 했다.

돌아가는 길은 아까의 길보다 훨씬 가벼웠지만 삭막함은 어쩐지 더해진 것 같았다.

회색빛 서울.

그걸 보며 나도 생각이 많아졌다. 군인은 원래 말이 없었다.

집에 도착할 때까지도 군인과 나는 별다른 인사도 나누지 않았다. 돌아갈 때도 그들과 나의 거리는 영호남의 사정처럼 좁혀지지 않았다. 앞으로도 영원히 그럴 것처럼 그들은 뒤 한번 돌아보지 않고 가 버렸다.

인생이 원래 이런 건지. 인간이란 어쩔 수 없는 건지. 외로움이란 벗어날 수 없는 천형일지도 모르겠다는 잡스러운 생각을 하고 있는데, 나의 이런 센치함을 연약한 크리스털 잔처럼 깨 버리는 누군가로 인해 정신이 들었다.

"도련님."

"응."

"회장님이 기다리고 계십니다."

"삼촌이? ……어디로 오래?"

"지금 사모님과 말씀 중이십니다."

"으응? 삼촌이 집에 와 있다고?"

"네, 도착하시면 바로 들이시라고."

"알았어."

안 그래도 삼촌한테는 할 말이 좀 많았다.

곧장 어머니의 서재를 두드렸고 금세 열린 문 사이로 어머니의 뒤, 안쪽으로 상석에 앉은 삼촌이 손을 흔드는 게 보였다.

"저 왔습니다."

"어서 와라. 참 바빠. 아마도 한국에서 네가 제일 바쁠 거야. 하하하하하."

너스레를 떠는 걸 보니 기분이 좋은 모양.

살짝 어머니를 제치고 들어가 우편에 앉았다. 어머니는 말없이 내 맞은편에 앉고.

"어떻게 연락도 없이 오셨어요?"

"소식 듣고 놀래켜 주려 왔더니 청와대에서 먼저 채 갔더라. 내가 한발 늦었을 줄이야. 허허허허허."

방금 온 줄 알았더니 아니라는 소리다.

"예? 그럼 몇 시간을 기다리신 거예요?"

"기다려야지. 급한 놈이 우물 찾는 거 아니냐."

"네 시간을 기다리셨다. 죄송하다 말씀드려라."

어머니도 한 수 거든다.

"에이, 정희야. 대길이가 놀러 갔다 왔냐. 됐다. 됐어. 덕분에 너랑 오래간만에 대화해서 즐거웠다."

남매간에 죽이 척척 맞는다.

이럴 땐 무시로 가야 좋다.

"언제부터 이렇게 됐어요. 여기?"

시국이 변한 게 언제부터인지를 물었다.

"한 나흘쯤 됐을 거다. 갑자기 군부 인사들이 줄줄이 소환되기 시작하는데 군인들이 서울을 점령하고 전쟁 난 줄 알고 난리도 아니었다. 언론도 잠잠하다가 이틀 전부터야 군부의 부패에 관한 얘기만 떠든다."

"그렇군요."

"들은 건 있냐?"

"그것보다 확실히 변하시려고 해요."

"어떻게?"

"……?"

내 말에 귀를 쫑긋하는 두 사람을 보았다.

이제 슬슬 이 두 사람이 가소롭게 여겨지는 건 순전히 내가 교만해서일까? 아님, 지금 이 시점 대통령과 독대하며 그 의

중을 정확히 파악할 사람이 지극히 소수라서일까?

딱 까놓고 말해서 '아' 다르고 '어' 다르다고 지금같이 미묘한 시기엔 약간의 실수라도 치명타가 될 수 있었다. 즉 내 입에서 나오는 정보는 천금을 줘도 못 구하는 핵심 키워드였다.

그걸 쉽게 말해 줬다.

"고고히 떠 있고 싶으신 것 같더라고요. 과거를 정리하고픈 것도 있고요. 물론 이 얘기가 밖으로 새어 나가진 않겠죠?"

어머니를 겨냥해서 한 말이다.

"난 걱정 말거라. 안 그래도 당분간 해외에 나가 있을 작정이다. 여러 가지 알아볼 것도 있고."

"그러시군요."

"자자, 그 말은 대통령이 개혁을 단행한다는 얘기로 들어도 된다는 거냐? 더 악착같이?"

"방법론이라면 앞으로 어떻게 움직이는지 잘 보셔야 하겠죠. 하지만 한 가지 분명한 건 전의 행태대로 대했다간 낭패를 면치 못할 거예요."

"그 정도더냐?"

"단언컨대요. 차라리 이럴 땐 대통령과 만나지 않는 게 상책이겠죠. 저도 무척 조심스러웠어요."

"흐음……."

아직 판단이 잘 안 되는지 미간을 찌푸리는 삼촌이었다.

그러나 이게 명백한 한계였다. 하루에도 열두 번씩 바뀌는 게 사람 마음이라 지금 자신한다 한들 나중에도 같을지는 미지수다.

"이제 본론으로 들어갈까요?"

"……하거라."

"소식 들으셨죠?"

"그래, 비밀로 하라고 했다지만 어느 정도는 들었다. 그래, 이번 여행에서 얻은 게 꽤 많다고?"

삼촌이 도착하자마자 나에게 달려올 이유는 굳이 세어 봤자 손에 꼽을 것이다. 즉 어떤 통로로든 기술 완성이 목전에 있다는 걸 들은 거다.

나도 정보가 완벽히 통제될 거란 기대는 안 했지만 조금 씁쓸하긴 했다. 어쨌든 서프라이즈는 날아간 셈이니.

"우선 삼촌이 해 주실 일이 있어요."

"뭐지?"

"휴대폰을 생산해 주세요."

"역시 성공한 모양이구나."

"아직 알릴 때는 아니에요. 대통령도 모르시고요."

"으응? 오늘 들어가서 그거 얘기한 거 아니었어?"

"네."

"그렇군. 좋다. 바로 시작하면 되겠느냐?"

"아직요."

"왜지?"

"한국에 기반이 없잖아요."

"아……."

이제 겨우 공사 시작한 걸 깨달은 모양.

삼촌의 미간이 있는 대로 구겨졌다.

진척 상황대로라면 통신망이 정상적으로 개통되려면 적어도 1년 이상을 기다려야 했다.

즉 기술 완성을 두고도 보고만 있을 판이다.

"놔두고 있을 수가 없어 제가 따로 생각해 둔 곳이 있어요."

"대통령이 밀어주는 한국도 안 되는데 대체 어디에 통신망 개설이 가능하다는 소리냐?"

"한 군데 있죠. 대신 한시 빨리 뚫어야 해요. 시간이 부족합니다. 유럽도 성공이 목전에 왔어요."

"어디냐?"

"홍콩이요. 한국형 통신망의 첫 대상지는 바로 홍콩이에요."

홍콩.

주장 하구의 동쪽, 난하이 연안에 위치해 있으며 광저우로부터 약 140㎞ 떨어진 홍콩섬과 주룽반도의 주룽, 신계와 부근의 섬들을 포함하여 면적이 1,104㎢밖에 되지 않는 작은 반도를 말한다.

역사적으로나 지리학적으로나 요충지로서 상당한 입지를 쌓은 이곳은 세계적인 요충지가 그렇듯 험난한 세월의 풍파를 겪고 결국 아시아를 대표하는 최대의 국제금융 도시가 된다.

한국에선 홍콩영화와 쇼핑으로 더욱 유명해졌고 살인적인 물가와 땅값으로 두 번 놀라게 한 도시가 바로 SD 텔레콤의 첫 번째 목표였다.

"홍콩이라고?"

"네."

"어째서 홍콩이냐? 우리나라도 얼마든지 할 수 있어."

"기다려야 하니까요. 지금은 속전속결이 최선이잖아요."

"GSM 때문이더냐?"

"아직 영국령이니까요. 홍콩에서 상용화에 성공하면 반드시 유럽에 충격이 가게 되겠죠. 경고의 차원도 있고요."

"꼭 그렇게까지 해야겠냐? 이 일에 관련되고 관심이 큰 사람들이 얼마나 많은데."

"면적이 대한민국의 1%밖에 되지 않는 것도 있죠. 설득용으로는 최고일 겁니다."

"공사 기간 말이로구나."

"홍콩을 개발하면서 터득한 노하우를 한국에 적용하고 싶은 것도 있고요."

"흐음……."

"최고의 입지조건입니다. 한국형 통신망을 시험하기엔."

"……그렇겠어. 금융과 쇼핑, 관광이 주 산업이니 개인용 휴대전화의 수요도 확실하겠군."

삼촌도 슬슬 알아먹는 것 같았다.

"나중 중공 시장을 생각했을 때도 반드시 넘어야 할 산이죠."

"중공……."

"옆집 10억 인구를 그냥 놔둘 생각이세요?"

"안…… 되겠지."

"마음에 드시나요?"

"……."

대답 대신 어금니를 깨무는 삼촌이었다.

표정을 보아 마음에 든 정도가 아니다.

4천만인 한국 시장도 손이 부들부들 떨릴 지경인데 옆집 10억 시장이라면…… 머릿속의 계산기가 돌다 못해 김이 날 지경일 것이다.

"이런! 내가 이럴 게 아니었구나. 허어…… 홍콩이라, 홍콩 이라. 근데 그러려면 분명 대통령 재가가 있어야 할 텐데, 되 겠어?"

"곧 찾아뵐 거예요. SD 텔레콤의 정식 보고서를 들고요."

"형식은?"

"SD 텔레콤이 주가 될 터나 건설은 선영이 맡고 기기는 대 양이 맡아야겠죠. 그래야 대통령이 납득할 거예요. 선영도 그렇고요."

"그러면 다 해결되는 거니?"

"당연히 안 되죠. 삼촌은 옆집뿐만 아니라 시야를 넓혀 아 시아 전체를 책임질 물량을 보셔야 해요. CDMA의 칩셋 생산 은 어쩔 수 없이 대륙별로 나뉠 수밖에 없는데 아시아는 대양 이 무조건 충당해야 하니까요."

"이걸 대륙별로 나눈다고? 굳이 왜?"

세계를 혼자 다 먹을 계산이었나 보다.

이번 건 욕심이 과했다.

"대양이 아무리 잘나가도 혼자선 다 못 먹어요. 아니, 먹으려고 덤비다간 다 죽어요. 아메리카를 봐도 인텔을 무시했다간 북미 사업 자체가 틀어질 거예요. 전화기도 마찬가지예요. 나라별로 우후죽순으로 생겨나겠죠. 자국 전화기를 밀겠다는데 무슨 수로 이겨요. 다만 대양엔 선점의 기회를 드리는 거죠."

"알겠다. 무슨 소린지. 통신망을 깔면서 대양의 전화기도 깔아야 한다는 거지? 무조건? 근데 유럽은?"

"유럽은 솔직히 자신 없어요. 아무래도 자기네들끼리 똘똘 뭉칠 테니까요. CDMA를 가지고 가 봤자 통과되지 않을 확률이 높겠죠."

"그것도 그렇겠군. 좋다. 우선은 알았다."

고개를 끄덕이는데 이걸론 부족했다.

나는 한 가지 숙제를 더 던졌다.

"이 기회에 삼촌도 비메모리 부분에 대해 진지하게 고민해 보는 게 어떠세요? 메모리 시장도 대단하긴 하지만 고부가가치 시장은 결국 비메모리에서 판가름 날 거잖아요."

"비메모리라…… 너는 거기까지 봤더냐?"

"비록 지금은 부족하더라도 반도체로 세상을 풍미하려면

결국 다 먹어야지 않겠어요? 누구든 인정하는 대양의 상표로 서요."

"말이 나와서 그런데, 봤냐?"

"뭘요?"

"네가 가져온 로고 말이다."

"로고요?"

"그거로 대양의 아이덴티티를 정했다. 디자이너 수십한테 의뢰했는데 너만큼 마음에 드는 로고를 가져온 놈이 없었다. 글로벌 대양이라는 표어도 그렇고. 지금 TV로 대양이 바뀌었다고 한창 선전 중이다."

"아아, 그런가요? 몰랐어요."

"몰랐어? 이거 실망인데. 난 네가 제일 기뻐할 줄 알았는데."

"기쁘죠. 근데 오자마자 청와대에 불려 가고 또 뭘 볼 시간도 없이 삼촌을 만나고 있잖아요. 알 수가 없었죠. 죄송해요. 미리 알아봤어야 했는데."

"죄송할 것 없다. 스케줄이 그런 걸 어떡하겠냐. 그럼 난 그렇게 알고 움직이면 되는 거겠지?"

"한 가지 명심하셔야 할 건 어떤 식으로든 대통령을 자극해선 안 돼요. 승인이 떨어질 때까진 움직이지 않는 게 좋겠어요."

"알았다, 이 녀석아. 준비만 해 놓으마."

만면에 미소를 띤 삼촌이 미련 없이 일어나자 나도 이 이상은 피곤한지라 서둘러 올라가려 하였다. 근데 또 어머니가 불잡는다.

"얘기 좀 하자."

"……."

"피곤한 거 안다. 길게 안 끄마."

"알았어요."

다시 앉았는데 어머니는 대뜸 아버지 얘기부터 꺼냈다.

"너 요즘 아버지가 뭐 하고 돌아다니시는지는 아니?"

"네? 뭘요?"

"관심 좀 가지거라."

"무슨 말씀인지."

"전국 팔도시장이고 지자체별 단위 농협이고 현지 농부까지 다 만나고 다니더라. 그것뿐이더냐. 이쑤시개 공장부터 손톱깎이 공장…… 지저분한 기름때도 질질 묻히고. 대체 왜 그러시냐? 가만히 계시면 웨스턴 호텔 회장 자리로 가실 분이 사춘기 학생도 아니고 남사스럽게 이게 무슨 망신이니? 네가 좀 말려 보거라. 지금 나이에 사업이 가당키나 한 거냐? 더욱이 그런 자잘한 사업이라니."

"……."

약간은 흥분된 어조의 어머니였으나 그녀의 말은 내 귀에 1도 들리지 않았다.

실천력 짱!

다시 한 번 우리 아버지가 대단하신 분이시란 걸 느낀다.

'불황에도 반드시 찾아야 할 물품을 주문했더니. 대단한데.'

방향성이 아주 마음에 들었다.

특히나 식품 쪽을 밴더로 통하지 않고 현지 농산물까지 다이렉트 연결시킬 생각까지 한 거라면 더 이상 바랄 게 없었다. 몇 가지 세세한 부분만 잘 다듬는다면 2000년대를 구가할 대형마트의 시대를 10년은 더 빨리 열 수 있었다.

"뭐라 말 좀 해 보거라. 너도 아버지가 바닥에서 뒹구는 게 싫지 않을 거 아니냐. 일가 다른 사람들이 알기라도 하는 날엔……."

"놔두시죠. 현지까지 찾아갈 정도라면 열의가 대단하신 건데 굳이 꺾을 필요가 있나요?"

"그게 무슨 소리니? 네 아버지가 지금 손에 흙을 묻히는 거잖니."

"영혼에 똥 묻히는 것보단 낫죠."

"뭐라고?!"

"어머니, 지난 10년간 11개 회사를 옮겨 다니게 돼 놓고. 지금 무슨 소리를 하시는 거예요? 당신 남편이 그런 꼴을 당했다고요. 그땐 가만히 계시더니 왜 갑자기 나서시는 거죠? 지금 나이에 사업이냐고요? 아버지 나이가 어때서요? 어머니는 백화점 독립하면 대표직에서 내려오실 거예요?"

"너, 너……."

"죽을 때까지 쥐고 계실 거잖아요. 아버지도 이제 당신이

하고픈 일을 하시겠다는데 그걸 왜 말려요? 웨스턴 호텔 회장요? 인사권도 부리지 못할 허수아비죠? 어머니, 그렇게 꼭 아버지를 꼭두각시로 살게 해야 직성이 풀리세요?"

"……."

"제발 좀 놔두세요. 참견하지도 말고 방해하지도 말고요. 늘 그랬듯이 각자 알아서 살면 되잖아요. 왜 갑자기 안 하던 걸 하세요?"

"그럼, 흙더미에 뒹구는 걸 지켜만 보라는 거냐?!"

"다시 말씀드려요? 똥통에서 뒹구는 것보다 낫다고요."

"너…… 대양을…… 우리 일가를 그렇게 생각했던 거니?"

"하이고, 무서워라. 그래서 그 잘난 일가가 저에게 어떻게 대했는데요? 이제 와서 이러지 좀 맙시다. 언제 봤다고 일가예요? 지나다니며 용돈 한 번 쥐여 준 적도 없고 따끔한 충고 한 번 해 준 적 없던 놈들이 무슨 놈의 일가예요? 안 그래도 볼 때마다 잡아먹지 못해 안달인 놈들을."

"뭐?! 노, 놈들!"

"그만하시죠. 더 얘기해 봤자 마음만 상해요. 저 피곤하니까 올라갈게요."

일어났다.

서재에서 나오자마자 뭐가 뒤집히는 소리가 들리긴 했는데 상관없었다.

그녀에게 중요한 것과 내가 중요한 것은 늘 이렇게 평행선을 달릴 테니까.

그 끝은 결국 파탄일 테고.

나도 사실 이렇게까진 가고 싶지 않았다. 하지만 어머니 얼굴만 대면해도 열불부터 끓어오르는데 주체를 못 하겠다. 그녀를 볼 때마다 그녀 주위로 날 손가락질해 댔던 놈들의 얼굴까지 지나다니는데…….

한집에 살며 어머니와의 대면을 꺼리는 것도 어쩌면 마지막 연마저 놓고 싶지 않은 소망일지도 모르겠으나, 한편으론 난 그녀의 마음에 나에 대한 분노가 들어차는 것 또한 막고 싶지 않았다.

오히려 그게 더 보고픈 것 같다.

그 끝이 끝내 지옥의 유황불일지라도 가 봐야 직성이 풀리는 어쩔 수 없는 광기도 내 몸에 흐르는 피의 절반이 그녀에게서 비롯된 거라는 것에서부터 달리 피할 길이 없었다.

"콩 심은 데 콩 나고 나정희 심은 데 나정희 난다. 쿠쿠쿡, 쿠쿠쿠쿠쿡."

그녀가 시작하면 나도 시작한다.

파멸로 가는 치킨 게임은 황혼으로 가는 수트르의 불꽃 검처럼 대지를 가르겠지.

모두가 파멸.

나는 솔직히 말해 이 더러운 고집을 경멸한다.

그러면서도 또 지극히 사랑한다.

알 수 없는 패러독스 속에서 망연해야 하건만, 또 어쩔 수 없이 본능이 시키는 대로 가야 한다.

결국 홀로 돌아갈 고독이리라.

그것이 내 운명이리라.

그렇다면 내 본성은 사마귀런가.

살기 위해서라면 부모마저 파멸시키고 세상마저 먹어 버리는 역천의 종자런가.

"씨바 그래서 어쩌라고."

어차피 세상이 엿 같은 건 나나 다른 놈들이나 다를 바 없다.

뻔뻔하게 살아남는 거다.

내일도 오늘같이.

모레도 오늘같이.

살아가면 된다. 아주 치열하게 말이다.

며칠 새 또 많은 일이 지나갔다.

군부 인사들만 서른 명 넘게 수형복을 입고 가슴 오른편에 수형 번호를 차는 걸 봤다.

장성부터 영관까지 줄줄이 끌려가는데 죄목이 군 내 사조직 결성과 내란음모죄란다.

그리고 또 불안 불안하더니 결국 오늘 절에 짱박혀 있던 대머리 본인 아저씨마저 양손에 쇠고랑 채워 만인이 보는 앞에서 끌고 나왔다. 그 옆을 지키던 여사님까지 같이.

일제히 모든 언론이 이 사실을 공표했다.

이를 민주주의의 승리라고 한결같이 알렸다.

전격 체포 현장에 어째서 언론이 함께하고 그걸 또 기다렸다는 듯이 방송으로 내보낼 수 있었는지 내 알 바 아니지만 어쨌든 국민은 열광했다. 특히 대학생들이 거리로 쏟아져 나와 대통령의 결단을 지지했는데, 플래카드엔 어느새 '이제 통일만 하면 완벽하다.'라고 쓰여 있었다.

"무섭네. 무서워."

"뭔가 바뀐 모양입니다."

"그렇죠. 삶이 큰 틀에서 변화를 일으킨 것 같네요."

"원칙이 바뀐 걸까요?"

"그럴 수도 있고 아닐 수도 있고요. 아님, 그 원칙이 포괄적으로 확장된 걸 수도 있고요. 워낙에 이리 붙고 저리 붙고 하는 게 인간인지라."

"이 장면만 보면 한 걸음 내디딘 것 같기도 하고 달리 생각하면 오히려 퇴보하게 된 것 같기도 하고 헷갈립니다."

"단순하게 과거를 청산하겠다는 의지로 받아들여도 되지 않을까요? 이 정도면."

SD 텔레콤에 대한 보고서를 테이블에 올려 두고 나와 최순명이 마주 앉아 나누는 얘기였다.

"우리도 이젠 더 머뭇거릴 순 없겠죠?"

"그렇죠."

"얼추 시간이……."

"네, 슬슬 출발할 시간입니다."

오늘 아침 연락이 왔다. 청와대로 들어오라고.

그렇지 않아도 기다리고 있던 터라 난 최순명과 함께 들어가겠다 하였다.

역시나 전과 다름없이 비서실장이 우릴 맞이했는데 그의 안내대로 우린 곧장 대통령 집무실로 향했다. 그리고 뜻밖의 인물을 만나게 되었다.

"으응?"

"저 사람은…… 정 교수입니다."

"아는 분인가요?"

"제가 전에 말씀드렸던 그 사람입니다."

"아! 인공위성."

"오 대표, 어서 오시오."

어색한 반경어체로 나를 맞는 대통령이었다.

"아, 네. 대통령님, 안녕하셨습니까?"

"하하하하, 덕분에 아주 잘 지내지요. 자자, 이리로 앉읍시다."

"감사합니다."

나는 정 교수란 양반의 맞은편에 앉게 됐는데 정 교수의 눈빛이 좀 특이했다. 초면에 날 사윗감 살펴보듯 쳐다보는데 이걸 어떻게 판단해야 할지 감이 잡히지 않았다.

"저번에 오 대표가 요청했던 인공위성 건이 거의 성사 직전입니다. 그와 관련해 유학생들을 뽑는 데 아무래도 정 교수가 도움이 될 것 같아 모셨는데 괜찮겠지요?"

"물론입니다."

"정 교수, 인사하세요. 인공위성을 가져야 한다고 밤낮으로 날 몰아세운 SD 텔레콤의 오대길 대표입니다."

"아, 반갑습니다. 정근현입니다. 카이스트에 재직 중이고요. 이렇게 국가의 미래를 밝힐 사업에 앞장서시는 분을 만나 뵙게 되어 영광입니다."

"아닙니다. 저야말로 시대의 산 지식인을 뵙게 되어 영광입니다."

Chapter 11. 거대한 산의 등장

"자자, 거두절미하고 본론으로 들어갑시다. 자, 이것 보십시오. 지금 영국 서리대학의 승인을 받아 놨습니다."

대통령은 인사치례가 끝나자 우리 앞에 영문 형식의 서류를 내밀었다.

확실히 서리대학에서 온 게 맞았다.

말미에는 '최선을 다해 대한민국 인공위성기술의 발전에 공헌하겠다.'까지 쓰여 있었는데 이 순간 난 '대단하다'라는 생각밖에 들지 않았다.

이 프로젝트는 다른 것도 아닌 노골적으로 인공위성을 배우기 위해 진행되었다. 즉 영국이 갑이라 이렇게까지 신경 써 줄 이유가 없었다.

하겠다 결단한 대통령과 무조건 해낸다는 헝그리 정신의 조직력이 아무래도 시너지를 일으킨 것 같은데…….

어쨌든 이것이 대한민국의 미래를 또 한 걸음 나아가게 하였다.

한 건데…….

이 순간 모든 게 잘되는 와중에도 내 가슴 저쪽, 깊은 안쪽에서 슬그머니 또 걱정이 고개를 들이밀었다. 문제는 서류에 쓰인 문구였다.

아무리 봐도 너무 과했다.

어째서 영국이 공헌하겠다는 표현까지 썼을까?

시대를 연다는 개념으로는 참으로 마땅한 일이었으나 내가 아는 영국은 인류공영과는 전혀 관계없는 나라였다.

상호 협조하여 좋은 결과를 만들어 내자는 정도면 딱 좋았을 정도를…… 대체 무엇을 주었기에 콧대 높은 이들이 이 정도까지 친절한 문구를 적어 보냈는지. 혹 되로 줘도 될 걸 말로 준 게 아닌지 슬슬 뒤가 켕기기 시작했다.

이제부터라도 알아내야겠다고 생각하며 입을 열었다.

"실무협의가 필요한 시점이네요."

"하하하하, 그것도 이미 마쳤습니다. 오 대표. 우리가 할 일은 최고의 학생들만 뽑아 보내 주면 되는 거지요."

대통령이 네놈의 생각쯤은 이미 파악하고 있다는 식으로

장난스레 웃는다.

자주 봤다고 나도 그 웃음의 의미가 자동으로 읽혔다.

분위기를 맞춰 줬다.

"그렇습니까? 이 정도까지 준비된 줄은 몰랐습니다. 기쁘기 한량없습니다. 그럼 저희가 어떻게 하면 되겠습니까?"

"정 교수와 의논해 주세요. 다만 이 일은 기존에 논의되던 것과는 달리 모두 국책사업으로 지정될 겁니다. 이참에 대한민국도 우주통제센터 정도는 가져야 하지 않을까요?"

저번에 자기 이름을 딴 인공위성을 쏘겠다고 한 걸 지적하는 소리였다.

원래 이름은 '우리 별 1호'인 것 같은데 말이다.

"지당한 말씀이십니다. 이런 사업은 나라가 백년대계로 꾸려 가야겠죠. 저는 이 결단을 지지합니다. 오늘이 바로 대한민국 과학계에 큰 획을 긋는 날이 되리라 믿어 의심치 않습니다."

"하하하하하, 감사합니다. 하지만 이 모두가 오 대표의 선견지명에서 출발한 것이니 나도 홀로만 독차지할 순 없겠죠. 원하는 바를 말씀해 주세요. 할 수 있는 건 모두 들어 드리리다."

갑자기 또 원하는 걸 말하라 하고.

당황스러웠지만 당황하지 않은 척 언뜻 생각나는 걸 말했다.

"그렇다면 독립화를 추진해 주십시오."

"독립화? SD 텔레콤은 이미 독립회사지 않습니까?"

"그 말씀이 아니라 우주통제센터의 독립성을 원한다는 겁니다."

"으응? 그게 무슨 말이지요? 방금은 국가가 해내야 한다고 하지 않았던가요?"

"국가가 이룩하나 운영과 권리는 독립적으로 보장해 주십사 말씀드리는 겁니다. 나라의 근간이 될 첨단기술 산업이 누군가의 획책으로 부화뇌동하지 않게 말이죠."

"오호, 오 대표는 본인을 믿을 수 없다는 겁니까?"

눈썹이 살짝 비틀어진다.

아직은 거슬리지 않는 선이니 서둘러 말했다.

"지금 대통령님을 믿지 않겠다 말씀드리는 게 아닙니다. 나중을 대비하자는 거죠."

"흐음, 그것도 일리는 있겠군요. 당장 5년 후부터 어떻게 될지 모를 일이니. 알겠습니다. 이것에 대해서도 심사숙고해 보지요."

"감사합니다."

나는 우주통제센터만큼은 정치 싸움에서 벗어나 있길 원했다. 예산도 자체적으로 만들어 쓰면 가장 좋은데 이걸 부디 대통령이 잘 해석했으면 좋겠다는 바람이다.

그래서 말이 나온 김에 난 대덕연구단지 연구원들의 실적 보상을 현실화시켜 달라는 말까지 꺼냈다.

복지를 더 강화해 달라는 거냐고 묻기에, 어떤 기술을 개발해

낸다면 특허 지분을 최대 5%까지 인정해 주는 실효안을 제정해 달라고 하였다.

복지고 나발이고 현금처럼 좋은 보상이 없다고. 그것이 전제되지 않고는 대덕연구단지는 거의 유명무실해질 거라고, 대덕을 살리지 않으면 선진국에 기술이 종속된다고 으름장까지 던지며 막 요구했다.

대통령과 나 사이에 갑자기 열기가 치솟았는데. 맞은편에 앉아 놀라다 못해 경기까지 일으킬 지경인 정근현을 눈치껏 최순명이 데리고 나갔다.

어차피 인공위성 건은 두 사람이 만나면 해결될 일이기에 아무도 말리지 않았다.

그 순간부터 대통령의 말투가 달라졌다.

"카믄, 갸들한테 돈을 쥐여 주란 말이가? 연구하는 아들한테?"

"물론이죠. 적절한 보상이야말로 기술 선진국에 이르는 길이죠."

"하아~ 연구원들도 돈이 필요하나? 월급 주고 집 주고 다 하는데도?"

"그 정도론 안 되죠. 자부심 있는 연구가 나오려면 갑부 수준의 돈을 벌어야죠. 아무리 연구가 좋아도 보상이 적으면 유혹에 흔들리기 마련이에요. 대한민국이 자본주의를 표방한다면 어쩔 수 없는 일이에요. 국가적으로 해결해야지."

"그니까 월급 주고 시설 대주고 이젠 로열티까지 주라고?"

"월급 주고 시설 대주고 해도 로열티 안 주면 안 나옵니다. 설사 나온다 해도 몇몇이 어떤 꼴을 당하느냐에 따라 움직임이 바뀌겠죠. 그때부턴 사회주의가 되는 겁니다. 열심히 해도 생기는 게 없으니까요. 딴 것 보지 마시고 그냥 쉽게 모든 걸 '0'에서 봐 주세요. 안 나오면 결국 빵이잖아요. 아니, 10년에 한 건만 제대로 건져도 100년 운영비는 나오고도 남을 거고요."

"10년에 한 건?"

"그 정도만 해도 대박이죠. 미국이나 일본 보세요. 한 건만 나와도 그 한 건 가지고 파생되는 특허가 얼마나 많은지. 본래 최순명 소장이 말씀드리기로 한 건데 이번에 개발한 TDX-10도 TDX가 없었으면 불가능한 제품이잖아요. 이 정도 퀄리티면 바로 수출이 가능한데 제 예상엔 아시아 지역만 돌아도 최소 1억 달러는 벌 수 있어요."

"뭐라꼬? 1억 달러!"

"그러니까 1억 달러만 보시지 마시고 그걸 개발한 연구원이 얼마나 허무하겠는지를 보셔야죠. 기껏 개발해 냈는데 금일봉 백만 원 받고 끝. 이러면 주위에서 나라를 어떻게 보겠어요? 연구할 맛이 나겠어요?"

"흐음…… 그것도 그러네."

"그 사람 문제만이 아니죠. 앞으로도 1억 달러씩 수익을 안겨 줄 기술 백 개가 그런 식으로 사라진다면요? 돈 100억 때문에 10조를 놓치시겠어요?"

"이게 그렇게 되는 문제였나?"

"심각한 문제죠. 대한민국 과학계 인사들 불러다가 물어 보세요. 애국심만으로는 얼마나 힘겨운 싸움인지. 깨끗하게 보상해 주고 기술 개발하면 인생 꽃핀다는 걸 보여 주세요. 한번 불붙으면 무서운 게 우리 민족이잖아요."

"이거 손대기 시작하니 문제가 없는 데가 없네."

"죄송합니다."

"아이다. 내 생각해 보꾸마. 근데 그건 뭐꼬?"

잔뜩 고심하는 척하던 대통령이 별안간 내가 들고 온 서류 봉투를 가리켰다. 말 돌리는 거다.

하여튼…… 있는 데서 즉답은 절대로 안 해 준다. 어차피 시키는 대로 할 거면서 말이다.

펼쳐 줬다.

"이건 SD 텔레콤의 일급기밀 문서예요."

"일급기밀?"

"한국형 통신망에 대한 구체적인 계획이 들어 있으니까요."

"구체적 계획? 그게 뭔 소리고? 저번에 다 얘기했던 거 아니었나?"

"그때와 또 달라졌으니까요."

"달라졌다고? ……그기 무산된 건 아닐 테고 설마…… 벌써 성공했나?"

"보세요."

"오야."

얼른 받아 들어 살피는 대통령이었다. 두 장으로 요약하여 읽은 데는 그리 시간이 걸리지 않았다.

그걸 탁 접는 대통령이었다.

"대길아."

"네."

"이기 진짜가?"

"최순명 소장이랑 제가 직접 다 확인하고 돌아왔어요."

"그럼 저번 미국행이…… 맞제?"

"관광도 했는데 겸사겸사죠."

"겸사겸사 참 좋다. 하하하하하하하, 성공했으니 됐다. 한시름 놨다 아이가. 대길아, 진짜 고생했데이."

"홍콩에 하겠다는 건 안 물어보세요?"

"성공한 게 중요하제, 그게 뭐시기 중요하노? 니가 어떻게 하겠다 다 써 놨다 아이가. 아직 기반이 잡히지 않아서 못하는 걸 어떡하겠어. 차라리 잘됐제. 외국에서 성공해 가 뿌면 누가 뭐라 할 사람도 없다 아이가. 안 그래도 니가 북쪽 얘기하는 통에 시비 걸 사람도 없는데."

"진행할까요?"

"발표는 언제쯤 하까?"

"홍콩 정부랑 협의 마치는 대로 하시죠."

"뭐를 도와주꼬?"

"근데 영국은 어떻게 구슬린 거예요?"

"우리가 뭐 줄 게 있더나. 느그 삼촌이 좀 희생했제."

"삼촌이요?"

"반도체 그거. 10년간 50%에 주기로 했다."

"아!"

이런 일이 있었는데 집에선 한마디도 안 한 거다.

"느그 삼촌이 욕봤다."

"좀 챙겨 줘야겠네요."

"그래야지."

"그럼 건설은 선영에 맡기고 전자제품에 관해서는 일체 생산을 주면 어떨까요?"

"알아서 하거라. 가만히 돌아보면 선영은 한 게 없다. 공사 받아 가는 것도 감지덕지. 뭐라 카믄 현수 정 회장 불러다 준다 카믄 끝난다."

"홍콩 정부랑 할 때 힘써 주실 수 있나요?"

"해야지. 무조건 해야지."

"이참에 중공이랑 수교는요?"

"중공이랑 수교?"

그게 무슨 풀 뜯어 먹는 소리냐는 표정이다. 아직 북방 외교에 대해선 생각해 보지 않은 모양이었다.

또 던졌다.

"하는 김에 소련까지 넓혀 보시는 건 어떠세요?"

"소련까지?"

"명분 좋잖아요. 통신망 개설. 그것도 암호화된 통신망 개설이라면 두 손 들고 반길 텐데. 미국 때문에라도."

"……그기 되겠나? 미국이 쳐다보고 있을 건데."

"민간사업이잖아요. 그리고 미국도 중공이랑 일찌감치 수교를 텄잖아요. 우리보고 안 된다는 건 말이 안 되죠. 그렇게 하나씩 하나씩 가는 것도 나쁘지 않을 것 같은데."

"알았다. 일단 펼쳐 보자. 그래야 김영삼이 하고 김대준이 하고 입 다물지 않겠나?"

"네."

"오야. 니도 잘 지키봐라. 내가 어떻게 하는지. 내 진짜 진지하데이. 알제?"

"저도 진지하게 볼게요."

"오야."

콜 사인이 떨어지자마자 SD 텔레콤은 TDX-10의 생산에 총력을 기울였다.

대양은 홍콩을 일주일에 두세 번씩 왔다 갔다 하며 사업에 대한 물꼬를 트려 했고, 그에 발맞춰 선영도 말없이 지시에 따라 줬다.

쇠고랑 차고 끌려간 대머리 본인 아저씨는 공개 석상에서 30년 형을 구형받았는데, 죄목은 뇌물수수와 불법 사찰, 살인

교사 등 수십 가지가 넘었다. 법정은 특히 5.18에 대해 철저하게 까발렸는데 본래는 사형을 선고하려다 대통령이었던 걸 감안하여 특별석방 없는 30년 형으로 감형했다고 밝혔다.

정부는 여기에서 멈추지 않고 천문학적인 비자금 또한 모든 총력을 다해 국고로 환수시킬 거라 천명하였다. 참고로 5.18과 직접 관련된 자들은 사형, 간접도 최소 20년 형을 받았다.

그리고 그 아저씨 마눌님도 온갖 혐의를 인정받아 15년 형을 받았는데, 그 일가는 향후 50년 동안 기관과 관련된 어떤 직업에서도 일을 하지 못하게 됐다는 후문이다.

대통령은 더 나아가 특별담화문으로 5.18 사망자에 관해서는 민주주의 수호자로서 훈장을 수여하고 국립묘지에 안장할 것이며 그 유족에 대해서도 평생 연금으로 생활을 지켜주겠다 발표했다.

20년이 지나도 끝나지 않을 의혹과 억울함이 이렇게 쉽게 풀릴 줄은 나도 몰랐지만, 어쨌든 고무적인 일이라 멀리서 응원하였다. 다소 미흡하더라도 이 정도면 다들 납득하리라 믿었다.

그러나 내 생각이 틀렸다.

대통령은 아직 시작이었다.

나중에 김영산과 김대준, 김종일 삼 김을 모두 청와대로 초청했다고 들었는데, 그 의제가 반민특위라고 했다.

살짝 꺼리는 이들을 향해 반대하는 순간 일본의 앞잡이로

지목하여 일생을 이 땅에 발붙이지 못하게 만들 거라고 경고
하자 울며 겨자 먹기로 그들도 찬동하였다고 했는데.

이 소식은 바로 국회로 직행.

거수기에 의해 시한이 없는 사안으로 입법.

한 달도 안 돼 국회를 통과하고 조정 기간 없이 대통령의
시행 선포로 근간을 만들었다. 그리고 단 사흘 만에 독립투사
유가족들로 구성된 반민특위가 결성되었다.

아주 시끄러웠다.

온갖 언론이 부당한 처사라고 보도했고 잘못된 판단이라
고 매도했다.

그러든 말든 일은 바쁘게 흘러갔다.

날이면 날마다 사람들이 끌려가고 판사의 도장이 찍히고
수감되었다. 그들이 이룩한 부당한 재물은 국고에 환수되거
나 본래 주인에게 돌려주고 죄인들은 하나같이 흉악범 사이
로 밀어 넣거나 하여 찍소리도 못 하게 만들었다.

가만히 있어도 정신없는 이때 갑자기 미국에서 뜻밖의 손
님이 날 찾아왔다.

"어쩐 일이야?! 여기까지 다 오고."

"그래도 휴가의 마지막은 보스의 나라에서 보내고 싶었어요."

"저도요."

"여기 메리도 있어요~."

애니카, 마리아, 메리가 회사까지 찾아왔다.

언감생심.

안 그래도 TDX-10과의 호환 때문에 절실히 필요했는데 잘됐다.

"어서 와. 아니, 이리 와 봐. 저기 최 소장님과 가서 샘플 좀 만들어 줘."

"에엑?! 일하라고요? 저희 휴가인데요."

"알았어. 다음에 또 줄게."

"오 마이 갓!"

"보스, 워크 홀릭이에요? 너무 멋져요."

"자기 일에 열정적인 사람은 언제나 멋지죠. 저는 동참하 겠어요."

애니카만 빼놓고 마리아와 메리는 꽤 좋아했다.

남은 하나도 결국 고개를 절레절레 흔들고는 연구에 합류 했는데 뭐 어쩌겠나? 사이다 섞은 막걸리와 겉바속촉한 파전 의 마력으로 달래는 수밖에.

이로써 샘플화도 가속도가 붙었다.

홍콩에서도 좋은 소식이 연달아 들려오고 일도 잘되고 모 든 게 잘 풀렸다.

다 좋은데…… 호사다마라, 살짝 방심할 그때 또 시커먼 양복을 입은 백인 둘이 버터 향기 물씬 풍기며 나를 찾아와 어눌한 발음으로 이상한 걸 물었다.

"누구…… 세요?"

"미국 대사관에서 나왔습니다. 오대길 씨 맞으시죠?"

"네."

"DGO 시스템즈의 실소유주이고요?"

"네?"

"이번에 국제특허를 신청한 CDMA 기술에 대해 논의할 게 있습니다. 시간 되시죠?"

Chapter 12. 펜타곤의 기술이오

깜짝 놀라 순간 얼었다.

미국 대사관에서 왜 날 찾아온 걸까.

이들의 입에서 왜 CDMA 기술이 언급되고 또 DGO 시스템즈는 왜?

찾아온 모양새 또한 어째서 이리도 무도해 보이는지. 마치 도둑놈 잡으러 온 형사 같았다. 말투도 거침이 없었고.

일단 거부 의사를 밝혔다. 이런 식으로 찾아온 놈들치고 제대로 된 얘기를 하는 경우는 거의 없음을 경험으로 알기 때문이었다.

"다짜고짜 와서 시간 되냐고 묻는 건 아니죠. 다음에 오세요.

정식으로 약속 잡고요.”

“지금…… 거부하시는 겁니까?”

눈을 또 회까닥 뒤집는다. 확실히 좋은 뜻으로 온 게 아니었다.

동시에 나도 슬슬 긴장이 풀렸다. 나도 이런 식이 확실히 편한 모양이었다. 담담히 대응해 줬다.

“네. 확실히 거부합니다. 돌아가 주세요. 얘기는 그때 나눕시다.”

“후회하실 텐데요.”

껄렁껄렁하기까지. 이젠 미국 대사관 출신이 맞는지도 의심스럽다.

“후회는 무슨…….”

“아주 교묘하게 숨겨 놨더군요. DGO 인베스트. 특허의 주인을 찾아가다 보니 여기까지 거슬러 올라가야 했습니다. 이런데도 우릴 그냥 돌려보내겠다?”

“……!”

내 뒷조사까지 끝냈다는 얘기다.

처음부터 말투가 엿 같더니 아무래도 이놈들과 더 함께 있다간 횡액을 당할 것 같았다.

벌떡 일어섰다.

“나가라는 말 안 들려?! 당신 이름 뭐야?!”

“하하하하, 이제야 내 이름이 궁금하신 모양이십니다. 헌데 말이죠. 그런 걸 궁금해할 여유가 없을 텐데요."

"씨발너미. 누가 누구를 걱정해."

인터폰부터 눌렀다.

"경찰 불러요. 당장."

"미 대사관에서 나온 사람을 경찰 불러서 쫓아내겠다고?"

점입가경. 반말도 할 줄 안다.

"말 놓지 마라. 어디에서 왔든 너희가 설칠 장소가 아니다.
이건 경고다."

"흥분하지 말고 앉지. 얘기가 길어질 것 같은데."

낄낄대는 꼴이 이런 일에 경험이 많아 보였다.

동시에 대충 상대편의 밑천도 읽혔다.

DGO 시스템즈와 CDMA를 언급했음에도 정식 요청이 아
닌 이런 놈을 보냈다는 건 달리 뭘 가진 건 아니라는 뜻이다.

웃어 줬다.

"너네 그러다 다친다. 뭘 믿고 까부는지 모르겠는데, 너희
같은 것들이 설칠 무대가 아니야. 조용히 물러갔다가 네 웃
대가리나 데려와라."

"건방지다더니 실로 안하무인이군. 내가 지금 어디에서
왔는지 다시 말해 줘야 하나?"

"난 네 소속도 궁금하지 않고 네가 온 목적도 궁금하지 않아.
이대로 일어나 나가면 모른 척해 줄 테니까 그냥 나가."

"내가 먼저 경고하지. 자리에 앉으세요. 자리에 앉아 내 말

을 듣는 게 좋을 겁니다."

"까불지 말라고 했다."

"까부는 게 누군지 모르겠어?"

"니 이름이나 밝혀 이 개새꺄! 말로 미 대사관이라고 하면 어
이쿠 그럴 줄 알았냐? 여기가 어디라고 협박하고 지랄이야!!"

"새꺄? 지금 욕한 거 맞습니까?"

"욕은 아까부터 했고. 이 씨발새끼가 감히 누구 앞에서 다
림질이야. 너 이 새끼, 내가 누군 줄 알아? 넌 엿 됐어 개새꺄.
설사 미 대사관에서 나왔어도 넌 뒈진 거야. 아냐. 이 개새끼
가 감히 누구 앞에서 장난질이야!"

대표실에서 고성이 터지니 사람들이 우르르 들어왔다. 그
제야 검은 양복 둘도 살짝 당황했다.

"대표님!"

"이 새끼들 못 도망가게 잡으세요. 아주 사기꾼 같은 놈들
이 와서 우리 기술을 빼 가려고 합니다."

나오는 대로 그냥 던졌는데 직원들의 반응이 아주 이상적
이었다.

"그래요?!"

"혹시 산업 스파이?"

"이놈의 자식들이 감히 어디서 스파이질이야!"

"어서 경찰 불러요. 산업 스파이래요."

"산업 스파이? 이 나쁜 놈들은 반드시 잡아야 해요."

산업 스파이?

오호라, 그것이 답이로다.

한마디씩 떠들며 분위기가 험악해지자 방금까지 여유 떨던 놈이 무언가 말하려 하였다.

그걸 가만히 놔둘 내가 아니었다.

"저 새끼들 입부터 틀어막으세요. 또 무슨 소리로 현혹할지 모릅니다. 도둑놈은 일단 잡아야죠."

"네."

"너 이놈의 자식 잘 걸렸다."

원자폭탄 두 방으로 우리를 광복의 길로 이끌고.

6.25 전쟁 때도 최일선에서 돕고.

호시탐탐 노리는 북한으로부터 보호하고.

경제 발전 때도 엄청난 원조로 도와준 건 분명한데.

심심하면 사고 치고 사람 죽이고 그러면서도 미국으로 송환시켜 우리 법으로 건들지도 못하고.

가뜩이나 미국에 대해 감정이 안 좋을 때였다.

미국이 뭘 하는 것도 못마땅할 때였다.

남자 직원 몇이 두 팔 걷어붙이고 다가갔다.

분위기는 금세 험악해졌다.

나로서도 싸움이 나면 더 좋다.

혹 훈련된 요원이라 우리가 당해도 나는 어떻게든 이용할 수 있는 위치였으니까.

하지만 놈들도 보통은 아닌지 직원들의 제압에 순순히 당해 줬다. 대신 눈빛으로만 가만두지 않겠다고 하였는데 내가 이걸 또 가만히 놔두면 오대길이 아니다.

슬그머니 다가가 눈을 콱 찔러 줬다.

"크아악!"

아주 뒤집혀 바닥을 뒹구는 놈을 발로 마구 밟아 줬다.

이젠 대사관에서 나왔어도 상관없었다.

대사관이라면 날 사찰한 게 된 거고 이건 틀림없이 법적·외교적 문제로 비화될 테니까.

일단 밟아 줬다.

바닥을 데굴데굴 구르든 말든 구둣발은 여지없이 아픈 곳만 밟았다. 직원들에게도 밟으라 시켰다. 이 시대만 해도 도둑놈은 때려잡는 게 도리였으니 직원들도 개의치 않고 덤볐다.

남은 한 놈도 쳐다봐 줬다.

재빨리 눈을 피한다. 이제야 내가 자기보다 강한 걸 시인하는 거다.

가서 놈의 귀를 잡아 앉혔다.

"너 누가 보냈어?"

"저 그게……."

더듬길래 반쯤 죽은 놈을 가리켰다.

"저놈처럼 되고 싶어?"

"……."

대답이 없길래 이놈도 눈도 콱 찔렀다.

어차피 잔챙이라 아는 것도 없을 것이다.

"크아악."

"밟아요!"

"넵."

"다들 와서 밟아."

2008년도라면 상상도 할 수 없는 일이었지만 아무렴. 이놈들은 산업 스파이고 나는 피해당할 뻔한 당사자였다.

더구나 국책사업의 대표.

될 대로 되라래도 내가 이긴다.

그러니까 바쁜 미국이 겨우 이 둘 때문에 날 건들까.

경찰이 와서 초주검이 된 둘을 데려가도 개운키만 할 뿐 걱정은 없었는데, 서 실장이 이 소식을 듣고 달려와 던진 말 때문에 살짝 흔들려 버렸다.

"특허 자체를 무효화시킬 수도 있다고? 왜? 그건 걔들이라도 못 건드려."

"아니죠. 미국은 그런 힘을 가진 나라예요. 그네들이 마음먹으면 하지 못할 게 없습니다, 도련님."

"에이, 겨우 애들 둘 박살냈다고 되지도 않는 싸움을 건다고? 그 빠꼼이들이?"

"만에 하나라도 위험한 건 피해야 합니다. 이 일은 빨리 수습하는 게 진리인데 상대가 하필 미국이라니. 하아~."

만능인 서 실장도 어쩔 수 없는 게 있나 보다.

나도 딱히 할 수 있는 게 없는지라 애니카나 불러 의논하려 했는데 애니카 소리를 듣더니 서 실장이 손뼉을 쳤다.

"맞다! 존 와이어! 존 와이어를 부르세요. 미국 놈은 미국 놈으로 상대하는 게 최고입니다."

"존 와이어?"

"하아~ 그러면 되겠네요. 어서 부르세요. 미국이 우리 특허에 관심이 많다고. 훼방 놓으려 하고 있다고 어서 와 달라 전화하세요."

"존 와이어까지? 굳이."

"지금 이럴 때가 아닙니다. 어서 부르세욧!"

소리까지 치는 모양새가…… 무척 다급했다.

내가 너무 나태하게 생각했던가.

적당히 고위층까지 올라가도 대통령이 대충 흐지부지시킬 것 같아 가만히 있었는데, 서 실장이 본 상황은 그게 아닌 모양이었다.

그러고 보니 그렇게 보는 것도 맞다.

자칫 시기를 놓쳤다가 특허 사업이 시작부터 뒤틀려 버리면 그것만큼 엿 같은 것도 없으니까.

"알았어. 빨리 부를게."

존 와이어도 서 실장처럼 빨랐다.

자초지종부터 대충 듣더니 곧바로 자기가 도착할 때까지

어떤 대응도 하지 말고 묵묵부답으로 일관하라는 말만 남기고 전화를 끊었다. 가장 빠른 비행기를 타고 온다고.

그리고 정말 잠깐 사이에 많은 일이 벌어졌다.

미 대사관에서 정식 항의가 들어오고 이게 청와대까지 올라갔다.

미 언론에도 대사관 직원이 한국의 모 기업 대표에게 폭행당했다고 속보로 뉴스가 올라갔다. 또 한 명은 실명 위기까지 갔다고.

그 뉴스를 받아 몇몇 언론인들이 몰려와 SD 텔레콤 앞에 진을 쳐 댔다.

순식간에 어떤 드라마의 주인공이 된 느낌이었다. 예전에 어떤 대통령 아들을 묵사발 냈을 때도 이랬는데 이것도 참 격세지감이다.

"제법 아물었다고 생각했는데 아니었나?"

"네?"

열 받으면 손부터 나가는 버릇.

여간해선 고쳐지지 않을 것 같기도 하고.

이 불뚝불뚝 올라오는 폭력적인 성향이 언젠간 내 신세에 큰 영향을 끼칠 것 같은데, 이 불길한 예감에도 화는 가시지 않는 걸 보니 끝맺음이 좋지 않았다는 걸 본능적으로 아는 것 같았다.

확실히 억울했다. 이놈이고 저놈이고 100배 되갚아 주지 않으면 밤잠을 못 잘 것 같기도 하고.

옆에서 대기타는 하제필이를 보았다. 이런 일에 자질이 있다지?

"하 비서."

"네."

"여기 찾아온 두 새끼. 찾아낼 수 있어?"

"언제까지 찾아올까요?"

캬~ 기가 막힌다. 왜냐고 묻지도 않는다. 그냥 언제까지 대령하면 되겠냐고만 한다.

가만히 하제필을 쳐다보다 일단 대기시켰다.

"좋아. 일단 지켜보자고. 그 정도 자신감이면 나도 여유 좀 부려도 되겠어. 무슨 얘긴지 알지?"

"대기하고 있겠습니다."

난 사실 이 말이 진짜 대기하겠다는 소린 줄 알았다. 서 실장이 받기 전까진.

"그래, 하 비서가 준비하고 있어라. 도련님이 명을 내리면 즉각 움직일 수 있게."

"명심하겠습니다."

"……."

이 둘의 대화에 말이 없어진 것처럼 하루를 딱 입 다물고 버티자 존 와이어가 내게로 날아왔다.

보무도 당당히 내게로 온 그는 첫마디부터 내게 큰 신뢰감을 주었다.

"미 대사관으로 먼저 가시죠."

"으응?"

"거기서 결판내는 게 어떻겠습니까?"

"……."

오면서 약속을 잡아 놨단다. 가기만 하면 최고위급 인사
와 만날 수 있단다.

그러면서 내게 이런 말을 해 댔다.

"걱정하지 마세요. 까불면 밟아 버리면 됩니다. 오면서 알
아보니 별 권한도 없는 놈이 간 본 거예요. 연방법원에 제소
까지 생각하고 있으니까 우리 고객님은 가만히 계시기만 하
면 됩니다. 제가 다 정리해 드리죠."

아주 믿음직스럽다.

그의 자신감을 믿고 우리 차량은 광화문 옆 살벌한 건물로
향했다.

한국 경찰들이 괜한 짓처럼 수시로 경계를 서고 있는 곳이
었는데, 문을 통과하자마자 덩치 큰 외국 군인들이 위압적인
분위기로 우리에게 다가왔다.

이것도 존 와이어가 한마디 하니 사라지긴 했는데, 확실히
변호사란 직업이 대단하긴 대단한 모양이었다.

군복을 입은 장교의 안내에 따라 부대사 사무실로 직행했다.

책임자를 만나러 간다길래 대사를 만날 줄 알았는데 부대

사였다.

　문을 열자 머리가 희끗희끗 살이 뒤룩뒤룩 찐 양반이 일어
섰는데 명패엔 토머스 S. 브룩스라 적혀 있었다. 토머스 기차
닮은꼴 같기도 하고.

　참 그 전에, 미 대사관 정문에 도착하자마자 존 와이어가
내게 경고 비슷한 말을 했는데 이랬다.

　"대표님도 전문가 수준일 테지만 386개 특허 꾸러미를 조
성하면서 CDMA 기술에 관련해서는 제 손바닥보다 더 훤하
게 된 게 저입니다. 아마도 이 부분에서만큼은 제가 세계 최
고의 전문가라 자부하는데, 인정하십니까?"

　"그렇겠군요."

　"고로 제가 무엇을 하든 참고 가만히 계실 수 있겠습니까?"

　"그게 무슨 말이죠?"

　"끈 떨어진 연이긴 하나 상대는 한국의 대통령도 함부로
못 하는 실력자죠. 조심하는 게 여러모로 이득이니까요."

　"그러니까 내가 왜 그래야 하는 거죠?"

　"초점을 거기에 맞추지 마시고 제가 실리콘 밸리에서 뼈가
굵은 사람임을 잊지 말아 주셨으면 좋겠습니다. 거기도 옛날
엔 승냥이들 천지였죠. 돈 없고 빽 없으면 국가든 거대 공룡
기업이든 달려와 기술을 채 가기 바빴으니까요. 지금에야 많
이 교통정리 됐지만, 말 그대로 교통정리일 뿐이죠. 긴장감
놓치면 쥐도 새도 모르게 기술 권리가 누군가의 손에 넘어가

있을 수도 있습니다."

"이게 그런 일이란 건가요?"

"뉘앙스가 좀 진하죠. 신뢰도 높은 정보에 의하면 국방부 몇 놈이 시비 걸고 또 그에 호응한 몇몇 의원들이 붙었습니다. 본래 미국인의 기업이라면 이런 무모한 짓은 안 했을 텐데 말이죠."

이것도 나라가 작은 설움이란 소리다. 아시아 귀퉁이에 붙은 나라쯤 힘으로 밀어붙일 수 있다는 자신감의 발로였고.

"전권을 주십시오."

"전권을요?"

순간 깜짝 놀랐다.

우와~ 삼촌이 이런 느낌이었던가.

전권을 달라는데 다 뺏기는 기분이 든다.

이런 느낌을…… 삼촌은 대체 수십조에 달할 지도 모를 사업의 권한을 무슨 생각으로 내게 넘겨줬을까. 정말 모를 일이다.

어쨌든 부대사인 토머스 브룩스는 아주 여유로운 표정과 태도로 우릴 맞았다.

커피를 물었고 다과를 내올 때까지 천천히 나를 관찰하고 같이 온 존 와이어도 미소를 머금은 채 살폈다. 입술에 미소를 머금은 꼴이 꼭 항복하러 온 장수를 맞는 분위기였다.

욱 올라왔으나 존 와이어의 눈빛을 보고 나는 조용히 등을 소파에 기댔다.

그는 날카로웠고 결코 싸움에 진 눈빛이 아니었다.

그렇게 반격이 시작됐다.

가방에서 물통 두 개를 꺼내 내 앞과 자기 앞에 둔 존 와이어는 시종일관 미소를 머금은 토머스 브룩스에게 이런 말을 던졌다.

"결례이긴 하나 브룩스 부대사가 준 음식은 도저히 먹을 수가 없겠습니다. 초면부터 믿을 수가 없잖아요. 혹 독이라도 들었을지 누가 안답니까. 하하하하하."

"……."

토머스 브룩스의 미간이 찌푸려졌다.

"오 대표님과 저는 가져온 물로 대신할 테니 보좌관이 가져온 건 브룩스 부대사나 많이 드십시오."

"……무례하군요."

"무례는 우리가 먼저 한 게 아니죠. 뒤에 누가 있습니까?"

"……."

"전 대사인 제임스 릴리는 중국으로 의전 갔으니 아닌 것 같고 신임 대사가 오기까진 시간이 오래 걸릴 것 같으니 그럼 대사는 아닌 건데. 아니, 설마 부대사께선 이 일로 대사 자리까지 바라보고 있는 겁니까?"

"내가 답변할 의무가 없는 질문이로군요."

"답변하셔야 할 겁니다. 부시 행정부는 당신을 바라보고 있지 않으니까요. 대사 대리를 앉히는 한이 있더라도 당신에

겐 대사 자리를 주지 않을 거란 말입니다. 아시겠나요? 그리고 이 일은 크게 비화될 겁니다. 아마도 당신은 가진 부대사 자리마저 잃게 될지도 모르고요."

쾅!

그가 테이블을 내리쳤다.

"협박인가!"

"협박한 건 당신이죠. 어디 남이 이룩해 놓은 기술에 손대려 합니까? 오 대표가 한국인이라서 만만해 보입니까? DGO 시스템즈는 분명 미국 기업이고 미국법을 적용받습니다. 난 이걸 연방법원에 제소할 생각이고요. 언론엔 이렇게 실릴 겁니다. 실리콘 밸리의 작은 기업의 기술을 정치인들이 물리적·강제적 개입으로 강탈하려 했다고요. 브룩스 부대사의 이름은 막 출범한 부시 행정부로 던져 주고요. 그들이 참으로 좋아할 겁니다."

"그건 펜타곤의 기술이오!"

"펜타곤 기술이요? 호오, 일부 시인하시는 겁니까? 이 일의
시작이 펜타곤에서 나왔다는 걸요?"

"암호화 기술은 굳이 펜타곤과 관계되지 않아도 알 수 있
는 일이오."

"그런데도 굳이! 펜타곤의 기술이라 말씀했다는 건 이번에
DGO 시스템즈가 특허 신청한 암호화 기술이 거기에서 나왔
다는 걸 두고 말씀하시는 겁니까?"

"통신 암호화 기술은 오래전부터 미국 국방부가 발전시켜
온 기술이오. 그걸 미국의 허락 없이 전용하는 건 안 되지!"

토머스 브룩스는 팔짱을 딱 끼고 입술을 다부지게 다물었다.

무슨 말을 해도 안 들어먹을 것처럼.

"방금 통신 암호화 기술이 오래전부터 미 국방부가 발전시켰으니 미국의 허락 없이 전용하면 안 된다고 말씀하셨습니다. 다시 진지하게 질문하겠습니다. 녹음되고 있으니 잘 말씀하셔야 할 겁니다. 진짜 CDMA 기술이 미 국방부의 기술이라 생각하시는 겁니까?"

"……그렇소."

대답하는 토머스 브룩스를 보며 존 와이어는 이런 놈이 어떻게 부대사 자리까지 왔는지 모르겠다는 표정을 지었다.

"그럼 미국에서 발생된 암호화 기술에 대한 모든 권리가 미 국방부에 있다는 말씀으로 보면 되는 건가요?"

"그건…… 잘 모르겠지만, 통신 기술에서만큼은 그렇소."

"통신 기술이 뭔지는 아십니까? 아니, 정확히 CDMA 기술이 뭔지는 아십니까?"

"음성 데이터를 암호화하여 송출하는 기술이 아니오."

"그렇다면 음성 데이터를 송출하는 기술에 대해선 아무런 이의가 없다는 얘기로 들어도 되겠습니까? 여기에서 데이터를 암호화하면 무조건 미국 국방부 기술에 대한 전용으로 보면 된다는 말씀이고요?"

"……."

다시 입을 꾹 다무는 토머스 브룩스였다.

하지만 존 와이어는 그런 그를 더욱 다그쳤다.

"당신한테 왜 이런 얘기까지 해야 하는지 모르겠지만 대답하지 않으시면 난 바로 일어나 워싱턴으로 날아갈 겁니다. 어차피 특허 신청을 해 놓았으니 논란이 될수록 좋겠지요. 계속 버티시겠습니까?"

"당신은 미국인이 아닙니까? 어째서 국익에 반하는 행동을 하지요?"

"녹음되고 있다는 데도 이런 말을 꺼내시는군요. 좋습니다. 물으셨으니 답해 드리지요. 내가 생각하기에 당신이야말로 국익에 반하는 자 같습니다. 다시 말씀드리지만 DGO 시스템즈는 미국 기업입니다. 대표의 출신이 누구든 미국 땅에서 일하고 미국에 세금을 낸단 말입니다. 그런 기업의 기술을 말도 안 되는 논리로 강탈한다? 이 일이 알려지면 미국의 이미지가 어떻게 될 거라 보십니까? 당신 하나 옷 벗는 거로는 감당이 안 될 겁니다."

"그래도 통신 암호화 기술을 전용한 것은 틀림없는 사실이잖소."

"발상을 가지고 왔다고 한다면 뭐 그런 생각을 가질 수도 있겠다 여겨지겠지만, CDMA는 세계 어느 나라의 특허를 살펴봐도 찾아볼 수 없는 독특한 기술입니다. 더 이상 섣부른 판단으로 매도하지 마십시오. 아니, 나는 이런 역량으로 부대사까지 오른 당신이 오히려 더 의심스러울 지경입니다. 아! 하나 물어보겠습니다. CDMA 기술이 특허 신청을 낸 건 어떻게 아셨습니까? DGO 시스템즈 실소유주가 오 대표인 건 어떻게 알았고요? 아무런 혐의도 없이 개인을 사찰한 겁니까?"

"말해 줄 의무가 없소."

"아무것도 말해 주지 않으면서 기술 발전에 딴죽을 걸겠다, 이렇게 받아들여도 되겠습니까?"

"난 더 할 말이 없소."

"알겠습니다. 인터뷰는 여기까지 하지요. 대신 앞으로 당신은 언론과 미 행정부를 상대하게 될 겁니다. 실리콘 밸리의 수많은 기업도 마찬가지고요. 어디 한번 혼자서 버텨 보시죠, 부대사님."

존 와이어가 일어나길래 나도 일어났다.

그런 우리를 보며 토머스 브룩스가 비웃듯 경고했다.

"후회할 거요. 난 분명 그리 말했소."

"후회는 당신이나 하겠죠. 당신과 당신이 믿는 사람들은 대체 무얼 위해 일하는지 모르겠습니다. 미국에 위대한 기술을 안겨 준 이를 핍박하다뇨. 당최 어떤 상식으로도 이해할 수 없습니다."

"누가 미국에 위대한 기술을 안겨 줬다는 거요? 이놈은 한국인이요, 한국인. 그리고 암호화 기술은 미국의 것이오. 다른 누가 가져선 안 되지."

"그런 말은 소련, 중공, 영국, 캐나다, 프랑스, 스페인, 독일 대사한테나 지껄이시지요. 나오는 말을 입에 다 담기도 힘들

재벌가 막내아들 3

군요. 그러니까 부대사님은 여기 한국인에게 한 것처럼 그들에게서도 통신 암호화 기술에 대한 로열티를 요구해 보시죠. 쿠쿠쿠쿡. 아! 웃은 건 실례했습니다. 너무 웃겨서요. 자자, 우린 이만 돌아가겠습니다. 남은 일정을 보셔야 하니까요. 그리고 하나는 분명히 하건대 시작은 당신들이 한 겁니다."

밖으로 나오면서 존 와이어는 얼른 국제전화부터 돌렸는데 몇 마디 하는 것 같더니 다른 말은 더 안 하고 '진행해.'란 말로 끝냈다.

그는 줄곧 심각했다. 정리할 시간이 필요한 것 같아 나도 가만히 기다려 주었다.

한참을 기다리자 나에게 자초지종을 털어놓았다.

"아무래도 캘리포니아 주지사가 끼어든 것 같습니다."

"캘리포니아 주지사라면……."

"조지 듀크죠. 그가 움직인 것 같습니다."

"그도 혹 공화당이오?"

"네."

"이게 뭔 일인지."

"걱정 마십시오. 특허엔 아무런 결격사유가 없습니다. 다만 이게 국방부 어디까지 관여된 사안인지가 중요한데, 한 가지 다행인 점은 이 정도로 발 빠르게 움직인 걸 보면 부시 행정부랑은 관계없어 보인다는 겁니다."

"하긴 한창 인선하느라 정신없을 때니까요."

"그렇죠. 동시에 이런 스캔들을 무척 경계할 때기도 하고요."

"진짜 문제없습니까? 난 아까 CDMA가 미 국방부 기술이라고 할 때 가슴이 철렁했습니다."

"하하하하하. 아이고, 웃어서 죄송합니다. 다시 생각해도 저들이 너무 어이없어서요."

"저들이 왜 이런 거죠?"

"그것보다 하나 확실히 하셔야 할 건 따로 있습니다."

"뭔가요?"

"CDMA 기술은 출발부터가 너무 선명해서 탈인 기술입니다. 완전히 무에서 유를 창조한 거죠. 최초 입안자인 마리아 롯과 메리 홈즈, 애니카 코트니노바는 하프문베이에서도 아주 구석인 농장 출신입니다. 국방부와 인연 자체가 없죠. 보통 신기술이 나타나면 여러 가지 추문이 돌기 바쁜데 너무 깨끗해서 제가 오히려 더 조사하게 됐습니다. 물론 결론은 이상 없음입니다. 대표님의 행적 또한 이상 무고요."

"이게 그 정도로 파고들었어야 할 사안인가요?"

"원래 이쪽 바닥이 그렇습니다. 사소한 시비로 수천만 달러의 소송비가 낭비되는 세계고요. 전 저에게 백만 달러를 제시했을 때 이런 것까지 다 살피란 말씀인 줄 알았는데……일을 좀 대충할 걸 그랬습니다. 하하하하하."

소 뒤로 걷다가 쥐 잡은 것도 아니고 내가 아무래도 사람을 제대로 만난 모양이었다.

나도 솔직히 나갔다.

"거기까진 보지 못했습니다. 내가 그쪽 세계를 너무 만만히 본 모양이네요. 반성합니다."

"반성까지는요. 대표님이 너무 잘하시면 제가 할 일이 없어지지 않겠습니까? 저도 모쪼록 앞으로도 잘 부탁드리겠다는 말씀을 조금 둘러말한 것뿐입니다."

"보상은 적절히 하지요. 섭섭하지 않게."

"더 바란다는 말씀이 아닙니다. 먼저 신뢰를 주셨으니 그에 걸맞게 움직이겠다는 말씀을 드리는 거죠. 물론 번외 일에 따른 비용 청구는 들어갈 겁니다. 이해하시겠죠?"

"물론입니다. 돈이 얼마가 들든 밝혀낼 수 있을 때까지 밝혀 주세요."

"이를 말씀입니까. 그러니까 제가 정리한 이번 사건의 전말은 이렇습니다. 세 명의 여성 천재가 있습니다. 그들은 의기투합했고 새로운 통신 기술에 목매답니다. 하지만 죽으라 해도 실패만 합니다. 결국 실마리를 못 찾고 2년간 연구한 기술을 폐기처분하려 할 때 대표님을 만납니다. 세 명의 천재가 대한민국 전국 수석이라는 타이틀을 단 새로운 천재를 만난 거죠. 넷이 다시 의기투합하여 다 죽어 가던 기술을 소생시켜 놓습니다. 이걸 몇몇 정치인들이 작당하여 빼앗으려는 겁니다. 한국에 있는 대표님까지 급습해 기술을 빼돌리려 했으나 주변인들의 도움을 받아 겨우 피해 낸 거고요. 전 이렇게 알고 있습니다. 대표님은 다른가요?"

"정확하군요. 여기에 더하면 협박과 물리적 충돌로 정신적 충격을 받은 전 집으로 들어가 요양 중이고요."

"옳습니다. 오늘의 이 자리도 변호사인 제가 설득하여 부득불 따라온 거고요. 거기에서 한국 놈 소리까지 들었고요. 한국인이라 안 된다는 말까지요."

"대충 정리가 되네요. 그럼 전 이대로 집으로 가면 될까요? 한 보름 정도는 칩거할 수 있을 것 같은데."

"그 전에 끝날 겁니다. 기대하셔도 좋습니다."

씨익 웃는 존 와이어를 보는데 문득 이런 의문이 들었다.

"근데 어째 즐기시는 것 같습니다."

"하하하하하, 눈치 채셨습니까? 제가 조지 듀크한테 좀 유감이 있거든요. 참고로 전 민주당 당원입니다."

이때까지도 변호사 하나 움직인다고 뭐가 크게 달라질까라는 의문이 있었다.

나는 나대로 이 일을 어떻게 수습하고 또 어떻게 움직여야 사업에 지장이 안 갈까 고민하고 있었는데.

며칠이 지나지 않아, 이야~~~.

감탄만 나왔다.

벌어지는 일들을 보면서 미 대사관에 있는 토머스 브룩스가 점점 불쌍해지니 나도 끝까지 나쁜 놈은 못 되는 걸 그때 알았다.

하지만 일주일이 더 흐르고 나서는 나도 슬슬 걱정되기 시작했다.

"어마어마한데요. 어느새 공화당이 미국에서 일하는 유색인종의 성공을 조직적으로 방해하는 선까지 올라가 버렸어요. 존 와이어가 민주당 당원이라더니. 민주당이 조직적으로 움직이는 것 같아요. 이거 보통 일이 아니에요."

"글쎄 말이야. 어떻게 일이 이렇게 된 거지?"

"실리콘밸리는 물론이고 전국적으로 규탄 시위까지 갔어요. 이 일에 대한 음모자들을 발본색원하라고요. 근데 우리 괜찮을까요? 아무래도 적을 만들어 버린 것 같은데."

"내 말이……."

대충 합의하고 정리될 줄 알았던 일이 정치권이 합세하자 미국의 위대한 기치를 해치는 악의적 작당으로 변해 거의 워터게이트 수준으로 비화되고 있었다.

공화당은 믿을 수 없다고. 다민족의 우수한 인재들이 모여 이룩한 미국을 이렇게 백인들의 나라만으로 더럽힐 거냐고.

이 정도까지 오게 되니 나도 가만히 있으면 안 될 것 같았다.

뭐라도 포지션을 잡는 게 좋을 것 같아 일주일의 칩거를 깨고 밖으로 나와 몇몇 언론과 인터뷰부터 했다.

"처음엔 영화에서 보듯 CIA나 그와 관련된 정보 단체에서 온 줄로만 알았죠. 워낙에 고압적이었으니까요. 자기 이름도 안 밝히고 협박하는데 무척 두려웠습니다."

"그들이 어떤 식으로 협박했습니까?"

"시커먼 덩치 두 명이 저를 에워쌌어요. 기업의 일급비밀인 기술에 대한 얘기를 꺼내는데 저는 빨리 경찰에 도움을 요청할 수밖에 없었죠. 당시 저는 혼자였고 방법이 없었으니까요."

"구체적으로 그들이 어떤 기술을 언급하였죠?"

"CDMA. 한국형 통신망의 핵심 기술이죠. 이게 없다면 1조 2천억이나 들여 개발하려던 사업이 완전히 물거품됩니다."

"그걸 강탈하려 했던 게 맞습니까?"

"솔직히 그 두 사람에게는 기술명만 듣고 그 후 얘기까진 못 들었습니다. 직원들에 의해 제압됐으니까요."

"두 사람이 크게 다쳤다고 들었는데 거기에 대해선 어떻게 설명하실 겁니까?"

"제 고성에 놀란 직원들이 들어오면서 약간의 충돌이 있었습니다. 하지만 산업 스파이인지도 모를 자들을 두고 어떻게 곱게 대할 수 있겠습니까? 대표인 저도 막 협박하는데요. 저희도 겨우 제압한 거죠."

"그렇다면 강탈 얘기는 대체 어디에서 나온 겁니까?"

"미국에서 온 변호사가 절 설득해 미 대사관으로 향했죠. 무서웠지만 저도 사실을 알아야 했으니까요. 거기에서 토머스 브룩스 부대사를 만났습니다."

"그럼 미 대사관 부대사에게서 들었습니까?"

"녹음하고 있다는 데도 우리 기술이 자기네 거라고 말하더군요. 기술이 있는지도 몰랐던 사람이 어떤 기술인지도 모르고 무작정 우겼습니다. 기술을 가지는 게 한국인이라서 안 된다고까지 하더군요. 제 변호사가 더 이상 매도하지 말라고 경고하였는데도 그는 멈추지 않았고 결과는 이렇게 됐습니다."

"그럼 이게 미국에서 이야기하는 결론과 같다는 거군요."

"예. 저들은 우리의 기술을 힘으로 빼앗으려 했고 우리나라가 야심 차게 준비하던 사업마저 망가뜨리려 했습니다. 근데 미국이 이런 나라입니까? 저는 정말 몰랐습니다. 국책사업에서도 이럴 정도라면 다른 곳에서는 어떻게 관여할지 상상이 가지 않습니다. 정말 이런 식이라면 또 앞으로도 얼마나 많은 곳에 관여하여 우리의 것을 빼앗아 갈지 걱정도 됩니다. 그러고 보니 미국과 맺은 조약도 좀 이상하네요. 이게 얼마나 불평등한 조약입니까? 주한 미군을 보십시오. 세계 어느 나라를 봐도 주둔비까지 대주는 나라가 어디 있습니까? 당하고 보니 점점 화가 납니다. 저는 미국이 우리의 영원한 우방이라 여겼는데, 미국은 우리나라를 지켜 주는 척하며 대체 얼마나 빼앗아 가려는 겁니까? 꼭 이렇게 해야 속이 시원하답니까? 아니, 우리나라가 호구입니까? 우리와 친구였던 미국은 대체 어디에 있는 겁니까? 저는 원래 미국이란 나라를 무척 좋아했습니다. 근데 친구한테 이러면 안 되죠. 어떻게 우리한테 이럴 수 있습니까? 미국에게 묻고 싶습니다. 당신들은 아직도 우리를 친구로 여깁니까?"

다음 날부터 한국도 시끄러워졌다.

미국과 미군 주둔과 관련된 부작용이란 부작용은 모두 까발려지며 지금껏 우리가 미국에 양보했던 일들이 재조명되기 시작했다.

그렇지 않아도 몇 년 전부터 미국의 필요성에 대해 심각하게 논의되고 있던 차였다.

더욱이 국책사업장까지 쳐들어와 대놓고 협박할 정도라면 보이지 않는 곳에선 얼마나 많은 일이 벌어질까란 의문이 제기되며 일제히 미국을 비판하였다.

미국도 문제였다.

안 그래도 일본이 경제란 힘으로 슬슬 손아귀에서 벗어나려 할 때.

한국마저 손에서 벗어나려 한다는 보고서가 마구 올라오니 동아시아 지배력에 비상 신호가 켜졌음을 인지하고 토머스 브룩스를 곧바로 군용기에 태워 워싱턴으로 소환했다. 동시에 온갖 저명인사를 소환해 여론을 돌리려 하였다.

하지만 미국엔 민주당이란 장애물이 있었다.

그들은 한번 잡은 목줄을 놓지 않았다.

레이건 정부의 허실을 밝히며 결국 그 오만이 미국의 체면을 바닥에 떨어뜨리고 궁지에 몰았다면서 계속 공격하였다. 그것도 모자라 한국이라는 강력한 혈맹마저 저들의 실수로 인해 미국을 미워하기 시작했다면서 이 일은 향후 백 년을 두고도 손꼽힐 실책이라 소리쳤다.

부시 행정부의 지지율이 가파르게 떨어졌다.

물론 단지 그것뿐이라면 시간이 지나면 어찌하든 해결할 수 있겠으나 슬슬 다른 나라에서도 미국의 오만에 대해 지적하는 말이 나오기 시작했다.

정상급에서 규탄하는 성명까지 발표되자 이대로라면 뭘해 보기도 전에 망조라는 걸 깨달았는지 첫 시작인 나에게로 청와대를 통해 만나자는 연락을 보내왔다.

"만나자는데."

"가야겠죠?"

"만나야겠지."

"좋은가요?"

"좋지."

바람이 불어온다.

돛을 올릴 때다.

온갖 이목이 집중된 이상 이용할 수 있을 만큼 이용해 주 겠다 마음먹고 초청에 응했다. 얼마나 급했는지 군용기까지 내주겠다는 걸 한국한공을 타고 천천히 날아갔다. 당연히 존 와이어한테도 연락해 놨다.

장장 열두 시간을 날아 워싱턴에 도착했더니 입구에서부 터 시커먼 정장의 요원들 십여 명이 날 에워싸며 어디론가 데려가려 하였다.

이전처럼 말투와 자세엔 강압이 없었으나 내가 느끼기엔 여전히 강압적이었다.

아차 싶었다.

이번 미국행에 대해 뭔가 크게 잘못 생각했다는 생각이 들 었다.

이런 식이라면…… 날 부른 이유도 화해의 제스처가 아닐 확률이 높다는 건데.

일단 무조건 거부했다.

저들이 어떤 말을 해도 움직이지 않고 버텼다.

1분쯤 버티자 뒤에서 민주당 인사들이 다가왔는데 거기에 존 와이어가 있었다.

그들이 와서 눈을 부라리고 나서야 요원들이 비켜섰다.

이 순간 존 와이어가 얼마나 든든한지 모르겠다. 그리고 나로서도 그가 반드시 필요했다. 그가 있고 없고의 차이는 굳이 비교하는 것 자체가 바보짓이었으니까.

"진짜로 입구에서부터 에스코트하네요."

"늘 쓰는 수법이죠. 이대로 갔다면 저들이 유도하는 방향으로 흘러갔을 가능성이 높았겠죠."

"저도 그렇게 생각되네요. 이거 원……."

"이제 우릴 먼저 만난 걸 알았으니 허튼짓은 못 할 겁니다. 아! 그리고 저번 인터뷰 아주 좋았습니다. 적절한 시기에 나서 주셨어요. 아직도 미국이 우리 친구냐? 하하하하하, 나이스한 멘트였습니다."

"그런가요?"

"덕분에 민주당에서의 제 입지도 높아졌죠. 하하하하하, 이래저래 특수는 저 혼자 보는 것 같습니다."

"도움이 됐다니 다행이네요."

"감사합니다. 얘기를 본격적으로 나누기 전에 소개시켜 드릴 분이 있는데 괜찮으시죠?"

"네, 괜찮습니다."

멀뚱한 나를 존 와이어는 VIP라운지로 데려갔는데, 거기엔 아주 젊고 낯익은 양반이 미소 지으며 나를 반겼다.

"자, 여기 이분은 아칸소 주의 주지사이십니다."

"빌 클린턴입니다. 만나서 반갑습니다. 미스터 오."

"오대길입니다. 만나 뵙게 되어 저도 반갑습니다."

우와~ 빌 클린턴이다!

나도 슬슬 월드 클래스로 가는 모양이었다.

여기에서 빌 클린턴을 만날 줄이야.

슬쩍 존 와이어를 봤다.

이 자식이 빌 클린턴과 연이 있을 줄은 정말 몰랐다.

실리콘 밸리의 흔하디흔한 변호사일 줄 알았는데……
하긴 싹수부터가 남다르긴 했다. 괜히 여유로웠고
Southwestern Bell 건과 특허 건에서도 그렇듯 일 처리도 깔
끔했으니.

"여기 앉으시죠. 5분 정도는 시간이 있으니 괜찮을 겁니다."

"아, 네."

앉자마자 기다렸다는 듯 테이블이 세팅되는데 젊은 빌 클
린턴은 내게서 눈을 떼지 않았다.

"듣던 대로 정말 젊으시네요."

"아닙니다."

"존이 누군가의 능력에 대해 이토록 칭찬한 적은 처음입니
다. 아! 존과는 예일에서 대학원을 같이 다녔죠."

학연이구나.

미국에서 가장 중요한 인맥 중 하나, 학연.

이참에 나도 하버드나 가 볼까?

"저도 존을 만나 곤란한 부분이 많이 해소됐습니다. 저에겐 굉장히 유능한 파트너죠."

"하하하하, 저도 그렇게 생각합니다. 하지만 존도 전국 수석이라는 타이틀은 없겠죠. 그렇지 않나, 존?"

"물론이지. DGO 시스템즈의 천재들도 혀를 내두르는 천재 앞에서 고작 학력 가지고는 명함을 내미는 짓은 못 하지. 안 그렇나, 빌?"

"맞네. 미스터 오 덕에 존과도 다시 이어지게 되어 참으로 기쁩니다."

"기쁘시다니 저도 좋습니다."

빌 클린턴과의 만남에 크게 이슈될 만한 건 없었다. 안면이나 트는 정도였고 만났다는 것에 의의를 두는 것 같았다.

정말 5분이 지나지 않아 일어섰는데 다음을 기약하면서 떠나갔고 존 와이어만 곁에 남아 나를 지켰다.

그가 가자마자 존 와이어는 내 곁에 딱 붙어 손가락 하나를 세웠다.

"지금부터는 하나만 보시면 됩니다."

"어떤 걸요?"

"아칸소가 작은 주이긴 하나 오 대표님은 이제부터 민주당의 주지사급과 연이 닿은 인물입니다. 저들도 이젠 오 대표님의 격을 그만큼 상승시킬 거라는 거죠."

"아······."

나한테 함부로 굴지 못할 거라는 소리로 들렸다.

"존이 힘쓴 겁니까?"

"설마요. 제 입지가 좋아졌다고 해도 주지사를 움직일 정
도는 어림없습니다. 그가 오 대표님의 가능성을 보고 온 거
죠. 덕분에 저도 옛 친구를 다시 만날 수 있었고요. 혹 아십
니까?"

"뭘요?"

"빌도 미국 역사상 최연소 주지사란 걸요. 서른둘에 자리
에 올랐으니 엄청난 인물이죠. 아마도 백악관까지 가지 않을
까 싶고요. 저도 덕분에 빌의 기억에 남았으니 윈윈 아닙니
까. 하하하하하."

보면 볼수록 희한한 사람이었다. 존 와이어는.

어디에 숨어 있다가 이런 게 나타났는지.

고개를 끄덕였더니 슬쩍 옆으로 붙어 더 작은 목소리로 말
했다.

"쟁점은 하나입니다. DGO 시스템즈가 미국 땅을 떠나느
냐 마느냐?"

"네?"

난 이게 무슨 소린가 했다.

"이 시점 DGO 시스템즈가 미국을 떠나게 된다면 어떤 일
이 벌어질까요? 모르긴 몰라도 큰일이 벌어지겠죠. 저희 당

은 이 일을 기점으로 쌓아 뒀던 부정적 데이터를 죄다 풀며 공화당의 손발을 묶을 겁니다. 민주당으로서는 대표님만 한 이슈가 없는 거죠."

"지금 저더러 DGO 시스템즈를 옮기라는 말씀이십니까?"

"설마요. 그랬다간 공화당의 적이 될 겁니다. 민주당으로서는 큰 호재지만 오 대표님 개인적으로는 치명적인 적이 만들어지겠죠. 그러니까 제 말은 밀당을 하시란 겁니다. 적절한 시점에서 공화당의 손을 들어 주어 괘씸죄를 피하는 거죠. 어차피 일은 국방부 몇몇과 캘리포니아 주지사, 주한 미국 부대사의 소행이지 않습니까. 그들은 현 정부와 관련이 없고요."

대충 가려운 데를 긁어 주란 말 같았다. 성질대로 가지 말고.

"그렇게 하면 내게 무엇이 떨어지죠?"

"이미 수십억 달러 수준의 홍보 효과를 얻었지 않습니까? 미 정부가 공인한다면 누가 감히 CDMA 기술에 딴죽을 걸까요? 아니, 이참에 미국 통신표준으로 삼아 달라고 하시면 어떻습니까? 기술력에 대해선 이미 저들도 다 파악하고 있을 테니까요."

"그렇게 되겠습니까?"

"바로 이뤄지진 않겠죠. 다만 홍콩에서 상용화에 성공한다면 얘기는 달라질 겁니다. GSM이 로비를 걸어와도 CDMA의

우수성이 이미 검증된 상태에서 다른 통신망을 구축할 필요는 없겠죠. 미국은 유럽이 잘되는 꼴을 싫어합니다."

"으음, 일단 알겠습니다."

"그리고 이후부터는 일절 공개 석상에 나타나지 마시고 시야에서 사라지는 게 좋겠습니다. 소나기는 피하고 볼 일이니까요. 대표님이 너무 떠들면 현 정부가 불편해하지 않을까요?"

"그것도 알겠습니다."

구구절절 옳은 말이었다.

그의 말대로 우선은 특허가 내 것임을 공인받는 게 제일 중요했다.

존 와이어는 이내 굳은 표정으로 나를 공항 밖으로 안내했는데, 입구에서부터 벌써 요원들이 진을 치고는 날 차에 태웠다. 물론 아까와는 분위기부터 달랐다. 얼핏 봐도 차량이 다섯 대가 넘었는데 존 와이어가 같이 타지 않았다면 분위기에 압도됐을 것 같았다.

차량의 속도는 아주 빨랐다.

가뜩이나 뻥 뚫린 도로를 아무도 없는 것처럼 쌩쌩 달렸는데 마지막엔 어느 부호의 저택같이 예쁜 건물에 도착했다.

나는 여기에서 또 한 번 놀랐다.

이게 백악관(WHITE HOUSE)이란다.

진짜 볼품없다. 우리 청와대와 비교해도 영빈관 수준으로 작다. 작다고는 들었는데 설마 이 정도까지일 줄이야.

세계 최강대국 대통령이 거하는 집이 진짜 이런 수준일 줄은 꿈에도 몰랐다. 근데 이게 또 희한하게도 내게는 진정제와 같은 느낌으로 다가왔다.

좀 만만해 보인다고나 할까?

잠시 서 있으니 지성미가 아주 매력적인 여성 보좌관이 한 명 나타났는데, 그녀는 입장에 관한 절차를 주도해 주고는 금세 또 조금은 늙었지만 완숙한 느낌의 여성에게 우릴 인도했다. 백악관 안에는 관광 온 아이들이 많아 무척 분주했다. 그 사이를 비집고 가는 여성의 뒤를 정신없이 따르니 그녀는 오른쪽 끝 방으로 우릴 안내했는데 문이 열리자마자 온갖 훈장이 달린 정복을 멋지게 차려입은 흑인이 우릴 또 맞이했다.

와우.

딱 보자마자 알았다.

콜린 파월.

미 합참의장이자 걸프전을 승리로 이끈 주역.

두근두근.

생각보다 초라한 백악관을 보며 안정되었던 심장이 다시 나대기 시작한다.

오늘 빌 클린턴에 콜린 파월이라.

"어서 오시오, 미스터 오."

게다가 자신감이 넘치면서도 특유의 환한 미소를 지으며 나에게 다가오는 한 사람.

조지 H. W. 부시마저 나를 맞았다.

그 옆에는 또 브렌트 스코우크로프트 국가안보보좌관, 국방부 장관 딕 체니까지.

체할 것 같았다. 세계를 움직이는 거물들을 한날한시에 만나다니.

이쯤에서 스스로에게 묻는다.

술이나 처먹고 여자 꽁무니나 쫓아다니던 개망나니가 지금 어디에 있는 건지.

이래도 되는 건지.

이러다 어디서 총 맞고 뒈지는 건 아닌지.

존 와이어가 동석하지 않았다면 제대로 서 있기조차 못했을 것 같다.

이런 압박감 속에서 겨우 인사를 건넸다.

"반갑습니다, 미스터 프레지던트. 뵙게 되어 영광입니다."

"오호호호, 나를 이리 반가워하니 참으로 기쁘군요. 자자, 앉읍시다."

"네, 감사합니다."

얼떨결에 앉았더니 내 앞으로 주르륵 콜린 파월, 딕 체니, 브렌트 스코우스로프트가 나란히 앉는다.

하아…….

한없이 작아지는 나를 느낀다.

그러고는 조금씩 수다를 떨기 시작하는데 잠시면 되지 않을까 했던 마음이 싸늘해질 정도로 오래 지속됐다.

아무리 기다려도 멈추지 않았다.

본론이 나올 때가 됐는데도 그들은 온갖 분야를 이어 가며 논제를 꺼냈다. 물론 시계를 보는 바보 같은 짓은 하지 않았다. 체감상 한 시간은 너끈히 지난 것 같은데도 묵묵히 듣고만 있었다.

정말 멈추지 않았다. 밤까지 계속할 기세다.

까도 까도 끝이 없는 대화는 어느새 골프까지 왔다가 옆집 개가 어쩌고저쩌고. 니네 집 개는 어쩌니? 옆집에 누가 사는데 그 집 할아범이 좀 괴팍하니 뭐니까지 왔다.

거의 혼이 나갈 지경이었다.

이 와중에 나에 대한 정보가 어느새 나돌아 다니기 시작하는데 아버지가 누구고 어머니가 누구고 일가가 누구고 그 집에도 개를 키우는지 골프는 자주 치는지 한국에는 명절이란 게 있는데 그때마다 엄청난 양의 음식을 차린다느니 뭐니…….

내 낌새가 이상했던지 존 와이어가 허벅지를 찌르지 않았다면 돌발행동을 저질렀을 수도 있었다.

"죄송합니다. 제 의뢰인이 오랜 여행으로 지쳐 있어서. 양해 부탁드립니다."

"아아, 그럴 수도 있겠군요. 장거리 여행을 하신 분에 대한 배려가 조금 부족했습니다."

마치 다 잡아 놓은 물고기를 놓친 것 같은 표정이 조지 부시의 얼굴에서 살짝 지나가는데 정신이 번쩍 들었다.

나 설마 최면에 당했던 건가?

UN 대사에 중국 연락사무관에 CIA 국장까지 지낸 경력이라더니 조지 부시란 이름은 확실히 나 같은 피라미가 상대할 인물은 아니었다.

하지만 침 삼킬 새도 없었다.

그런 그가, 갑자기 매서운 눈빛으로 돌변한 그가, 만난 지 거의 2시간이 다 되어서야 내게 첫 질문을 던졌다.

"오다가 아칸소 주지사를 만나셨다고요?"

"아, 네."

"젊은 분들끼리 만났으니 좋은 이야기가 오갔겠군요."

"제 얼굴을 보러 오셨던지 잠시 담소만 나누다 가셨습니다."

정성스럽게 대답하는데, 대답하면서도 상대가 굳이 내 답에 대해 궁금해하지 않는 느낌을 받았다.

그냥 말을 위한 말 같은 느낌.

역시나 조지 부시는 금세 화제를 돌렸다.

"그래요. 이번에 사고가 있었다고 들었습니다."

"……?"

순간 못 알아들었다.

존 와이어가 재빨리 특허 건이라 귓속말해 주었다.

"아! 사고요? 아, 네."

무슨 대화가 이렇게 두서가 없는지.

"불미스러운 일이 있는 것 같은데, 같은 공화당이라 하나미 정부와 동일시하지 않았으면 좋겠습니다. 무슨 말인지 아시겠죠?"

"……네."

"국방부 인사에 실수가 있었다는 점은 인정합니다. 워낙에 많은 부분에서 손대다 보니 다소 놓치는 경향이 있거든요. 어쨌든 이참에 잘 파악했으니 서로에게 잘된 거죠."

말을 하면서 조지 부시의 눈길이 딕 체니와 콜린 파월을 훑었다.

"크음, 큼."

"으으음."

"아무튼 심려가 크시겠으나 모두 이해해 주시리라 믿습니다. 이 문제에 대해선 이걸로 마무리 짓죠."

자기 페이스가 아주 강했다.

그의 사전에도 'NO'란 단어가 없는 것처럼 조지 부시의 어조는 무척 단단했다.

나도 끌려갈 수밖에 없었다.

"그렇……군요."

"거의 정리가 된 것 같은데 이만 자리를 끝낼까요?"

이건 또 무슨 소린지.

끝내자는 말씀? 2시간을 제멋대로 수다나 떨고는 또 제멋대로 끝내자고?

이게 말이야 방구야.

서둘러 잡았다.

"잠깐만요. 전 느닷없는 일을 당했습니다. 초청하시길래 따로 하실 말씀이 있으리라 믿었는데 이대로 끝내자고요?"

다소 따지는 듯한 내 언사에도 조지 부시는 느글느글하게 대처했다.

"그 점에 대해선 누구라도 그럴 겁니다. 열심히 투자해서 연구한 실적을 엉뚱한 자가 가로채려 한 거니까요. 그렇죠?"

"네."

"우리 정부도 이 일에 대해 심각한 우려를 표합니다. 사태가 더 부풀려지지 않기를 바라고요. DGO 시스템즈에 대해서도 미스터 오가 미국까지 건너와 일으킨 기업임을 인정합니다. 여기에 대해선 아무도 이의가 없어요. 논란인 CDMA 기술도 마찬가지고요."

"미스터 프레지던트. 방금 말씀은 정정해 주셨으면 좋겠습니다. CDMA 기술에 논란의 여지는 없습니다."

보다 못한 존 와이어가 끼어들었다.

조지 부시의 눈빛이 잠시 존 와이어에게 갔으나 이내 내게로 다시 돌아왔다. 넌 빠지란 듯.

"그렇군요. 논란의 여지가 없다고 판단한다라."

그래도 존 와이어는 멈추지 않았다. 다시는 안 볼 것처럼.

"제 의뢰인은 이 일로 인해 커다란 심적 타격을 입었습니다. 약자를 보호해 줘야 할 미국이 오히려 약자를 억압했으니까요. 다시 밝히지만, 이 일은 공화당 인사가 악의로 움직인 사건입니다. 미 정부도 공화당이고요. 이래선 의뢰인도 안심하고 기업활동을 할 수 있을지가 미지수일 겁니다. 한 가지 알아 두셔야 할 점은 그 때문에 제 의뢰인은 DGO 그룹 자체를 타국으로 옮길 생각까지 하셨습니다. 그리고 오늘 이 자리가 바로 선택의 결정적인 역할을 할 거고요."

"타국으로 옮겨요?"

이것만은 무시 못 하겠는지 조지 부시의 눈길이 존 와이어에게로 돌아갔다.

그래도 존 와이어는 눈빛 하나 꿀리지 않았다.

"입장 바꿔 생각해도 일리가 있는 생각이겠죠. 저로서도 두려울 수밖에 없을 겁니다. 팍스 아메리카를 기대하며 왔는데 그 기치를 미국이 스스로 위반했으니까요. 뿌리 깊게 신뢰하기는 어렵지 않겠습니까? 아시겠지만 개인이 무슨 수로 미국을 상대하겠습니까? 그러니까 오늘 또 미국이 오판한다면 정말 방법이 없을지도 모릅니다."

"흐음…… 미국의 오판이라."

말이 없어진 조지 부시였다.

그의 고민은 길었는데 나머지 보좌관들도 모인 미간이 풀어지지 않기는 마찬가지였다. 그 괴리가 나에게도 전해졌다.

딜레마는 대충 이런 거였다.

CDMA 기술은 참으로 맛있다. 맛있다 못해 너무 잘 팔릴 것 같기도 하다.

뼛속까지 미국인이 개발했다면 최고로 좋겠으련만 하필 실소유주가 한국인이다.

결국 이 문제는 CDMA가 너무 맛있어서였다.

인정하는 순간 너무 맛있는 음식을 한국에 양보하니 자존심상 쉽게 인정해 주기도 어렵고 모든 이목이 집중된 이때 자신을 만나고 나가자마자 그룹을 옮기겠다 발표한다면 공화당의 이미지는 돌이킬 수 없게 된다.

맛있는 음식이 잘될 건 뻔하다. CDMA가 잘나갈수록 폭풍은 커질 테고 이토록 맛있는 음식을 타국에 날려 버린 일은 두고두고 자신의 이름에 침을 뱉을 게 분명하다. 그렇다는 건 곧 재선은 생각도 못 하고 공화당이 참패라도 당한다면 조지 부시란 이름은 역사에 남을 정도로 멍청한 이름이 될 것이다.

빼박. 존 와이어가 던진 패는 이루 말할 수 없이 엄중했다.

조지 부시도 방법이 없는지 결국 자기 패를 드러냈다.

"……좋습니다. 미국이 무엇을 해 드리면 되겠습니까?"

"그건 제 의뢰인께 말씀하시면 됩니다."

조지 부시와 동석한 인물들이 죄다 나를 보았다. 아까와는
전혀 다른 눈빛이다. 존 와이어까지도 마찬가지고. 근데 존 와
이어의 미소는 조금 결이 달랐다. 괜히 웃는 것 같기도 하고.

어쨌든 이들이 원하는 건 네가 원하는 바를 말하라는 거였다.

강력한 패를 쥐었으니 네가 원하는 걸 말한다면 생각해 보
겠다는 화해의 제스처를 미국의 대통령이 내게 던지는 거다.

좋은 기회였다. 일생을 통틀어 다시없을 기회이기도 했고.

나도 천천히 입을 열었다.

"말씀드리기 전, 선결할 중요한 문제가 있습니다."

"무엇인가요?"

"제 기술이 제 것임을 미국에서 인정해 주시는 겁니다."

"공표하라는 건가요?"

"그렇지 않고서는 두고두고 찜찜할 것 같습니다. 전 제 기
술이 누군가에 의해 왈가왈부되는 게 싫습니다."

"그건 당연한 전제조건이겠죠. 기술의 소유권 인정과 이
걸 침해하려던 자들의 처벌. 제 의뢰인께서는 기본을 말씀하
시는 겁니다. 이게 기본인 것 정도는 여기 계신 분들이라면
충분히 이해하실 거고요."

존 와이어가 또 끼어들었다.

가만히 보면 애도 은근 간을 밖으로 빼놓고 다니는 스타일이다.

얄미운 놈.

조지 부시도 한숨을 내쉬더니 결국 고개를 끄덕였다.

"좋습니다. 솔직히 탐이 나지만 인정합니다. CDMA 기술은 어디에서도 볼 수 없는 독특한 방식을 지향하고 그것이 곧 DGO 시스템즈의 소유라는 걸 공식 담화문에 기재하죠. 법을 어긴 자들에 대한 사법처리는 물론이고요. 자, 쉽게 가시죠. 이제 진짜 원하는 걸 말씀하시는 게 어떻겠습니까? 제가 다음 일정이 있어서."

다시 시선이 내게로 왔다.

나도 미소 지었다. 가장 중요한 걸 인정받았으니 무리할 이유는 없었다.

"별거 없습니다."

"뭔가요?"

"미스터 프레지던트의 저녁 식사에 초대받고 싶습니다."

별로 힘들지 않았다.

백악관 앞에 진을 치고 기다리는 언론과 시민 단체를 뚫을 때도 마음은 담담했고 내가 묵는 호텔 앞까지 따라와 칭키 또는 잽이라 소리치는 무식한 극렬분자를 무시하는 것도 쉬웠다.

내가 떠나자마자 진행된 공식 브리핑에서 DGO 시스템즈가 소유한 CDMA 기술에 관한 문제는 일부 몰지각한 인사로 인해 벌어진 해프닝이라 하며 앞으로 미 정부는 이번 사태는 물론 앞으로도 타인의 소유권을 침해하는 행동에 관해서는 엄벌에 처할 것을 천명하는 걸 보고서도 별로 흔들리지 않았다. 근데.

"네? 뜸을 더 들이라고요?"

그동안 조용하던 삼촌한테 연락을 받았는데…….

세상에, 뜸들이란다.

백악관이 안 그래도 이번 일을 해프닝으로 천명했는데.

하루빨리 환영해도 모자랄 판에.

"삼촌, 저 죽일 일 있으세요?"

얘기인즉슨, 홍콩과 협상 중인데 가격을 더 후려칠 수 있겠다나 뭐라나.

이해가 안 됐다.

그렇다면 빨리 끝내는 게 더 좋은 게 아닌가?

미국이 기술을 공인했다면 신뢰도가 상승하고 일도 그만큼 빨리 성사되는 거로 알고 있었는데 더 들어 보니 또 얘기가 좀 달랐다.

"이슈화될수록 기술의 가치가 올라가니까 홍콩뿐만 아니라 아시아 전역으로 확대시킬 수 있다는 거죠? 길게도 필요 없고 단지 하루나 이틀이면 된다고요?"

완전히 척지자는 것도 아니고 하루나 이틀만 입장 밝히지 않으면 된다는데 충분히 용인 가능한 범위였다.

어차피 저녁 약속도 내일이었으니까.

"알았어요. 최대한 늘려는 볼 텐데 너무 기대하지는 마요. 상대는 미국 대통령이에요. 네네, 그럼요. 저녁 식사에 초대받았으니까 그때 의논해 볼게요. 일단 하루는 어떻게 된 거죠? 네네, 네~ 들어가세요."

끊자마자 바로 존 와이어를 불렀다.

통화내용을 얘기해 줬더니 또 심드렁한 표정을 짓는다.

"그다지 어려운 문제는 아닙니다. 백악관이 공표했다고는 해도 개인인터뷰니까 따로 날짜를 확정하면 되니까요. 하루 이틀 정도면 언론도 기다려 줄 겁니다. 아니, 그 시간이라면 꽤 많은 추측이 나오겠네요. 오호호호, 그때 극적으로 나타나시는 것도 괜찮겠어요. 이거 괜찮은데."

"그래요? 별문제는 없는 거겠죠?"

"저녁 만찬에서 거론해도 될 정도입니다. 어차피 그쪽에서도 좋고 민주당에서도 좋을 시간이니까요. 아주 괜찮은 제안이에요."

그러고 보면 삼촌도 확실히 뛰어난 사람이긴 하였다.

너무 묵히면 썩지만, 적당히 숙성시키면 더 맛있다. 이런 이치로 DGO 시스템즈의 주가는 그 잠깐의 시간 동안 더욱 높아질 것이다. SD 텔레콤도 그렇고 한국형 통신망도 그렇고 대양도 덩달아 다뤄 줄 테니 모두 좋아진다.

OK.

"이런 거라면 마다할 이유가 없겠어요."

두문불출.

하루하고 다섯 시간을 꼬박 호텔 스위트룸에서 나오지 않은 나는 다음 날 저녁이 되어서야 백악관에서 온 연락을 받고 조용히 엘리베이터를 탔다.

대단했다.

내려오니 기자만 거짓말 안 치고 200명은 될 것 같았다.

경호원들도 당연한 표정으로 서 있었다.

익숙한 느낌인데 아무래도 나와의 저녁 식사를 백악관에서 홍보한 모양이었다.

무슨 의도인지 알겠지만, 적응 안 된다. 유명 할리우드 배우도 아니고 빨리 빠져나가고자 재촉하는데 길에서 진을 치고 한꺼번에 누른 플래시가 내 눈을 쳤다.

휘청.

서둘러 부축한 존 와이어의 손길에 따라 겨우 차량에 탑승했다.

차는 당연히 백악관으로 향했고.

"어서 오세요, 미스터 오. 여기 이 사람은 내 아내인 바바라입니다."

"만나서 반갑습니다. 영부인."

반겨 주는 그녀에게 대뜸 선물부터 안겨 주었다.

별건 아니고 한복이다. 여성용으로 아주 곱게 만든 한복.

어제저녁 뭐 필요한 게 없냐는 비서실장의 전화에 선물이 필요하고 그게 반드시 한복이었으면 좋겠다는 말에 밤하늘을 날아 오늘 아침 도착한 신상들이었다.

"이건……."

"대한민국의 전통 의복입니다. 부디 마음에 드셨으면 좋겠습니다."

"어머, 너무 예뻐요. 어쩜 이리도 빛깔이 고울까. 호호호호호."

무척 흡족해하는 바바라를 보는 조지 부시도 입꼬리가 덩달아 올라갔다.

수행원들이 들고 온 게 모두 한복인 걸 아는지 대기하던 4남 1녀를 모두 소개해 주는 그였다.

나도 인사하며 가져온 한복을 하나씩 줬고 마지막으로 조지 부시에게도 선사했다.

조지 부시는 한복이 진짜 마음에 드는 모양이었다. 대단히 만족해하며 나중에 한국에 방문할 때 꼭 한복을 입고 가겠다 약속까지 했다.

그것도 여러모로 좋은 이벤트.

미국으로서도 가뜩이나 바닥으로 추락 중인 친밀도를 높일 수 있고 한국으로서도 미국 대통령이 입을 정도의 멋진 전통 의복을 세계에 알리는 계기가 되니까.

식사는 화기애애했다.

내 인터뷰는 언제쯤 하는 게 좋겠냐는 의견을 물을 정도로 조지 부시는 나를 편하게 대해 줬다.

저녁 식사에 초대받은 걸 알았으니 대략 이틀 후가 좋겠다는 대답도 들은 나는 기분 내키는 김에 자녀들의 관상을 봐주겠다고 했다.

관상이 뭐냐는 알면서도 하는 질문에 동아시아 삼국에서 특히 사람의 미래를 관찰하는 용도로 쓰인다는 답변을 해 줬다. 믿고 안 믿고를 떠나 재미로 보라고.

그러자 조지 부시는 긴말 없이 장남 조지 워커 부시를 내 앞에 앉혔다. 중국 연락관으로 있었다더니 꽤 익숙한 모양.

근데 참 상황이 기가 찼다. 그 대단한 조지 워커 부시가 내 앞에 면을 보일 줄이야.

회귀는 한 번쯤 하고 볼 일이다.

◇ ◆ ◇

융숭한 대접을 받고 호텔로 돌아갔는데 다음 날 내가 휘청인 거로 온갖 기사가 더 났다. 미주알고주알 이것이 다 나쁜 놈들 때문이라는 얘기도 나오고 미국의 대접이 너무 소홀한 게 아니냐는 얘기도 나오고 말이 많았다.

내친김에 이틀간 더 두문불출한 나는 모든 추측성 보도가 극악으로 치달은 사흘째 되는 날 약속대로 단상에 모습을 드러냈다.

이들의 관심도를 보여 주듯 내 앞에 걸린 마이크만 열댓 개가 넘는다.

담담한 표정으로 앉은 나는 준비한 심경문을 읽었다.

"……그래서 미스터 프레지던트의 따뜻한 보살핌에 다시 용기를 얻어 이곳까지 나오게 되었습니다. 그리고 며칠간 미국이 한국의 친구라는 것도 재확인했습니다. 미국은 자유와 평화를 사랑하고 세계를 포용하는 넓은 심장을 가졌습니다. 불미스러운 일이 있었지만 이런 일은 세계 어느 곳에 가도 있을 법한 일이라 더는 개의치 않기로 했습니다. 저는 다시 한번 미국의 호의에 감복했고 이번 일을 계기로 미국과 더욱 친해지길 원합니다. 그리고 재차 말씀드리지만 DGO 시스템즈는 미국 기업입니다. 미국 시민으로 구성된 연구진이 주축이고 이번에 총력을 다해 개발한 CDMA 기술도 미국인과 제가 만든 겁니다. 저는 미국을 사랑하며 저희가 개발한 CDMA 기술이 정당한 절차를 밟아 조명되기를 바라고, 또 그것이 미국의 통신표준으로 지정되어도 전혀 부족함이 없다는 걸 여러분들이 알아주셨으면 좋겠습니다. 또한, 이뿐만이 아니라 CDMA 기술이 세계 곳곳으로 널리 전파되어 인류공영에 이바지하기를 원합니다. 세계 모든 사람에게 장소와 위치에 개의치 않은 자유로운 통화의 시대가 열리길 기대하고 원합니다. 도와주십시오. 안타깝고 그릇된 욕망으로 세계인의 사랑을 받을 기술이 사장되는 건 원치 않습니다. 언제 어디서나 원할 때 애니 타임으로 전화할 수 있는 세상. 산에서도 바다에서도 친구들과 놀다가도 문득 생각난 사람에게 바로 전화할 수 있는 세상. 공중전화 없이도 집 전화 없이도 길거리를 걸으며 사랑하는 사람과 통화할 수 있는 세상. 바로 그런 세상을 위해 저희 DGO 시스템즈가 존재하는 겁니다. 그런 세상을 DGO 시스템즈가 열겠습니다. 도와주십시오. 응원해주십시오. DGO 시스템즈가 여러분의 세상과 함께하겠습니다. 감사합니다."

Chapter 16. 홍콩 총독

가는 게 있으면 오는 게 있는 법.

내 할 말을 마쳤으니 이제 기자들의 타임이 왔다.

그들은 방금까지도 부르짖은 호소가 우습다는 듯 몰려들었는데 어차피 두 명까진 약속이 돼 있었다.

나는 제일 먼저 지목하기로 약속한 언론사 기자에게 우선권을 주었다.

"CDMA 기술에 대한 가장 큰 논란은 국방부 기술이 유출되었냐는 겁니다. 물론 백악관이 공식적으로 인정하긴 했으나 이미지에 상처를 입은 건 어쩔 수 없는 일이지요. 저는 이일에 대한 정확한 설명 없이 DGO 시스템즈가 말하는 비전을 함께 공유할 수 없을 것 같은데, 어떻게 생각하십니까?"

"지금 말씀하시는 요점은 CDMA 기술이 자랑하는 암호화 시스템 때문인 것 같은데, 맞습니까?"

"쟁점은 그것이었으니까요."

"이 문제는 아주 간단한 곳에서 출발합니다. 암호화 기술은 현재로선 딱히 누구의 것이라고 볼 수 없는데, 그 이유는 1900년대 초반부터 세계적으로 발전해 왔고 냉전시대 때 그 꽃을 피운 거라는 겁니다. 그리고 세계 어느 곳도 이 암호화 기술을 특허로 내놓는 나라는 없으며 그런 기업도 없음을 이 자리를 빌려서 다시 밝힙니다. 물론 CDMA 기술을 보유한 DGO 시스템즈도 이 부분에서는 마찬가지입니다. 왜 그럴까요? 암호화 기술을 사용한다고만 언급하였지 구체적으로 밝히지 않는 이유 말입니다."

"암호화를 밝힌다면 그건 이미 암호화가 된 게 아니기 때문 아닙니까?"

"맞습니다. CDMA 기술은 음성 신호를 암호화 데이터로 변환하여 시간대별 주파수대역별로 랜덤으로 뿌리게 되는데 DGO 시스템즈가 이렇게까지 복잡하게 하는 이유는 누구도 도청하지 못하는 통신 기술을 만들기 위함입니다. 고로 CDMA 기술을 전부 통틀어 국방부 기술이라 언급하는 건 그야말로 말도 안 되는 논리라는 거죠."

"그 말씀은 암호화 기술에 관해선 어느 누구도 자기 것이라

주장할 수 없다고 보면 되는 겁니까?"

"네, 그렇습니다."

"그렇다면 주한 부대사 토머스 브룩스가 며칠간 주장한 말이 거짓이라는 거군요. 그는 아직도 CDMA 기술이 미국의 것이라 주장하고 있습니다."

"이것 또한 간단한 문제입니다. 이게 만일 국방부 기술을 전용한 것이라면 이런 식의 소란은 아예 벌어지지 않았을 겁니다. 대신 미국이라는 초강대국이 던진 온갖 소송 때문에라도 전 법원에 먼저 출석했어야 했을 겁니다. 부탁드리지만 이이상 그 사람의 이름은 언급하지 말아 주셨으면 좋겠습니다. 백악관도 CDMA 기술이 DGO 시스템즈의 독특한 기술이라고 인정한 마당에 힘으로 강탈하려 했던 자의 소식은 더 듣고 싶지 않군요."

"알겠습니다."

첫 번째 기자의 시간이 끝나자 나는 약속했던 다음 기자로 바통을 인계시켰다.

그는 이 일에 아주 단순하게 접근했다.

"저는 지금 기술적인 것으로 왈가왈부하고 싶지는 않습니다. 그런 건 전문가들이 훨씬 더 잘하겠죠. 다만 다시 언급해서 죄송하지만, 당시 토머스 브룩스 부대사를 만났을 때의 심경이 어땠는지 솔직한 마음을 듣고 싶습니다."

"그렇군요…… 솔직한 심정을 알려 드린다면 참담했죠.

암담했고요. 그때는 미국이라는 거대한 나라가 절 공격한다고밖에 생각이 들지 않았습니다. 하지만 그것이 몇몇의 악랄한 음모였고 미국이 아니었음을 깨달은 이상 방금의 질문도 더 이상 언급하고 싶진 않습니다. 다만 다신 이런 일이 벌어지지 않게 적절한 처벌이 있었으면 좋겠습니다. 다음요."

다음으로 지목된 기자부터는 약속된 자가 아니었다.

그는 급한지 바로 자기가 준비해 온 말부터 꺼냈다.

"서두에 DGO 시스템즈가 미국 기업이라 하셨는데, 그렇다면 DGO 시스템즈에 찾아간 미국인이 어째서 폭행당했는지에 대해서도 설명해야 합니다. 그들이 아직도 병원 신세라는 건 사실이니까요."

"무슨 말인지 모르겠군요. DGO 시스템즈에 찾아온 사람이 폭행당했다뇨? DGO 시스템즈는 한 달 이상 휴가 중입니다."

"죄송합니다. 정정하겠습니다. 한국에 찾아간 사람들을 말합니다."

"거긴 DGO 시스템즈가 아닙니다. SD 텔레콤이라는 한국의 국책사업을 실행하는 장소였고 찾아온 두 사람은 그야말로 갱과 비슷했습니다. 도리어 지금 질문한 기자분에게 묻고 싶군요. 생판 모르는 사람이 갑자기 집안에 쳐들어와 집안의 가보를 요구합니다. 당신이라면 어떻게 하겠습니까? 그냥 내줍니까? 혹 그것이 온 가족이 공들여 만든 기술이라면요?

당신은 그것을 예예 알겠습니다 하며 내줄 것입니까? 그들은 강탈하려 했고 저에게 위협을 가했습니다. 큰 소리에 놀라 들어온 직원이 아니었다면 정말 끔찍한 일이 벌어졌을 겁니다. 그러니 앞으로도 이 말도 안 되는 질문은 사양하겠습니다. 다음요."

질문은 계속됐다.

대통령과의 저녁 식사는 어쨌는지에 대한 가벼운 것도 물론이고 하다못해 카메라 세례를 받다 휘청거린 가십까지 모두 도마에 올라 질문의 형식으로 나에게 던져졌다.

나는 피곤했으나 존 와이어는 아주 잘됐다는 표현으로 좋아하였다.

오대길이 명성을 얻을수록 DGO 시스템즈가 유명세를 탈수록 CDMA 기술은 모두의 관심을 받게 될 거라고. 그리고 기술이 진짜니 반드시 성공할 거라고.

응원의 말로는 꽤 기발했으나 난 이미 성공할 걸 알고 있는 사람이었다. 그 성공이 이런 식으로 풀릴 줄 몰랐을 뿐이고 그 덕에 이상한 인맥이 만들어질 줄 예상하지 못했을 뿐이었다.

어쨌든 잘 차려진 밥상에서 제대로 한판 논 기분이었다.

"굿잡."

"내일부터 뭐 할 거예요?"

"일단 좀 쉬죠. 내일 일은 내일의 내일로 미루고."

"좋습니다. 저는 맥주나 한잔해야겠습니다."

"내일 뵙죠."

"내일 만나요."

다음 날이 되자 거의 모든 언론에서 이번 스캔들에 대한 총평을 내놓기 시작했다. 앞으로 이런 일은 두 번 다시 일어나지 않아야 함을 강조했고 CDMA 기술이 정말 휴대전화의 시대를 열건지를 몇몇 교수를 데리고 조망했으며, 만일 그렇게 된다면 어떤 세계가 펼쳐질지 그들만의 비전을 떠들었다.

그 중심엔 오대길이란 이름이 항상 들어갔다. 이 이름도 어느새 하나의 가십이 아닌 가능성 큰 사업가로 미국 사회에 자리매김하기 시작했는데 생각보다도 꽤 오래 사람들의 입에서 오르내렸다.

며칠이 빠르게 흘러갔다.

더는 버티기 아까웠던지 한국의 보통 사람도 드디어 SD텔레콤이 한국형 통신망 개발에 성공했다는 발표를 했다.

카메라 앞에서 삼천만 휴대전화의 시대를 예고했고 앞으로 5년간 모든 총력을 기울여 이 사업을 반드시 성공시킬 거라 장담했다.

당연히 한국에서도 난리가 났다. 결국 한국형 통신망의 기본 뼈대는 CDMA 기술이었으니 내 이름과 얼굴이 대문짝만 하게 실려 방방곡곡을 떠돌아다녔다.

너무 빨리 샴페인을 터트린 게 아니냐는 우려 섞인 질문도 나왔는데 보통 사람은 그 기자를 보고 이렇게 말했다.

DGO 시스템즈가 미국 기업인 게 무슨 문제냐고. 이 시점에서 유럽보다 먼저 성공한 게 중요하지 않냐고. 그리고 거기 실소유주가 바로 SD 텔레콤의 대표인 걸 잊지 말아 달라고. 결국 그것도 한국의 기술이라고.

이렇게까지 떠들어 버린지라 나도 또 속 보이게 바로 한국으로 넘어갈 수가 없었다. 또다시 본의 아니게 며칠 발이 묶이며 이대로 쉬어야 하는지 캘리포니아로 날아가야 하는지 한창 고민할 때 삼촌에게서 연락이 왔다.

홍콩과 통신망 건설과 개통에 대한 단일 계약을 맺을 거란다.

기지국 건설부터 홍콩 정부가 참여하는 51 : 49의 계약.

그러니까 SD 텔레콤과 합자 회사를 설립하기로 양해각서를 수립하는 데 와 줬으면 좋겠단다. 유명인이 됐으니 와서 사진 한 방 찍어 주면 좋아할 거라고.

말은 이렇게 했지만, SD 텔레콤의 대표가 첫 사업 조인식에 안 갈 수도 없을 노릇 아닌가.

언감생심.

안 그래도 미국 땅을 떠나고 싶었는데 무엇 때문에 마다할까.

얼른 홍콩으로 날아갔다.

홍콩은 참으로 희한한 곳이었다.

나는 홍콩 하면 제일 먼저 떠오르는 게 홍콩영화인데…….

면적은 1,104㎢로 남한의 1/100에 불과하면서도 인구는 7백만에 달하고 세계 최고의 인구밀도를 자랑하는 대신 인구밀도만큼 대다수 삶의 질이 굉장히 떨어짐에도 요상한 중화사상에 뭉쳐 오만하고 그것도 모자라 영국식 콧대 높은 자만심도 가졌다. 그러면서도 일본식 정한론처럼 한국이나 주변 나라를 얕잡아 보는 것도 아니고 또 싱가포르도 우습게 여길 만큼 민주주의에 대한 자부심도 컸다.

이걸 어떻게 표현해야 할지.

나라도 아니고 장소라고는 못 하겠고.

비행기를 타고 날아가며 곰곰이 돌아본 홍콩도 역시 그랬다.

이 독특한 홍콩의 색은 1997년에 반환되면서도 요상한 방식으로 유지되는데 물론 중영공동선언에서도 나타나듯 반환 후 50년간 체제유지에 대한 보장을 받았고 한발 더 나아가 중국식 사회주의 체제를 영구히 적용하지 않겠다는 일국양제의 약속까지 받아 내며 그 근거에 대해서는 확실하게 짚고 넘어간 면은 있었다.

하지만 동양이면서도 반쯤 서양 냄새가 나고 또 그것을 아주 자랑스럽게 여기는 건 전혀 별개의 문제였다.

좋게 말하면 수용 폭이 넓은 발전된 형태였으나 나쁘게 보면 박쥐와 같으니 중국으로서도 두고두고 골머리를 썩을 게 뻔했다. 체제의 말을 듣지 않을 게 뻔하니까. 언젠가 크게 한번 터질 테니까.

나도 그런 우려를 한 사람 중 하나였는데 이 시점의 홍콩은 처음이라 발걸음부터가 무척 낯설었다.

"양해각서 체결 후 총독과의 만찬이 있을 거다. 대길아, 총독인 데이비드 윌슨 경에 대해선 알고 있는 게 있니?"

"저야 잘 모르죠. 여기 땅이 작아서 콕 찍긴 했지만 거의 몰라요."

"그렇다면 일단은 들어라. 총독은 영국 틸리언의 남작이라고 하더구나. 작위를 받은 자지. 영국의 아시아 태평양 연락관을 하다가 이곳 홍콩의 마지막 총독으로 내정됐다고 하는데 영국에서는 중공통으로 불린다. 홍콩에선 중국식 이름인 웨이떠웨이로 불리는 것도 좋아하는데 가족끼리는 데이브라는 이름도 쓴단 얘기를 들었다."

"뭔가 복잡한 양반이네요."

"그렇지? 근데 중공통이란 게 좀 문제다."

"중공통이 왜요?"

"너무 잘 알아서 지나치게 중공에 동화된 느낌? 무슨 말인지 알겠어?"

"아아, 무슨 말인지 알겠어요. 공부하다가 친중파가 됐다는 거죠?"

"그렇겠지. 일설엔 아시아에는 민주주의가 부적합하다는 논리도 가지고 있다고 하더구나."

"영국인치고 민주주의에 대한 자각도 부족하군요. 어째서 이런 자가 중용된 거죠?"

"그만큼 영국이 아시아에 관심이 없거나 무지하다는 소리겠지."

"그럴수록 더욱 우월한 체할 테고요."

"맞다."

대다수 홍콩인은 모를 테지만 알 사람은 알 것이다.

그들은 영원히 영국령이길 바라겠지만 영국이란 나라에 홍콩은 계륵이었다.

이익이란 이익은 그동안 다 빼먹은 데다 남은 이익이라고 해 봤자 관타나모나 지브롤터처럼 국제사회의 지탄을 감수할 만한 것도 아니었고.

물론 미국이라면 사용료를 내고서라도 더 버티겠지만 지금 영국은 한창 영국병에 들어 골골대는 중이었다. 제 코가 석 자라는 소리.

즉 홍콩은 반드시 중공에 반환된다.

그런데도 홍콩인은 영국이라면 끔뻑 죽는다. 알 만한 사람까지 살살 대며 죽는시늉까지 한다. 영국 영주권도 인정하지 않고 셍겐조약 대상도 아니고 곧 반환할 텐데도 어찌 그리들 발발대는지 안타까울 지경이었다.

총독이라고 목에 깁스할 이유가 하나도 없는데도 말이다.

"최근 움직임은 있나요?"

"홍콩 베이직 로우에 대한 기초 작업에 들어갔다고 하더구나."

"총독이 헌법에 관여한다고요?"

"아무래도 마지막 총독으로 내정된 만큼 반환하기 전에 인권과 행정에 관한 법적 근거를 만들려는 거겠지. 중영공동선언이 있다지만 시간이 지나면 또 모르는 거 아니겠느냐."

"하긴 덩샤오핑이 영원히 집권하는 것도 아니니까요."

"다행히 너에 대한 기대가 크다고 하더구나. 미국에서의 일이 상당히 도움됐어. 소년 천재."

"놀리지 마세요. 근데 얼마나 도움됐나요? 끈다고 시간을 끌긴 했는데."

"꼴깍대던 7부 능선이 단번에 사라지더구나."

"그 정도였어요?"

"스캔들이 좀 컸어야지. 네가 부시 대통령과 단독으로 저녁 만찬까지 갔다는 얘기는 워싱턴만의 얘기가 아니니까. 아니, 유럽에서 더 주목하고 있더라."

"그럴 수도 있겠네요. 근데 부시 대통령도 홍콩을 주목하고 있는 건 아시죠?"

"안다."

"휴대폰은 어떻게 됐어요?"

"아직 어렵다."

"모토로라가 Southwestern Bell에서 휴대폰 제조 기술을 사 갔더라고요. 유럽에 통신표준이 완료되면 틀림없이 나설 건데 늦지 않겠어요?"

"괜찮다. 카폰이긴 해도 5공 때 휴대폰에 가깝게 개발해 뒀던 게 있어서 그리 늦진 않을 거다. 다만 칩셋 문제가 있는데 설계가 복잡해서 생산공정이 생각보다 까다로워."

"반드시 성공해야 해요. 이 일로 인해 일은 편해졌지만 전 세계가 주시하기 시작했으니 실패하는 순간 모든 게 끝장날 거예요."

"나도 안다. 그룹의 사활을 걸고 임할 생각이다."

"부탁드릴게요."

"무조건 해내야지. 다 만들어 놨는데 못하면 나가 죽어야 되지 않겠냐?"

"그럼 됐어요."

시간이 다 됐다.

호텔에서 차량으로 이동하여 홍콩 대회장에 마련된 식장에 도착한 우리는 홍콩 대표로 나온 정무사 사장과 악수를 하며 간단한 담화와 함께 양해각서에 도장을 콱 찍고 언론 홍보용 사진을 찍었다.

일이 이렇게 쉬웠다.

나중에 알고 봤더니 정무사 사장은 국무총리급 인사로 홍콩에서도 이 일에 최고 예우를 다해 준 거라 하여 깜짝 놀라긴 했는데.

어쨌든 다시 감사감사하며 만찬장에 도착했다.

"우와~."

여기가 아시아인지 영국의 어느 저택인지 순간 헷갈렸다. 분위기가 아주 영국식으로 처발랐다. 머리도 너도나도 없이 흰 가발로 덮었고 복장도 중세 유럽 무도회장에서나 보던 것들이 돌아다닌다.

삼촌은 볼 것도 없이 나를 영국식 정복을 갖춘…… 백발의 꼬장꼬장하게 생긴 중년 남자에게 데려갔다.

"데이비드 윌슨 경, 저는 한국에서 온 대양그룹 회장 나건우입니다. 이쪽은 이번에 홍콩과 협약한 SD 텔레콤의 오대길 대표입니다."

"안녕하십니까. 오대길입니다."

"허허허허, 반가워요. 좋은 일로 뵙게 되어 저도 기쁩니다. 이분이 미스터 오로군요. 훤칠하시니 정말 잘생겼습니다. 만남이 무척 기대되지만, 저와의 대화는 잠시 미루고 먼저 다른 분들과 인사를 나누심이 어떨까요?"

"물론입니다."

"따르겠습니다."

우릴 데리고 나선 데이비드 윌슨 총독은 만찬장을 돌며 두루두루 사람들에게 인사시켰다.

생전 처음 보는 사람들이 다가와 인사를 나누는데 누가 누군지 누가 어느 기업의 회장인지…… 젠장, 한 삼십여 명이 쑥 지나가 버렸다.

그런데 웃긴 건 하필 이렇게 정신없을 때 어떤 기억이 떠올랐다는 거다.

홍콩 마지막 총독 이름.

그 이름은 분명 데이비드 윌슨이 아니었다.

하지만 난 그 생각을 계속 이을 수 없었다. 사람들이 자꾸 모여들었다.

"이분이 유명한 DGO 시스템즈의 대표이신가요? 정말 젊네요. 저도 미국이 놀란 CDMA 기술에 기대가 높습니다. 하하하하하."

"감사합니다."

"기지국 설치와 관련해서는 저와 상의하시면 될 겁니다. 발전국은 언제든지 움직일 준비가 돼 있습니다."

"고맙습니다."

"상용화는 언제쯤 될까요? 개인적으로 들고 다니는 휴대폰이라니 정말 기대됩니다. 어쩜 그런 생각을 하셨을까요?"

"작은 생각에서 출발했지요."

"혹 강연 같은 것도 부탁할 수 있을까요? 이번 일이 성공한다는 전제하에서요."

"그건 차차 일정을 조율하시는 게 좋을 것 같습니다."

총독이 길을 만들어 놔서인지 다들 와서 한마디씩 거드는데, 답해 주다 보니 입에서 단내가 날 지경이었다.

일일이 대답해 주고 웃어 주고 악수해 주고.

동물원 원숭이처럼 굴길 2시간.

만찬이 파하게 될 때쯤에야 비서관이라는 자가 찾아와 우릴 안내했다.

"총독께서 기다리십니다. 이리로 오십시오."

만찬장 한쪽에 따로 마련된 작은 방이었다.

이곳은 밀실의 느낌이 강했는데 그럼에도 80년대에 유행했던 앤틱 소품들과 다소 과한 실내 인테리어가 바깥 못지않게 꾸며져 오히려 밀실이 아닌 것처럼 보였다.

그냥 작은 골방에 온 느낌.

우릴 맞은 데이비드 윌슨 총독은 영국인이라면 전쟁을 하면서도 빼놓지 않는 홍차와 쿠키 등을 준비하였는데 복장도 아까의 그것이 아닌 조금은 편한 옷으로 갈아입은 상태였다. 하얀 가발도 벗어 놓고.

"어서 오세요. 자, 이쪽으로 앉으시죠."

"감사합니다."

"감사합니다."

"피곤하실 텐데 우선 이것부터 드시고 한숨 돌리시죠."

배려가 전신에 묻은 것 같은 총독의 권유에 우린 따끈한 홍차를 한 모금씩 마셨다.

확실히 쌉쌀하고 뜨거운 게 몸 안으로 들어오니 컨디션이 살아나고 훨씬 몸이 개운해지고 괜찮았다.

"얼그레이 같네요."

내 솔직한 감상평.

"오호호, 얼그레이를 아시나요?"

"자세히는 모르는데 미국의 친구와 가끔 마셨습니다. 그때도 이 향이 났는데 참 좋았습니다."

한 10년 후에 말이다.

"취향이 멋지신 미국 친구분을 가지셨군요."

"맞나 보네요. 혹여나 했는데 저도 덕분에 좋은 차를 알게 돼 기쁩니다."

차에 대해 자부심이 많은 영국인이라 그런지 총독은 나의 이런 얄팍한 지식마저도 아주 흡족해했다.

기분이 좋은지 묻지도 않은 얼그레이의 유래에 대해 읊었고 1800년대에 찰스 그레이란 백작이 살았던 것까지 나는 알아야 했다.

"요즘은 얼그레이를 응용한 차들이 많이 나오죠. 베르가모트

오일은 그런 면에서 차의 세계에 혁명을 가져온 거나 마찬가지
입니다."

"그런 일이 있었네요. 좋은 지식을 알게 돼 참으로 기쁩니
다."

"저야말로요. 식견이 높은 동양의 천재와 만나게 돼 무척
기쁩니다."

일찍부터 홍콩 유학길에 동양의 문화를 섭렵한 총독이라
더니 말투도 쓰는 단어도 동양의 품격이 물씬 느껴졌다.

동시에 본론도 놓치지 않았는데 그는 차에 대한 얘기로 아
이스브레이킹이 끝나자마자 자연스레 자기가 원하는 바를
꺼냈다. 그마저도 딱딱하리라 보았던 인상에 비해 상당히 부
드러운 진행력이라 시간이 갈수록 나도 저절로 집중되었다.

하지만 결과적으로는 그가 원한 것과 우리가 원하는 건 너
무도 동떨어져 있었다.

"중한일 극동의 삼국은 긴 시간을 두고도 상당한 교류가
있는 거로 알고 있습니다."

"그렇습니다."

"알기로 때로는 원수가 되기도 하고 때로는 친구가 되기도
했다는데 근접한 나라들끼리 사이가 애증 관계라는 건 전 세
계적으로도 공통된 점인 것 같으니 굳이 이 자리에서 언급할
필요는 없겠죠."

"네, 일부 그런 점도 있습니다."

넌지시 일본을 짚었으나 총독의 의견과 나도 같았다. 굳이 이 자리에서까지 일본과의 문제를 꺼내고 싶진 않았다.

삼국 역사에 관해서도 마찬가지였다. 나와 삼촌도 할 말이 많았지만, 총독의 평론에 동의만 하는 수준에서만 고개를 끄덕였다.

그러나 총독은 그걸 모두 인정하는 거로 받아들였던지 만면에 미소를 띠고 우리에게 되지도 않을 제안을 넣었다.

"홍콩과 한국은 예로부터 사이가 괜찮은 편이었습니다. 한국전쟁 때도 참전했고 멀리 가지 않더라도 무비자로 30일간 자유로이 왕래할 수 있다는 점에서도 한국에 대한 홍콩인들의 이미지가 좋다는 방증이지요. 기업교류도 이미 상당한 지경에 이르렀고요."

"그렇습니다."

"저도 은행부터 문화 부분까지 상당히 많은 교류가 이뤄진 거로 압니다."

"맞습니다. 그리고 오늘 또 역사적인 조인식이 이뤄졌죠. 두 분이 가져온 CDMA 기술은 본국에서도 이견이 없을 정도였습니다."

영국의 컨펌을 받았단다.

"……감사합니다."

"그러나 이미 아시겠지만, 홍콩은 지금의 체제를 영원히 유지하기는 어렵습니다. 시한이 다가오고 있고, 이건 홍콩인의 열망과는 다른 세계적 대세니까요. 이해하십니까?"

"그렇……겠군요."

"저도 조심스러우나 두 분이 한국인이신 관계로 꺼내는 겁니다."

"말씀하시지요."

대답하면서도 껄끄러웠다.

무거운 문제. 다들 쉬쉬하며 꺼내길 주저하길 마다치 않는 문제를 왜 갑자기 꺼낼까.

오늘은 단지 축하만 해도 나쁘지 않을 텐데.

이자는 대체 뭘 노리고 돌부리랄 수 있는 홍콩 반환까지 꺼내 가며 서두를 늘일까.

갖가지 생각이 의식의 흐름을 집어삼키고 있을 때 답이 나왔다.

"중국과 대화의 장을 열어 보시는 건 어떻습니까?"

"네?"

"중공과요?"

삼촌은 눈치 못 챈 것 같지만, 총독은 벌써 중공을 중국이라 표현했다.

대륙과 커넥션이 있었던가?

이 남자 아무리 봐도 이상하다.

"아시아의 역사는 중국을 제외하고서는 얘기가 되지 않는다는 점에서는 두 분 다 동감하시리라 믿습니다. 물론 홍콩과 한국과 일본과는 체제가 반대 진영으로 나뉘었지만, 언제까지 서로 척지고만 살 수는 없겠죠. 그에는 동의하십니까?"

"그렇겠죠. 언젠가는 상생의 길을 논의할 때가 오겠죠."

삼촌이 적극적으로 나섰다.

"굳이 기다릴 필요 있나요? 제가 조그만 물꼬 정도는 터 드릴 수 있을 것 같습니다."

"중공과요?"

"네, 홍콩을 시작으로 천천히 상해까지 올라가는 방향성을 타시는 것도 나쁘지 않겠죠. 물론 두 분이 이 사업에 성공해야 한다는 전제가 있겠지만요."

"총독님의 의견은 제가 한국으로 돌아가는 즉시 대통령께 보고 드리겠습니다. 그러나 고견대로 저희는 일단 사업에 성공해야 하니까 이 일부터 최선을 다해 움직이겠습니다."

더 나가면 무리수가 나올 것 같아 서둘러 끊었다.

총독도 다행히 이상하게 여기진 않았다.

"말이 통해서 좋군요. 좋습니다. 제가 여러분을 지켜보죠."

"감사합니다."

분위기도 좋고 대화도 잘 통한 것 같고 모든 게 순풍을 만난 듯 잘 풀린 것 같지만 나는 그 뒤부터 뭐 안 닦은 사람처럼 뒤가 찝찝했다.

'중공통이라더니.'

진짜 친중파인가 보다.

중국을 말할 때 총독의 눈동자를 보고 알았다.

아니, 누가 보더라도 알아챌 동경의 눈빛이었다.

총독은 중국을 거의 자기 나라와 동일시하는 것 같았다.

정체성을 잃어버린 건지. 이쪽에서 오래 살다가 중국이란 나라에 정신이 먹힌 건지.

본적이 모호해진 모양이다.

아무래도 길게 끌어 봤자 좋을 게 없을 것 같아 이후 대답은 모두 긍정적으로 반응해 주며 빨리 끝냈다.

돌아오면서도 삼촌과 나는 아무런 말도 하지 않았다.

사업을 빌미로 정치적 얘기가 오가는 건 특이한 일은 아니지만 이처럼 빠르게 뭔가를 들이댈 줄 몰랐던 우리로서는 정리가 좀 필요했다.

"사람이 좋은 듯하면서도 묘한 뉘앙스를 풍기더구나."

삼촌도 거부감을 느낀 것 같았다.

"그렇죠?"

"어떻게 할 생각이니?"

"모든 건 대통령의 의중이 아니겠나요?"

"그렇지. 으음, 그렇구나. 그건 우리가 고민할 일이 아니야."

"그렇죠. 우린 우리의 일만 열심히 해 주면 되죠. 총독도 그걸 원한 거니까요."

"알았다. 내일 한국으로 들어가는 거지?"

"총독이 큰 숙제를 주셨는데 보란 듯이 늑장 부릴 순 없겠죠. 절 목 빼고 기다리는 사람들도 있고요. 얼른 가서 교통정리 해 줘야죠."

"알았다. 난 그럼 최 회장님과 여기 머물며 마무리 작업을 하겠다."

"부탁드려요."

"내 일이다."

대화대로 내가 더 홍콩에 있을 이유는 없었다.

있다면 몇몇 기업가나 유력자들과의 회동밖에 없을 텐데 이런 건 삼촌에게 맡기는 게 훨씬 나았다.

다음 날로 난 가장 빠른 한국행 비행기에 올라탔다.

부우우웅.

한국항공이 공간을 치솟는데 문득 시선을 내리니 발아래 로 펼쳐지는 남중국해가 보인다.

참으로 넓고 잔잔하다.

순간 이런 생각이 들었다.

"자가용 비행기나 한 대 있었으면 좋겠네."

"네?"

"으응?"

"방금 뭐라고 하셨나요?"

"내가 뭘?"

"자가용 비행기 어쩌고저쩌고하신 것 같은데요, 도련님."

"으응? 내가 그랬다고?"

"네."

"속의 말이 나왔나 보네. 그냥 나온 거야. 신경 쓰지 말고 피곤할 테니까 쉬어. 나도 좀 쉴게."

이런 말을 던지면서도 조금은 씁쓸하긴 했다.

돌아봐도 인생이 뭔가 약속이 많고 분주하긴 한데 실속이 없다.

손에 쥔 게 하나도 없는 것 같았다.

이러다 번아웃당하는 게 아닌지 걱정되면서도 스스로 좀 웃었다.

이 정도로 번아웃당할 그릇이라면 애초 20년 넘게 개망나니 짓은 지겨워서라도 하지 못했을 것이다.

그냥 배고픈 거다.

많이 먹고 싶고 더 많이 먹고 싶어서 앙탈 부리는 게 분명했다.

언젠가부터 인생의 전반을 좌지우지한 정체불명의 허기짐과의 싸움.

그 끝이 어디인지 보고 싶다면 최소한 아직은 아니다.

한참 멀었다.

내게 휴식은 그래서 필요한 요소였다.

눈을 감자.

잠이나 자자.

조용히 눈을 감았다.

◇ ◆ ◇

　공항에 진을 치고 난리 피우는 기자들을 따돌리고 개구멍
으로 빠져나온 나는 곧장 SD 텔레콤으로 향했다.

　청와대보다 최순명과 애니카 등에게 할 말이 있어서였다.

　"고생 많으셨습니다."

　"보스~ 히잉."

　"……."

　"……."

　마리아와 메리는 말도 못 하고 울먹이기만 한다.

　왜 이러나 나중에 알았는데 한국에 보도된 내용이 문제였
다. 미국 전체가 들고일어나 나를 공격한다는 식으로 보도했
는데, 거기엔 당사자인 나조차도 모르는 내용이 되게 많았다.

　가짜 뉴스가 아주 범람한 모양.

　어쨌든 오랜만에 핵심 역군들을 만나니 나도 힘이 솟았다.

　"잘 있었어요?"

　"걱정 많았습니다. 그놈들이 어찌나 모질게 구는지 당장
달려가고픈 걸 참느라 혼났습니다. 괜찮으십니까?"

　"걱정 끼쳐 죄송해요. 그리고 그렇게 고생하지 않았어요.
덕분에 우리 기술이 세계에 알려진 계기가 됐잖아요. 이것만

해도 큰 소득이죠."

"보스~."

"애니카, 마리아, 메리도 괜찮아. 이봐. 멀쩡하잖아. 어제까지도 홍콩 총독이랑 얼그레이도 마시고 그랬다고. 너희들만 내 곁에 있으면 다 괜찮아."

"보스, 걱정 마세요. 나 애니카 코트니노바는 평생토록 보스 곁에 있을 거예요."

"나도, 나도. 나 마리아 롯도 보스가 떠나라고 해도 안 떠날 거예요."

"메리 홈즈도 같은데. 설마 보스 우릴 버리진 않을 거죠?"

"내가 너희들을 왜 버려. 할 일이 산더미 같은데."

"예?"

"보스?"

"……."

딱 맞춰 날 멍하니 바라봐 주길래 해야 할 일들을 설명해 줬다.

일이 좀 많다.

"저번에 언급하다가 만 비동기식 기술 말이야. 그거 좀 해 줘야겠어."

"보스!"

"보스, 이러기예요?"

"쿠쿠쿡, 내가 이럴 줄 알았어. 보스는 워크 홀릭이라니까."

"시끄럽고. 라파엘이 합류했으니까 이 문제에 대해서는 일임할게. 너희들 잘 해낼 수 있지?"

"6개월만 주세요. 반드시 성공해 낼게요."

마리아가 꽥 지른다.

OK.

하이파이브해 줬다.

"좋아! 그거면 돼."

"헤헤헤헤."

"어차피 하려고 한 건데요, 뭐."

안심하고 웃는 세 여인을 보았다.

'아직 끝난 게 아니라네.'

열의를 다지는 셋에게는 안된 일이지만 앞으로도 할 일은 무궁무진했다. 그러니 내가 이들을 버릴 리가 없는 거다. 지들이 놔 달라고 매달려도 절대 안 된다.

대기 타는 최순명을 보았다.

최순명이 자세를 갖춘다.

"저번 카이스트 건은 어떻게 됐나요?"

"아, 영국 서리대학과의 협의를 완료했습니다. 9월 학기부터 학생들을 보내기로 했는데요. 최종 50명으로 승인 났습니다. 저흰 지원자 중에서 추려서 명단을 보내 주기로 했고요."

"잘됐네요. 그들도 최 소장님이 끝까지 돌봐 주세요. 이 일에 대한 대통령의 의지가 강합니다. 나라가 꽤 많은 부분에서 희생한 것도 있고요. 필요하다면 영국에 자주 다니시면서 동향도 파악해 주시면 좋겠습니다."

"네? 그렇게까지요? 그렇게까지 허락해 주신다면 더 바랄 게 없습니다. 반드시 대한민국 인공위성 개발을 성공해 내겠습니다."

입술을 앙다무는 그였으나 아직 더 남았다.

"긴장 놓지 마세요. 아직 안 끝났어요."

"네? 아, 네."

"설마 제가 최 소장님께 바라는 게 이것밖에 없겠습니까?"

"아…… 예. 말씀하십시오."

이번에는 좀 오한이 드는지 살짝 움츠린다.

하지만 가는 게 있으면 오는 게 있어야 하지 않겠나?

"최 소장님도 해 주셔야 할 게 있어요."

"……말씀만 하십시오."

"TDX-10의 판매를 지휘해 주세요."

"TDX-10을요?"

눈이 휘둥그레진다.

"동남아부터 몽골까지 우리 TDX-10의 손길을 바라는 이들이 천지입니다. 최 소장님은 여기에 의무감을 느끼셔야 합니다. 언제까지 그들을 아날로그 통신의 그늘에 둬야 합니까? 개혁시켜 주세요. 저들도 알아야 하지 않겠어요? 한국형 통신망을 떠받치는 하드웨어가 얼마나 대단한지 말이에요."

"아아……."

"가서서 껌뻑 죽게 만드세요. 다른 분야는 몰라도 통신만큼은 이제 made in KOREA가 대세입니다. 무슨 뜻인지 아시죠?"

"걱정 마십시오! 이것도 반드시 해내겠습니다. 하하하하, 연구원들이 정말 기뻐하겠네요. TDX-10의 단독 판매라니. 연구원으로서 정말 기쁜 일입니다."

웃지 마세요.

내가 줄 게 아직 남았어요.

"출장 가실 때마다 보좌진들 꾸리실 거죠?"

"그……렇죠."

"돌아가면서 해요. 일정도 넉넉히 잡고요. 알겠죠?"

"그건……."

"협의하며 그 나라도 좀 돌아보고 오세요."

"여, 여행을…… 아, 하하하하…… 근데 그래도 됩니까?"

"아니, 대표가 그러라는데 누가 뭐랍니까? 외화 벌러 가는 거잖아요. 외화 벌러. 아니에요?"

"마, 맞습니다. 저흰 외화 벌러 가는 거죠."

"겸사겸사 그 나라의 문화도 익히고. 통신업을 하며 그 나라의 문화를 모른다는 게 말이 됩니까?"

"물론입니다! 대표님의 말씀이 지당하십니다!"

몇 번 얽혔다고 이제 말이 꽤 잘 통한다.

나도 대충 할 말이 끝난 것 같아 모두에게 다시 단속을 해 줬다.

"다시 말씀드리지만, 이 모든 건 SD 텔레콤이 홍콩 시장에서 성공했을 때야 빛을 발하는 겁니다. 대양과 선영이 그룹의 사활을 걸고 덤비는 중이고 우리나라는 물론 세계가 이 사업에 주목하고 있어요. 판이 무지하게 커졌단 말입니다. 아! 물론 부담 드리는 말씀이 아니에요. 이걸 성공했을 때를 떠올려 보세요. 세계가 열리는 겁니다. 엄청난 시장이 우릴 기다리고 있다고요. 제가 드린 말씀을 염두에 두고 당분간은 홍콩 사업에 집중력을 발휘해 주세요. 일단은 궤도에 오를 때까지는. 아시겠죠?"

"맡겨 주십시오."

"저도 맡겨 주세요. 보스."

"나도요."

"미투."

불끈 솟는 열의를 다지는 이들을 두고 난 바로 청와대로 들어갔다.

보고할 게 산더미다.

은근슬쩍 내민 부시 대통령의 의중도 그렇고 홍콩 총독의 노골적인 요청도 그렇고 사업 현황도 그렇고 한참을 떠들었다.

일본과도 꾸물꾸물한데 미국과도 사이가 나빠지는 게 아닌지 걱정이 많았던지 대통령은 부시의 의중에 제일 기뻐하였다. 다만 홍콩 총독의 요청은 내가 먼저 너무 신경 쓰지 말라고 해 줬는데, 아무래도 문제가 많은 양반 같아 국가 수교 문제에 관해선 정부가 직접 중공과 통하는 게 좋을 것 같다 해 줬더니 대통령도 당분간은 해외에 눈 돌릴 겨를이 없을 것 같다며 맞장구쳐 줬다.

두어 시간쯤 지나자 할 말도 끝났겠다 나도 피곤한지라 일찍 돌아갈까 했는데 그냥 가면 섭섭하다고 잡는 바람에 또 밤 늦게까지 술판을 벌였다.

대통령도 오늘따라 많이 취했던지 자리 말미엔 내게 이런 말까지 하였다.

"문디 새꺄, 한번 잘 봐라! 이따 3.1절에 깜짝 놀랄 이벤트 있다 아이가. 내가, 이 내가! 아주 나라를 발칵 뒤집어 놓을 거라 안 카나. 다 잡아 쥐뿌랐뿔끼다. 대길아! 니는 내만 믿고 있거라. 아하하하하하하하하~ 다 뒈졌어. 쉐끼들."

Chapter 18. 복잡한 관계들

청와대 정문 앞에 특이하게도 거대한 단상이 하나 마련됐다.

3.1절 기념사를 위한 장치였는데 천안 독립기념관도 아니고 그렇다고 광화문도 아니고 청와대 내부도 아니고 특이한 지점에 세워진 단상을 보고 지나가는 사람들도 그렇고 기자들도 어리둥절하였다.

기념식은 이곳에서 시작하였다.

약속된 귀빈들이 착석하고 팡파르와 함께 대통령이 올라왔다.

"큼큼, 존경하는 국민 여러분, 500만 해외동포 여러분,

그리고 독립유공자 여러분, 오늘 우리는 뜻깊은 제70주년 3·1절을 맞이했습니다. 오늘날 우리 대한민국이 존재하고 이렇게 세계 속에 우뚝 선 나라가 될 수 있었던 건 오로지 조국의 독립을 위해 삶을 바치신 애국지사와 순국선열들의 희생이 있었기 때문입니다. 오늘 뜻깊은 3·1절을 맞아 그분들의 영전에 고개 숙여 경의를 표하고 감사드립니다. 그리고 그동안의 고통과 어려움을 감내해 오신 독립유공자와 유가족 여러분께도 심심한 위로의 인사를 전해 드립니다. 여러분. 70년 전 오늘, 우리 선조들은 조국의 독립과 주권을 되찾기 위해 분연히 일어섰습니다. 일제가 총칼을 겨누어도 나라의 주권을 더 이상 빼앗길 수 없다는 신념과 애국심으로 일어났습니다. 남녀노소, 신분과 계층, 종교와 지역의 구분도 없이, 장소와 국경에도 상관없이 나라를 구하려는 일념으로 물결쳤습니다. 그뿐입니까. 우리의 위대한 3·1정신은 나라를 넘어 상해 임시정부로 이어졌고, 오늘날 대한민국의 헌법 정신으로 면면히 계승되어……."

대통령의 기념사가 이어지는 가운데 특이하게 눈길을 끄는 건 뒤로 보이는 청와대로 몇몇 인물들이 바쁘게 오가는 모습이었다.

다들 전혀 청와대스럽지 않은 복장이었는데 머리엔 하나같이 안전모를 쓰고 공사장에서나 입을 법한 복장을 하고 뛰어다녔다.

"오늘 3.1운동의 기억을 생생히 되살림으로써 나는 한반도의 평화가 바로 국민의 힘으로 가능함을 믿게 됐습니다. 빈부, 성별, 학벌, 지역에 상관없이 상생하는 나라가 될 수 있음을 믿습니다. 거대한 폭력 앞에서도 죽지 않는 3.1운동의 정신은 거대한 뿌리로써 우리의 정신에 계승되었습니다. 결코 시들지 않고 우리 가슴에 자리 잡고 있습니다. 이 나라가 공의롭고 평화로운 것은 바로 국민 여러분의 염원이 바로 이곳에 있기에 가능한 것입니다. 이에 우리는 모두 힘을 합쳐 나가……."

기념사가 막바지에 치달을수록 청와대를 뛰어다니는 사람들의 움직임도 격해졌다.

무언가 급하게 손짓하고 바쁘게 내달리고 또 누군가를 급하게 끌어내는 장면까지도 포착됐다.

이게 무슨 일인지 감도 잡지 못한 기자들이 고개를 갸웃대는 시점, 비로소 대통령의 입가에 미소가 감돌았다.

"그러나 나는 3.1운동의 위대한 정신이 살아 숨 쉬는 이 나라에, 그 중심에 아직도 일제강점기의 잔재가 남아 있다는 사실이 부끄럽고 통탄해 마지않을 수가 없습니다. 국민 여러분, 이게 말이나 되는 겁니까? 뒤에 보이는 청와대는 조선총독부 관사로 사용되었던 건물입니다. 자랑스러운 경복궁 터 가운데 떡하니 자리 잡은 조선총독부 건물을 좀 보십시오. 얼마나 흉물스럽습니까. 서울 시청 건물도 서울역도 모두가 일제강점기 시절, 바로 우리 민족을 수탈하기 위해 지은 건물들입니다. 이걸 놔둬야 합니까? 안 됩니다. 선조들의 피와 눈물이 이를 가만히 두지 않을 겁니다. 그분들의 원통함이 저를 움직이게 합니다. 그래서 이렇게 나섰습니다. 국민께서 부여해 주신 대한민국 제13대 대통령의 권한으로 두 손 모아 다짐합니다. 앞으로 이 땅에 일제강점기의 흔적이 두 번 다시 발붙일 수 없도록 만들겠다고요. 두 팔 벌려 선포합니다. 민족 반역행위자에 한해선 어떤 타협도 하지 않겠다고요. 그 결심에 대한 증거로 청와대, 경복궁 내 조선총독부 건물, 서울 시청, 서울역 건물을 오늘 이 시간부로 모두 허물어 버리겠습니다."

콰콰쾅!

쾅! 콰르르르르!

말이 끝남과 동시에 청와대가 기둥뿌리부터 폭삭 주저앉는데 그걸 현장에서 보는 기자들도 TV 생중계를 보던 국민도 이게 무슨 상황인지, 잘못 본 게 아닌지 두 눈을 비비고 다시 봤다.

그러나 진짜였다.

진짜로 무너졌고 무너진 청와대 쪽에선 먼지만 폴폴 휘날렸다.

다들 멍한 가운데 대통령만 더욱 크게 소리쳤다.

"대한민국을, 이 한반도를, 우리 한민족을 굽어살피는 천지신명께 고합니다. 다시는 이 땅에 나라와 겨레를 배반하고 호의호식하는 이들이 없기를 바랍니다. 그런 죄가 있다면 죽어서는 팔열지옥의 구렁텅이에 빠져 영원을 헤매는 자가 되게 해 주십시오. 살아 있다면 저희가 단죄하겠습니다. 그 죗값을 옳게 받아 우리 민족을 위해 아낌없이 스러져 간 영령들과 그 후손들에게 쓰렵니다. 허락해 주십시오. 부디 중간에 멈추게 하지 마시고 뿌리 끝까지 뽑아 후대의 본보기가 되게 해 주십시오. 그것이 바로 민족의 정기를 바로잡는 일이 되지 않겠습니까. 바로 그걸 제가 해내겠습니다. 응원해 주십시오. 국민 여러분의 손으로 그걸 이룩해 주십시오. 감사합니다."

우와~~.

나도 입을 떡 벌렸다.

3월 1일에 무슨 일이 일어날 건 알았지만, 침대에 누워 있다가 뺨따귀를 한 대 제대로 맞은 기분이 들었다. 벌떡 일어났다.

모르긴 몰라도 지금 내 표정도 매너리즘으로 몰려왔다가 대박 영상을 손에 쥐게 된 언론, 기자들과 별반 다르지 않으리라.

두 주먹이 불끈 쥐어졌다.

내 생애 다시 볼 수 있을까 의심스러울 만큼 진짜 화끈한 쇼였다.

"대박!"

그런데도 보통 사람은 여기에서 멈추지 않았다.

계속 떠들었다.

대한제국의 적통을 이어받은 대한민국이기에 대한제국의 잘못은 곧 대한민국의 잘못이라며 위안부와 강제동원, 억울한 고통과 죽음에 대해 모두 보상해 주겠다 하였다. 이것은 일본의 사과와 보상과 별개로 대한민국의 진심 어린 사죄 차원에서 진행될 예정이며 단호한 결의로 시행될 거라 외치며 고개 숙여 잘못을 빌었다.

그동안 보살펴 주지 못해서 죄송하다고.

그리고 방금과는 전혀 다른 뻔뻔한 표정으로 앞으로 반년 동안 신고포상제도를 신설한다고 했다.

민족반역행위자에 대한 신고자는 민족반역자가 가진 죄의 경중에 따라 그 재산의 1/10 또는 그에 해당하는 가치만큼 국민연금으로 보상해 줄 것이며 자수한 자에 대해서는 특별히 참작하여 죄를 경감해 주겠다 해 주었다. 잊지 말라고. 모두 소급적용하겠다고.

그러면서도 또 경고했다.

반민특위도 도무지 건들지 못하는 놈들께.

혹은 흔적마저 완벽히 지웠다고 생각하는 놈들께.

오늘의 선포를 외면하고 버티고 시험해 보고 싶으면 그리해도 좋다고.

앞으로 반년 후에 만나자며 손까지 흔들어 준다.

진짜 대박!

"얌전한 고양이가 부뚜막에 올라간다더니. 하니까 진짜 뒤가 없이 하네."

오히려 내가 무서웠다.

대체 어쩌려고 이 같은 폭탄을 터트렸을까.

얼마 전까지 일본을 거스르고는 아무것도 되지 않는다 했던 사람이 오늘은 일본의 귀싸대기를 사정없이 후려 버린다.

저러다 진짜 총 맞는 게 아닌지.

하지만 나도 이러고 있을 시간이 없었다.

서 실장이 올라와 적당한 옷을 추렸다.

"내일 개강인데 어떤 옷이 좋겠습니까? 그래도 캐주얼한 게 좋겠죠?"

그랬다.

한국대학교가 긴 방학을 끝내고 새 학기를 시작한다. 나는 새내기고.

혼자 갔다.

대충 모자 쓰고 얼핏 평범하지만, 또 결코 평범하지 않을 옷으로 차리고 멀찌감치에서 내려 학교로 올라갔다.

입구에서부터 기하학적 모양을 따라갔는데 한참을 올라가
도 목적지는 멀었다.

사실 이때까지도 조금은 멍했다.

내가 정말 대학생이 된 게 맞는 건지.

정말 내 이름이 한국대 경영학과에 적힌 건지.

오기 전에 두 번 세 번 확인했지만, 불안한 마음을 금할 길
이 없었다.

그래도 바삐 걸어가는 학생들 사이로 걸으니 조금씩 눈에
서 꺼풀이 벗겨지기 시작하는데 그제야 좀 실감이 나는 것 같
았다.

-내가 정말 한국대학교에 입학했구나.

답사까지 다녀온 하제필이의 브리핑대로 또 약도에 적힌
대로 강의실로 들어갔다.

꽤 붐볐다.

저들끼린 OT도 다녀오고 나름대로 몇 번이나 만나서인지
서로의 얼굴을 보며 반가워하고 하하 호호 웃으며 저번에 어
쨌느니 저쨌느니 하며 좋아들 하는데 달리할 게 없는 나는 조
용히 맨 뒤 구석에 가방을 내려놓았다.

그냥 가만히 앉아 창밖만 바라보았다. 책상도 손으로 쓸어
보았다. 강의실의 내음을 음미해 보았다.

갑자기 왜 이렇게 센치해지는지 모르겠지만 나름대로 정겹긴 했다.

전생에서는 결코 누릴 수 없었던 것에 대한 한풀이런가?

상관없었다.

기분 좋았다.

학교에 잘 온 것 같았다. 방금의 정서만으로도 학교는 올 가치가 충분하였다.

그 때문인지 1학년 담당 교수가 들어와 출석을 부르고 앞으로 학교생활이 어떠리라 으름장 놓으며 각오하라는 소리를 할 때도, 연이어 이어지는 수업을 들을 때도 내 정신은 전생과 현생의 괴리에서 재밌게 노닐었다.

좋았다. 즐겁게 흐뭇하고 충만하고.

아직 차가운 햇살임에도 찬란하게 쪼개지는 빛보라에 나 혼자만 휩싸인 것처럼 신비로웠고 황홀했다.

고요한 세상.

나만의 세상.

그것은 어떤 그림자가 막아서기 전까지 나에게 휴식이 되어 주었으며 만족이 되어 주었다.

"안녕하세요? 같은 학번 1학년 과대입니다. 성함이 오대길 맞죠? OT도 안 나오시고 소집도 안 나오셔서 무슨 일이 있나 하였는데 오늘 뵙게 되니…… 어!"

"어!"

내 시간이 딱 멈췄다.

그 여자였다.

윤지연. 생글생글 내가 반한 미소를 가진 여자. 대천 해변에서 나에게 감동을 준 여자. 정독도서관을 가게 한 여자.

근데 얘가 왜 여기에?

그리고 날 어떻게…….

아! 나 유명하구나.

하지만 그녀의 입에서는 뜻밖의 단어가 나왔다.

"정독도서관?"

"아…….."

"정독도서관 맞죠? 입구에 항상 앉아 있던."

"……."

심장이 멎는 것 같았다.

윤지원이 날 안다.

윤지원도 날 의식하고 있었다.

"……절 아시네요."

"알죠. 그렇게 노골적으로 쳐다보는데 어떻게 모르겠어요?"

"……."

"몇 개월 안 보이시길래 단념한 줄 알았는데 학력고사 수석이라면서요?"

"……네."

"궁금했죠. 학력고사 수석인데 학교 행사엔 참여도 안 하고

어떤 분일까 했는데 정독도서관일 줄은 몰랐네요. 정말 반가
워요."

"아…… 네."

"일단 이것 좀 적어 주실래요? 비상연락망을 만들어야 하
는데 맨 마지막이시네요. 오늘 중으로 과사에 제출해야 돼서
요."

"아, 죄송합니다."

순종적으로 종이에 삐삐 번호와 집 전화, 주소를 적는데
윤지연이 또 이런 말을 던진다.

"근데 하나 물어봐도 돼요?"

"네? 뭘요?"

"왜 안 나오신 거예요? 학력고사 수석까지 하신 분이. 자
랑스럽지 않으셨어요? 혹 무슨 일 있으신 건 아니죠?"

"아 그게……."

진짜 날 모르나 보다.

하긴 프로야구가 출범한 지 몇 년이 지났는데도 야구가 뭔
지 모르는 사람도 있는데 나까짓 걸 모두가 안다는 건 오만
이긴 했다. 유재석도 아니고.

"일이 좀 있어서요."

"학업에 지장을 줄 정도인가요?"

"네?"

"학교에 열심히 나올 거냐고요. 그래도 단체생활인데 같이

어울려야죠. 특히나 초창기에는 매일 얼굴을 비추는 게 좋아요. 적응을 위해서라도요."

좋은 말이긴 한데.

너무 또 훅 들어오니 부담된다.

보기보다 오지랖이 넓은 여자인가?

"아, 네. 별일이 없으면 나올 생각입니다."

"별일 있어도 학교엔 와야죠. 오늘 만났으니 매일 빠지지 말고 나오세요. 알았죠?"

"예."

나도 모르게 나간 대답인데 만족할 만한 대답이었는지 또 예의 그 환한 미소를 흘리며 몸을 돌리는 윤지연을 난 또 바보 같은 표정으로 멍하니 바라보기만 했다.

이왕 만난 김에 점심이라도 같이하자고 하지. 등신.

그런 그녀가 문 앞에 서더니 또 홱 돈다.

깜짝 놀라 시선을 얼른 돌리는데.

"밥 안 먹어요? 시간 됐는데."

"예?"

"점심식사 안 하냐고요."

시계를 보니 12시가 넘었다.

"아!"

가방을 주섬주섬 허둥댔다.

"같이 먹을 사람 없으면 나랑 점심 먹으러 갈래요?"

애는 정말 천사표인가 보다.

여부가 있겠습니까.

얼떨결에 교내를 같이 걷게 됐지만, 아직도 난 이 사실이
잘 믿기지 않았다.

내 옆에 윤지연이 있다니.

고삐리인 줄 알고는 있었는데 공부를 이렇게 잘했는지는
더 몰랐다.

아니, 지금까지 까맣게 잊고 있었다는 게 난 더더더 놀라
웠다.

여자를 이 정도까지 좋아해 본 적 없던 내가…….

일에 치이니 윤지연마저 잊고 살았다.

그 사실이 들뜨던 심장을 차갑게 한다. 걷는 거리가 길어
질수록 정신이 얼음물에 담갔다 뺀 것처럼 명료해진다.

어쩜 윤지연도 이곳 한국대처럼 못 가져 본 것에 대한 환
상이 아닐까.

"호호호호, 선화가 알면 놀라겠어. 정독도서관이 나랑 같
은 과에 같은 학번이라니."

"……."

"그때 나랑 같이 다닌 애들 기억나시죠?"

기억 안 난다.

난 항상 너만 봤다.

"선화도 한국대생이 됐어요. 비록 다른 과지만."

"네."

"근데 어제 보셨어요?"

"어떤걸요?"

"청와대 무너지는 거요. 그거 보고 정말 깜짝 놀랐는데."

"아!"

"그건 보셨구나. 다행이네요. 그래도 공통점이 하나 있으니. 근데 어땠어요? 오늘의 화제가 3.1절 기념사였잖아요. 애들끼리도 말이 많았는데 대체로 시원하다는 의견이 많았어요. 어땠어요?"

"……위험하죠."

"위험하다고요? 왜요?"

"일본이 가만히 안 있을 테니까요. 그들이라면 반드시 어떤 행태로든 액션을 취하겠죠."

"왜요? 남의 나라 일에 왜 자기들이 움직인다는 거죠?"

"그야 아직도 지배하……."

아직도 지배하고 있다고 생각하는 중이라 말이 나올 뻔했다. 내가 지금 스무 살 새내기한테 무슨 말을 하는 건지.

"어쨌든 어떤 형식이든 항의는 반드시 나올 겁니다."

"확신하시네요."

"국제 정세에 확신은 금물이지만 일본만큼은 그럴 것 같네요."

그리고 다음 날 기사로 일본 외무상의 발언이 탑 1면에 실렸다. 주한 일본 대사가 청와대까지 쳐들어갔다는 기사도 2면에 연달아 실렸다.

일본 언론도 이에 대해 일제히 논평을 쏟아 냈다.

[은혜도 모르는 한국.]

[경제 발전의 기초를 마련해 준 호의를 악의로 갚은 배은 망덕한 나라.]

[조선 경제가 그토록 비참한 상태에서 지금과 같은 일대 발전을 이루게 된 것은 분명 일본이 지도한 결과다.]

[19세기의 조선 대한제국은 독립국을 유지해 갈 만한 능력도 기개도 없어, 외교적인 혼란을 자초하고 만다. '한일 간의 불행한 역사'를 낳은 책임의 절반은 역시 시대착오로 무능력한 조선 대한제국 측에도 있다. 그것은 현명한 한국인들도 가슴 깊이 알고 있을 것으로 생각한다.]

[침략이 있었다고 해도 침략을 받은 측에도 여러 가지로 생각해야 할 문제가 있다고 생각한다. 예를 들면 일청전쟁이라는 것을 생각해 보면, 당시 조선반도는 어떠한 정세에 있었는지를 알아야 한다. 조선은 청국의 속령임에도 청국의 조선에 대한 영향(influence)은 어째서 언급되지 않는지.]

[일본은 한국을 통치한 적 있지만, 식민지 지배라는 말은 샌프란시스코 강화조약 등의 공문서에는 어디에도 쓰여 있지

않다. ……한일병합조약은 원만히 체결된 것으로, 무력으로
이루어진 것이 아니다. ……'식민지 지배', '침략전쟁'으로 되면
여러 가지 문제가 생긴다. 전후처리를 전부 다시 한다면 이해
할 수 있지만, 거기까지는 각오가 없는데 다시 꺼내면 곤란하
다.]

Chapter 19. 선택은 언제나 주인이 한다

촌구석 무지렁이가 봐도 열 받을 만큼 일본의 작태는 오만
했다.

대한민국이라는 정식 국호가 있음에도 그들은 조선이라
는 단어를 서슴없이 사용해 외교적 무례를 범하길 주저하지
않았고, 또 그들의 침략도 일절 사과 없이 당위성을 설명하
려거나 정당화시키려 했다.

뻔뻔했으며 후안무치했다.

또 어떤 면에선 마지막 보루처럼 여겨질 만큼 질기기도 했
다.

상식적으로는 도무지 이해가 안 가는 행태였지만 사실 이

런 기조는 광복 시절부터 계속되어 왔다. 밥 가져오면 침 흘리는 개처럼 이런 논평들은 우리의 반응에 따라 거의 조건반사처럼 나오는 대응이었다.

한국 언론도 버드나무처럼 흔들리기는 마찬가지였다.

일본의 편이 아닌 척하면서도 슬슬 우려의 말들을 쏟아 내며 불안감을 조성하고 정부의 강경 대응이 양국 간의 화합을 깨뜨리는 요소로써 경제 발전에 악영향으로 작용할 수 있음을 경고했다.

역사는 반복되었다.

큰 흐름을 두고서도 그랬고 작은 흐름으로서도 그랬다.

인간은 늘 이익의 편에 서기 마련이고 인간 자체가 바뀌지 않는 한 역사도 바뀌지 않는 걸 다시 한 번 증명한 일이기도 했다. 어쩌면 세상이 바뀌는 것도, 타국을 점령해서 완전한 통치를 가늠하는 시기를 세대가 바뀐 후로 잡는 이유도 바로 이 때문이라 보면 옳겠다.

"결국 우리 힘이 약해서인 거지. 우리가 만일 미국 정도였다면 진즉 엎드리고 고개 조아리고 발발 기며 들어 달라는 걸 다 들어줬을 거야."

누굴 욕할 문제가 아니었다.

우리가 약해서 나라를 잃었고 우리가 약해서 사과 한 번 제대로 못 받는 거다.

바닥까지 자원을 긁어 가 버린 거로 모자라 아직도 분열을 조장 중인 유럽을 보며 아프리카인이 손가락질해도 누구 하나 꿈쩍 안 하는 것처럼 국가 간의 논리는 정의가 아닌 힘과 이익에서 기인하였다.

고로 지금 시점의 정부도 일본에 대해서는 말밖에 달리 답이 없을 수밖에 없었다.

그걸 알기에 일본은 계속 이렇게 말했다.

정치적 쇼는 이쯤하고 조용히 해라.

적당히 왔으니까 물러가서 얌전히 있어라.

어차피 세상은 너 하나로 바뀌지 않는다.

너 혼자 이 많은 사람과 싸울 생각이냐?

대충 압력 좀 가하면 알아듣고 수그러들길 반복했고, 시대적 청산의 마지막 기회였다고 평가받는 대머리 본인 아저씨마저도 이런 기류에 닥치고 얌전해진 전력이 있지 않은가.

다시 사람이 문제였다.

20년 후에도 위안부가 매춘이었고 일본이 가해자가 아니라는 헛소리를 지껄이는 명문대 교수가 나오는 것처럼 결국 사람 문제였다. 사람 문제.

그래서 이번 대통령도 다들 그러리라 생각했다.

얼마간 떠들다가 뭐라도 하는 척 부산스럽게 움직이다가 스르르 흔적도 없이 사라진다.

이게 공식이니까.

그게 지금까지의 상식이었는데.

하지만 이 악물고 한쪽 편으로 편향해 버린 보통 사람은 이들의 상식과도 달랐고 이전의 대통령과도 너무도 달랐다.

　그는 청와대 춘추관에 직접 나와 시끄럽게 떠드는 언론과 일본에게 이런 말을 던졌다.

　"일본이라는 나라에는 아직도 우리 대한민국을 조선이라 부르고 대한제국이라 부르는 몰상식한 이들이 많은 것 같습니다. 대체 학교나 나온 건지…… 이쯤 되니 앞으로 그들을 일본이라 칭하지 않고 '왜'라고 칭할까 심심찮게 고민됩니다. 그리고 개인적으로도 왠지 '왜'라는 단어가 입에 착착 감기는 게 지금 일본의 행태와 빗대어 봤을 때도 너무 잘 맞아떨어져서 그런지 지금 당장에라도 '왜'라는 단어를 쓰고 싶어 안달이 납니다. 그러나 나는 대한민국의 대통령으로서 또 문화인으로서 '왜'라는 단어는 삼가겠습니다. 물론 속으로는 자꾸만 불러 주고 싶군요. '왜'라고. 아니, 앞으로 대한민국에 대한 잘못된 표기가 나올 때마다 과거를 상기시켜 주는 수단으로 삼고 싶습니다. 그들이 예전에 '왜'라 불렸고 농사법도 몰라 토굴 생활을 했다는 것과 기구 사용법도 제작법도 몰라 꼬챙이 창이나 들고 다니던 섬나라를 도대체 누가 보듬어 주고 살려 줬는지. 저들이 신의 문자라 숭배하는 '카무나가라'가 대체 어디에서 기인한 건지. 이런 말까지 하고 싶지 않았는데 정말 한탄스럽습니다. 일본은 과연 못 배워서 부끄러운 걸 모르는 걸까요? 우리가 정말 덜 가르친 걸까요? 아버지같이 은혜를 베

풀었음에도 아버지 같은 나라가 약해진 틈을 타 두 번이나 침략하기까지 하고. 대체 언제까지 용서를 베풀어야 합니까. 이들을 대체 어떻게 표현하면 좋겠습니까? 은혜를 원수로 갚은 이들을 우리는 어떻게 바라봐야 할까요? 보통은 그런 놈들을 이렇게들 말하는 것 같습니다만. 아니군요. 세계 공통적으로도 이렇게 표현하더군요. 인간말종이라고."

기자들이 멍해졌다.

대략의 입장 표명을 기대하고 왔던 이들의 얼굴에서 핏기가 사라졌다.

지금 대통령은 일본을 조롱하고 있었다.

잘못하면 전쟁이다.

하지만 대통령은 눈썹 하나 꿈쩍하지 않았다.

"다시 한 번 말씀드립니다. 지금 일본에 동조해 국가에 불안을 조성하는 세력이 있습니다. 아직도 이 나라를 일본의 속국으로 생각하는 이상한 족속들이지요. 그들에게 절대로 경고합니다. 무엇을 하려던 간에 하지 마세요. 잡히면 6개월의 시효도 소용없습니다. 그리고 다시 한 번 일본에 권고합니다. 사과하세요. 제대로 사과하시고 피해당한 우리에게 보상하세요. 그러고 나서 새 시대를 여는 겁니다. 우리는 열려 있습니다. 세계 최고의 경제 대국을 자랑하는 나라가 사과 한 번 하는 게 그렇게 어렵습니까? 세계가 알고 하늘이 알고 땅이 아는 일입니다. 더 이상 작은 손으로 하늘을 가리는 우매한 짓은 하지 마세요. 일본 국민도 그러는 게 아닙니다. 좀 깨어나세요. 언제까지 민주주의를 가장한 봉건주의에서 휘둘릴 겁니까? 위에서 내려 주는 콩고물로 만족한다면 그게 어디 민주주의를 사는 사람들이랄 수 있겠습니까? 한국 좀 본받으세요. 오세요. 예전 그때처럼 우리가 민주주의가 어떤 건지 알려 드리겠습니다. 민주주의를 우리 손으로 개척한 우리 겨레는 가슴이 넓으니까요."

그렇게 끝내 놓고 들어가려던 대통령이 멈칫하더니 다시 돌아와 마이크를 잡았다.

또 뭔가 하여 모두가 집중하였다.

"잠깐 잊은 게 있는데 이건 일본이나 한국이나 마찬가지입니다. 학자의 양심을 저버리고 언론인의 양심도 저버리고 돈 몇 푼에 자꾸 진실을 호도하는 버르장머리 없는 인사들이 꽤 되는 것 같은데. 그런 짓 하라고 국가가 가르치고 배움을 얻었던 건 아닐 겁니다. 그분들에게 간곡히 부탁드립니다. 어릴 적 부모님의 가르침을 기억해 내세요. 설마 부모님이 거짓말쟁이가 되라고 가르치진 않았을 거 아닙니까? 그리고 우린 옛날부터 이렇게 뒤에서 음모를 꾸미는 이들을 '쥐새끼'라 불러요. 당신들도 가정이 있을 텐데 쥐새끼로 불려서야 되겠습니까? 부끄럽다면 멈추고 양심선언하세요. 하지만 이렇게까지 말했는데도 또 무시하고 계속 그러다가는 말뿐이 아닌 진짜 제재가 가해질 겁니다. 참고로 쥐새끼는 박멸이 원칙입니다. 일본의 쥐새끼도 남 일이 아니니까 잘 들으세요. 더 나가다간 대한민국과 한민족의 염원을 대신해 내가 철퇴를 내릴 겁니다. 다시 말하지만 이게 정말 마지막 경고입니다."

하며 쑥 들어갔다.

우와~~~~~~~~.

살며 내가 이런 대통령을 만날 줄이야.

평가 때마다 물 뭐시기라 불렸던 양반이 맞나?

이러다 일본에서 미사일이 날아오는 건 아닌지.

해상 자위대 제1 함대가 부산 앞바다까지 와 함포를 겨누는 건 또 아닌지.

하지만 그럴 일은 없다.

일본은 본토에서 침략에 상응하는 공격을 당했을 때야 자위권이 발동된다. 물론 일본이라면 자작극을 통해서라도 일을 만들어 낼 게 보이지만 어쨌든 그랬다.

대다수 국민은 통쾌해했다.

손뼉 치며 잘한다 하였고 나는 섬뜩함에 몸을 떨었다.

즉시 삼촌에게 전화를 걸어 호출했다.

삼촌은 지금 홍콩에 있으면 안 된다. 무슨 일이 있어도 빨리 서울로 와야 했다.

-왜 그러냐? 한창 바쁠 땐데.

"다른 거 볼 것 없이 어서 반민특위에 가 자수하세요."

-뭐?!

"지금 가면 벌금 정도로 끝날 거예요. 저는 대양이 기업 중 가장 먼저 조사받았으면 좋겠어요."

-오대길!

나도 지금 무슨 말을 하는 건지 안다. 삼촌이 왜 화내는지도.

내 말은 곧 대양이 일본의 앞잡이 노릇을 했다는 걸 인정하라는 소리와 같았으니.

이 와중에도 살짝 의문이 들었다.

근데 왜 억울해하실까? 대양이 일본의 도움을 받은 건 사실이잖나.

설마 이게 지나가면 묻힐 그런 종류라 보는 건가?

아니다.

내가 보기엔 절대로 그렇지 않다.

앞으로 타도 일본을 외치지 않으면 정치, 경제, 문화를 통틀어서도 제대로 굴러가지 않을 확률이 높았다.

들끓는 민심을 김영산이 봤고 김대준이 봤다. 그리고 나중에 대권을 잡을 자들도 모두 이 순간을 봤다.

타도 일본을 외치지 않으면 반드시 공격당할 테고 빨갱이처럼 매도당할 게 뻔했다.

민족반역자 프레임이다.

분위기가 이렇게 흘러간다면 그래서 더 늦어 대양이 누군가의 고발을 당하게 된다면 일은 돌이킬 수 없게 될지도 몰랐다. 그 순간 보통 사람이든 김영산이든 김대준이든 본보기 차원에서라도 대양을 쪼개야 했으니.

이게 내가 보는 미래였다.

"살려면 지금 해야 해요. 1호로 자수해서 면죄부부터 받으세요."

-그게 무슨 소리야?! 넌 이게 이렇게 간단하게 풀릴 문제라고 생각해? 나보고 반민특위로 직접 걸어가라니. 너 미쳤어?

"안 그러면요? 할아버지가 일본의 도움을 받은 건 사실이잖아요. 그게 살려면 어쩔 수 없는 일이었다고 할지라도 그 시대엔 친일 없이 운영이 불가능한 건 맞잖아요?"

-그렇다 해도 안 돼. 그냥 가만히 있으면 된다. 예전처럼 또 무마될 거야.

"천만에요. 안 되면 대양이 산산조각 납니다!"

-오대길!

"가세요. 가서서 사죄하고 낱낱이 밝히세요. 일본에 있는 할아버지의 둘째 할머니도 밝히고 대양이 어떻게 시작됐는지."

-그건 절대로 안 된다. 이미 알려졌어도 내가 직접 무대에 올라가면 안 돼.

"국민이 보고 있어요. 잊지 마세요. 보통 사람이 이미 군을 장악했어요. 그 의미를 잊으시면 안 돼요. 얼마 안 가 고위급 인사들이 줄줄이 소환되기 시작할 거예요. 그때는 늦은 거예요. 삼촌은 설마 우리 대양이 고발에서 자유로울 거라 생각하세요?"

-그렇다고 그 멍에를 지고 가라는 거냐? 그건 지워지지 않을 낙인이야.

"잘하면 되잖아요. 앞으로 국민한테 잘하면 되잖아요. 잘할 수 있으시잖아요. 그리고 이 시점 보통 사람이 누굴 제일 먼저 지켜보고 있겠어요? 결국 대양과 선영이잖아요. 삼촌, 판단 잘하셔야 해요. 이건 대양의 사활이 걸린 문제예요."

반민족행위자 특별법이 그랬다.

본디 1948년에 공포했으나 이번에 대통령이 다시 정비해 반포했는데, 그 골자는 크게 달라지지 않았어도 세부적으로 들어가면 결코 성긴 그물이 아니었다.

간략히 요약하면 이렇다.

1. 국권침탈에 적극 협력한 자.

2. 일본 정부로부터 직을 수한 자.

3. 독립운동가나 그 가족을 악의로 살상·박해한 자.

4.

-밀정행위를 한 자.

-독립운동을 방해한 목적으로 단체 활동을 한 자.

-군 경찰 관리로 악질적인 행위를 한 자.

-일본 군수공업에 관여한 자.

-도·부의 자문 기관에 거한 자.

-일본치하 관·공리였던 자.

-일본 국책 활동을 지지한 자.

-민족을 배반하고 여론을 몰고 간 자.

-개인 치부를 위해 민족을 해한 자.

5. 위의 모든 자에 한해서는 공소시효가 없음.

6. 죄질에 따라 형벌비율이 조정됨. 한도 없음.

이런 식으로 본다면 굳이 끼워 맞추지 않더라도 할아버지의 이력은 4항의 일곱 번째나 마지막에 속할 것이다.

하지만 이번 일은 코에 걸면 코걸이고 귀에 걸면 귀걸이가 된다.

어디에 혐의점을 두냐에 따라 완전히 달라지는데, 내가 원하는 건 어수선한 때를 이용해 약간의 벌금을 감수하고 혐의 종결 도장을 받는 거였다. 대통령이 자기 입으로 경감해 주겠다 했으니 이때가 갑이었다.

그러나 삼촌의 생각은 나랑 너무 달랐다.

이해하지만 난 우겼다.

꼭 이번 대통령이 아니더라도 다음 대 대통령도 반드시 이걸 짚고 넘어갈 것이고 그다음 대도 분명했다. 그때마다 들들 볶여 뜯기느니 이만큼 국민적 관심을 끌 때 끝내는 것도 좋은 방법이었다.

"결정하세요. 약간의 출혈을 감수할지 아님, 대양 자체를 들어엎을지."

-너…… 혹시 뭐 들은 거 있냐?

"없어요."

-근데 왜 이래? 왜 갑자기 나서서 이러는 거야?

"이번 정권에만 사업할 생각이 아니시라면 면죄부부터 받고 시작하시라는 거예요. 정치하는 놈들한테 반역자 프레임이 얼마나 좋은 먹잇감인지 모르세요? 그게 싫어서 3단계 사업도 시작하시는 거잖아요. 근데 이렇게 하면 아무것도 안돼요. 대양은 반드시 면죄부를 받아야 해요. 그리고 이제 막 태동하는 통신사업은 어떡하실 거예요? 이걸 통째로 미국에 넘겨주시렵니까?"

-이게 어떻게 그렇게 흘러가는 거냐?

"국제 그룹을 잊으셨어요? TBC 방송은요? 이건 그때보다 훨씬 험악한 사안이란 말이에요. 재벌 몇 개 쪼개는 건 아무것도 아니란 걸 왜 모르세요?"

-하지만 어렵다. 네가 이 일이 어떤 사안인지 몰라 이러는 거라고는 믿고 싶지 않다. 잘못됐을 경우 감당해야 할 후폭풍이 너무나 커.

"제2 창업을 부르짖었잖아요. 안 그래도 과거의 잔재를 씻는 중이잖아요. 조금만 더 나가면 대양은 민족적 기업이 되는 거예요. 저도 오늘 이후로 더 말씀드리진 않을 거예요. 다만 안 하시려면 끝까지 버티시고 하시려면 최소한 선영보다는 빨리 하셨으면 좋겠어요. 이왕 하는 거 첫째가 되셔야지 않겠어요?"

-선영……이라고?

"아시잖아요. 선영도 여기에서 자유로울 수 없다는 거."

대한민국 1세대와 2세대 사업가치고 일제강점기와 떨어져서 볼 수 있는 자가 얼마나 될까?

아니, 문화, 언론, 학계, 정치…… 거의 모든 분야가 그들과 이어져 있을 것이다.

그리고 그들은 한국을 움직이는 힘이었다.

일본이 남몰래 자랑하는 자기들을 위한 힘이었고.

그걸 알기에 일본은 지금도 보통 사람을 전쟁을 원하는 야만인으로, 국가 간 예의를 모르는 미개인으로, 역사를 모르는 무식자로 공격하는 중이었다.

하루가 지나지 않아 몇몇 언론들도 분위기에 동조해 대통령의 소양에 대해 의문을 표했고 앞으로 이 일이 어떤 식으로 전개될지 예상되는 바를 적어 전국에 뿌려 댔다. 군소 단체에서 집회를 시작했으며 일본과의 무역상들은 피해를 입었다며 보상을 요구해 왔다.

갑자기 분위기가 대통령을 몰아대는 현상이 일어났다.

그러나 난 안다.

보통 사람이 조용히 있는 건 잔챙이가 아닌 건더기를 건져 먹기 위해서라는 걸.

그리고 잊지 말아야 한다.

지금의 대통령은 군부에 뿌리를 두고 있다는 걸.

이렇게 반년을 허송세월로 보내다 누구 하나 찍히는 순간 골로 갈 거라는 걸 잘 알기에 대양을 다그칠 수밖에 없었다.

하지만 이것도 결국 삼촌의 선택이었다.

내 판단이 틀릴 수도 있는 거니까 나는 이만 여기에서 사라져 주는 게 옳을 거다.

나는 아직 학생이다.

시국이 하 수상한데도 학생들의 학교생활은 평범히 흘러갔다.

뭐가 그렇게 분주한지 약속도 많고 특히나 술 약속은 얼굴 마주치는 사람마다 해 대기 바빴는데 나도 윤지연 때문에 몇 번 불려 나갔다.

딱히 흥미는 없었다. 술자리에서 나오는 스무 살짜리 식견이라고 해 봤자 누군가의 개똥철학을 그대로 옮겨 읊는 수준이고 또 그것에 일일이 다 답해 주기엔 내가 가진 에너지는 그리 크지 않았다.

윤지연만 빼고 점점 귀찮아지기 시작했다.

지금껏 날 움직이는 힘은 온몸의 세포가 타오를 듯 바싹 조여 오는 감각이었다.

처음 삼촌 앞에 나설 때, 선영 최 회장과 만났을 때, 보통 사람과 마주쳤을 때 느꼈던 전율.

그게 그리웠다.

그렇게 한 달쯤 지나자 날 알아보는 이들이 조금씩 생겨났
다.

좀 늦은 감이 있었다. 교수들끼리는 쉬쉬거리며 오가는
건 알았지만, 한국대에 그것도 경영학도란 놈들이 나와 SD
텔레콤의 대표를 연관시키는 데 이렇게 오래 걸리다니.

이건 분명 낙제감이다.

Chapter 20. Oh, Jesus Christ!

"미사여구 필요 없이 경영학 시작은 돈이다. 경영이라는 거창한 이름을 내건 것과는 달리 경영학은 이 돈을 어떻게 하면 잘 벌 수 있을까에 대한 고찰로 출발한다. 다시 말해 경영학은 역사와 세계와 사회의 흐름을 읽고 어떤 답을 제시해 주는 행위도 아니고 국가적 재난에 대비해 올바른 길을 제시해 주는 학문도 아니다. 오직 돈이고 그 돈만을 위한 학문이 바로 경영학이다. 우리는 경영학도의 길을 걷기에 앞서 우리의 본질에 대해 이해해야 하고 정체성 또한 확실히 섭렵해야 한다."

노교수의 경영학 강의가 담담하게 이어졌다.

"우리 인류는 역사를 통한 시행착오와 그 열망의 결과로 지금의 문명을 이룩했다. 하지만 사회가 고차원적으로 갈수록, 경쟁이 더할 나위 없이 심화될수록 전통적인 가치관으로는 역부족임을 실감하게 되었다. 시장은 더 큰 이익, 더 거대한 사업성으로 나아가건만 나라는 존재는 겨우 하나라는 거다. 한 사람의 손으로 열을 감당할 수 없듯 경영도 곧 감당키 어려운 지경까지 오게 된 거다."

그리고는 칠판에 커다랗게 무언가를 썼다.

[경영판단이란?]

"결국 주변부터 뜻이 맞는 사람을 끌어들이기 시작했지. 덩치가 커질수록 더 큰 이익을 탐할 수 있게 됐으니까. 그러나 그런 이들이 많아질수록 어느새 회사 내에서도 자기 몫에 따른 무리가 결성되게 되었다. 자, 현대 사회에서 자기 몫이란 무엇을 뜻할까?"

"지분이요."

"맞다. 혼자 힘으로는 불가능한 것이 여럿의 힘으로 가능하게 됐으니 이것의 형태가 바로 주식회사다. 하지만 난립한 무리로는 경영에 혼선만 주게 되었지. 사공이 많으니 배가 산으로 가게 되어 버렸어. 결국 자기들끼리도 교통정리를 위한 법을 정하게 되었다. 이게 뭔지 아는 사람?"

"의결권?"

"맞다. 이번 학번은 제법이군. 좋다. 그 이후로 지분율에 따른 의결권이야말로 주식회사의 꽃이 되었다. 이사를 뽑을 힘, 이사회를 구성할 힘, 대표이사를 뽑을 힘. 자! 이제 경영을 위한 최소한의 법이 정리됐으니 다음은 어디로 시선이 돌아갔을까?"

"……노동자요?"

"그렇지. 예로부터 노동자의 가치는 생산력에서부터 온다. 그리고 산업혁명을 거치며 분업화로 그 생산력이 극대화되는 것도 인간이 경험했지. 하지만 그것만으로는 시대가 요구하는 생산력을 감당하기 어려웠다. 다음은 어떻게 됐을까?"

"식민지 개척입니다."

"옳지. 아주 잘 아는구나. 지독한 노동력의 착취가 이어졌다. 엄청난 인명이 이것 때문에 죽고 또 엄청난 자원이 수탈당했지. 하지만 경영학도의 눈으로 본다면 식민지 건설만큼 확실한 이익도 없다. 하나보단 둘이, 둘보단 셋이 더 생산력이 높을 테니까."

르네상스 이후 발생된 경제 혁명에 관해 노교수는 간단한 듯 그러면서도 핵심을 놓치지 않고 학생들에게 설명하였다.

학생들도 수준에 맞게 곧잘 대답했고 문답 형식으로 오가던 강의는 어느새 경영판단이란 단어에 다시 돌아오게 되었다.

"타일러는 노동도 과학적 이론을 수립해야 한다고 믿었다. 노동자를 선발함에서부터 훈련시키는 법, 경영자 또한 노동자로 포함하며 그 관계까지 친밀해야 함을 강조했지. 지금에 와서는 Industrial Engineering의 개념을 최초로 도입한 사람이라 일컫는다. 여기에 대해 말할 수 있는 사람?"

노교수가 둘러보았으나 이번엔 쉽게 입을 떼는 학생이 없었다.

간헐적으로 나오던 대답도 뚝 끊겼고 분위기도 어색해질 때쯤 그가 누군가를 지목했다.

"거기 맨 뒤 창가에 앉은 학생. 그래도 강의실에서는 교수를 봐야지 않겠나?"

"……."

누가 날 쿡 찔렀다.

뭔가 하고 돌아봤더니 모두의 시선이 나를 향해 있다.

"아~."

여태 잘 듣다가 금방 창밖을 봤는데.

"그래, 자네가 타일러의 관리론에 대해 말해 보게."

"그게……."

"오오, 자네로군. 유명인. 학력고사 수석에 SD 텔레콤의 대표로 부시 대통령과 단독 저녁 만찬까지. 보통 사람이 견줄 수 없는 일을 한 자네가 거기에 앉아 있을 줄은 몰랐네. 이거 잘됐군. 한번 말해 보게. 자네라면 어떤 의견이 있을 것 같은데 부담 갖지 말고 즐거운 마음으로 동료 학우들을 위해 풀어 주시게나."

순간 날 먹이나 싶었는데 아닌 것 같았다.

눈빛을 보니 학자로서의 순수한 호기심이랄까.

그는 과연 내가 어떤 즐거움을 던져 줄까란 기대에 가득 차 있었다.

그리고 내가 입을 열기도 전에 이런 말도 덧붙였다.

"자네와 난 비록 교수와 학생으로 만났지만, 사회적 명성은 이미 날 넘어서 명사급임을 인정하네. 자네의 지식을 납득될 수준으로 풀어 준다면 이번 학기에 관해선 더 출석하지 않아도 'A'를 약속하지."

"……."

곤란한 문제이나, 이쯤 되니 나도 더는 섣불리 움직일 수가 없었다.

언젠간 학생이 아닌 내 이름을 걸고 뭔가를 할 때가 올 줄은 알았지만, 이 시점, 이 장소에서 시작될 줄이야.

이 역시도 당혹스러우나 지는 순간 내 이름도 또한 똥통으로 빠져 허우적거릴 게 분명했으니 수준 차이를 확실히 그어 줘야 하는 게 맞았다.

"좋습니다. 이렇게까지 기회를 주시니 저도 마다할 수가 없겠네요. 우선 미리 말씀드리면 지금까지 강의를 모두 경청하고 있었고 잠시 눈이 아파 고개를 돌린 거라는 점을 알아주

셨으면 좋겠습니다."

"이해하네. 하시게."

"타일러를 말씀하셨으니 타일러에 대해서만 평가하겠습니다. 그래도 되겠습니까?"

"그렇다네."

"우선 그의 이론을 두괄식으로 표현하자면 대승적으로는 거대한 성공을 이룩하였지만, 질적인 측면에서는 실패라 불려야 함을 말하고 싶습니다."

"왜 그런 건가?"

"Industrial Engineering의 한계로 보면 됩니다. 생산화는 결국 효율적인 방식을 고집하게 될 텐데, 그것이 아무리 경영인을 포함한 노동자의 입장에서 제창됐다고 해도 과학적인 접근은 어쩔 수 없이 숫자로 대변될 수밖에 없고 숫자는 반드시 시스템으로 가기 마련이니까요."

"시스템?"

"하나의 기계라고 보시면 됩니다. 노동자는 성실하면 된다는 측면에서 본다면 이보다 적합한 이론이 없겠죠. 맡은 바 자기가 할 일을 자기 자리에서 열심히만 하면 되니까요. 하지만 과연 인간 세상이 그게 다일까란 의문이 남습니다."

"어떤 의문인가?"

"시대의 요구가 과연 노동자의 성실함에만 만족할까요? 타일러도 그렇고 페욜도 그렇고 이론의 출발 시점이 관리란

점을 잊어선 안 됩니다. 기업의 시작이 아니고 끝도 아니지요. 그들이 말하는 건 궤도에 오른 기업의 관리고 그 관리로 기업의 수명을 대폭 늘리는 것일 뿐입니다."

"기업의 수명을 대폭 늘린다라…… 그렇게도 볼 수 있겠군. 그래서 그 이론의 무엇이 문제인가?"

"먹거리입니다."

"먹거리?"

"지금에야 지천으로 깔린 게 먹거리라지만 과연 언제까지 그럴까요? 언제까지 국가 성장률이 10%대를 오갈까요?"

"그거야…… 지나 봐야 알 것 아니겠나?"

"아니죠. 흥망성쇠는 고금을 통틀어 진리에 가까운 말입니다. 나라도 몇백 년을 못 버틸 건데 하물며 기업은 말할 것도 없겠죠."

"그렇……겠군."

"틀림없이 1%, 2%대를 오갈 때가 올 겁니다. 그때야 부랴부랴 가만히 일만 해도 된다고 순종하라고 가르쳤던 노동자를 쥐어짜겠죠. 먹거리를 가져오라고요. 창의적 아이디어를 내라고요. 당연히 못 내겠죠. 여태 일찍 출근하고 늦게 퇴근하는 게 명예인 줄 알았던 사람들이 갑자기 어디에서 좋은 아이디어를 내고 사업성을 발견할까요? 교수님께서는 그게 가능하리라 보십니까?"

"큼큼, 어렵겠지."

"그걸 핑계로 엄청난 사람들이 정리해고를 당할 겁니다. 수많은 사람이 길거리에 나앉고 청년들이 취업을 못 해 1년씩 2년씩 취업 공부만 해 댈 겁니다. 그것도 모자라 지금은 쳐다도 보지 않는 공무원 시험 경쟁률이 몇백 대 일까지 치솟을 거고요. 한마디로 겨울이 오는 거죠. 근데 중장년층은 문제가 없을까요? 정리해고되기도 바쁜데 재취업은 어떨까요? 60, 70대 노인들도 일거리를 찾으러 돌아다닐 겁니다. 기존의 사회 체계가 완전히 무너질 거고요. 자, 교수님께서는 제 생각을 물으셨습니다. 이제부터 제 생각을 말씀드리죠. 앞으로 10년 안에 국가적 위기가 올 겁니다. 그걸 신호로 험난한 겨울이 시작될 거고요. 모름지기 흉년일수록 지주들이 살찐다죠? 지주는 갑이 되고 노동자는 을이 되어 생존권마저 위태로운 시기가 도래할 겁니다. 20년 일해도 몇 달 쉬지도 못하는 악순환이 반복될 겁니다. 그러니까 지금 이 순간 타일러, 폐율 따위를 보면 안 된다는 말씀을 드리고 싶습니다. 20세기 초에나 통용되던 이론은 죽은 이론이죠. 약간의 위기에도 부서져 버리는 이론 따위에 우리 청춘을 낭비해선 안 되고, 지금 이 순간 우린 앞으로의 일을 어떻게 헤쳐 나갈지에 대한 논의가 절실히 필요하다는 겁니다."

"……."

"……."

"……."

"……."

"……."

"……."

조용하다.

강의실이 너무 조용하니 싸하게 느껴졌다.

순간 너무 나갔나 했지만 어쩔 수 없었다.

난 이미 은인자중하기엔 늦은 사람이었다.

오히려 튀는 게 더 낫다.

"……허어, 이거 놀라운 발언이로구만. 벌써 10년 후를 내다본다니. 그렇다면 좋네. 이 정도까지 내다봤다면 자네가 추구하는 해법도 있을 게 아닌가? 그것을 말해 주게."

"……."

"……."

학생들의 시선이 또 내게로 쏠렸다.

하지만 피식 웃어 줬다.

"교수님 너무하신 거 아닙니까? 시대의 해법을 여기서 발언하라뇨."

"그게 무슨 문제인가?"

"대양도 선영도 제 컨설팅을 들으려 100억을 감수했습니다. 그 결과 SD 텔레콤의 대주주가 되었고요. 그렇다면 대양과 선영이 급속히 바뀌는 게 무슨 이유일까요? 자본주의 사회에서 정보와 분석, 예측의 중요성을 다시 설명해 드리기엔 우리가 너무도 멀리 와 있는 것 같은데요."

"그럼…….."

"반론이 있을 수 있겠지만, 다시 말씀드리겠습니다. 방금의 논리에 대해서 저는 확고합니다. 한 강의실에서 공부하는 인연인 만큼 직접적인 언급 외 조언해 드리자면 미리들 준비하시는 게 좋을 듯싶습니다. 한국대라는 간판도 먹히지 않을 때가 올 겁니다. 겨울인 거죠. 혹독한 겨울에서 살아남을 방법을 찾으세요. 일례로 곰은 살을 찌운다지요? 다람쥐는 저장한다지요? 개구리는 동면한다지요? 여러분은 어떤 방법을 택하시겠나요?"

띠리리리리.

타이밍도 좋게 수업을 마친다는 종소리가 울렸다.

교수의 입에서 탄식이 울렸는데 한 가지 재밌는 건 이 와중에도 학생들의 행태가 갈린다는 거였다.

어떤 이는 습관적으로 가방부터 싸고 어떤 이는 나에게서 시선을 떼지 않고 또 어떤 이는 여전히 무슨 일이 있었는지에 대해서도 관심 없었다.

나에게서 시선을 떼지 않는 이들 중에서도 또 갈렸는데 마냥 '우와~'하는 표정과 '저 새끼 뭐야?'란 적대적 표정, '정말 그런 날이 올까?'란 우려 섞인 표정들이 나를 둘러쌌다. 그게 나를 한껏 자극하였다.

이거 은근 재밌다.

어쩔 수 없는 관심종자일지도 모르겠지만, 애초 부시를 만났을 때부터 앞으로의 인생은 조용히 살기 글러 버렸다.

앞으로 뭘 하든 이슈의 중심이 될 것이고 난 애써 거부하는 우매한 짓으로 이런 기조를 놓치고 싶지도 않았다.

그렇다는 건 나도 태도를 분명히 밝혀야 한다는 건데…….

이때 딱 우려 섞인 윤지연과 시선을 마주쳤다.

태도를 분명히 밝힌다라…….

벌떡 일어나 그녀에게 다가갔다. 내가 다가갈수록 그녀의 눈이 커진다. '왜?'라는 거다.

"우리 한번 진지하게 만나 봅시다."

"네?"

"당신은 나를 정독도서관으로 기억하겠지만, 나는 작년 여름 대천에서 이미 당신을 봤어요. 당신 동생이 부딪힌 사람이 바로 접니다. 그러다 정독도서관에서 당신을 발견한 거고요. 얼마나 놀랐는지. 그 이후로 어땠는지는 당신이 더 잘 알 겁니다. 솔직히 말할게요. 당신 웃는 미소에 반했습니다. 하루에 단지 5초 보려고 늘 그 자리에서 당신을 기다렸어요. 그 미소에 끌린 제가 지금도 설레고요. 같은 곳에서 공부한다는 것마저도 꿈만 같습니다. 저도 압니다. 당황스러울 수 있다는 건. 하지만 당신이 별생각 없으셨대도 내겐 벌써 두 번의 기약 없는 헤어짐이었어요. 대천과 정독도서관. 그리고 세 번째 이곳에서 만났고요. 나도 더 이상은 참을 수가 없습니다.

마음속에 다른 분이 없다면 우리 만나시죠. 진지하게 서로를
알아 가는 시간을 갖고 싶어요."

"아……."

강의실이 순식간에 정적에 휩싸였다. 그러다.

휘이익.

누가 휘파람을 불었다.

"멋지다!"

"오대길 파이팅!"

"냉혈한인 줄 알았는데 낭만파였어."

"불꽃 남자 오대길!"

"받아 줘. 받아 줘. 받아 줘."

"받아 줘. 받아 줘. 받아 줘."

"받아 줘. 받아 줘. 받아 줘."

경영학을 논하던 자리가 어느새 청춘들의 연애사업 자리
로 변했다.

나도 내뱉고 나서야 아차 싶었지만 이미 늦었다.

근데 대체 왜 그랬을까?

위기를 떠올리자 생존 본능이 발동한 걸까?

순간 두려움이 엄습해 왔다.

괜히 긁어 부스럼 만든 게 아닐까.

가만히 있었다면 얼굴이라도 자주 볼 수 있었을 것을.

괜한 충동에 내 아까운 첫사랑을 잃어버리는 걸까.

잔뜩 후회 중이었는데 그녀가 일어나 내 앞에 섰다.

내 눈을 똑바로 바라보았다.

"나도 당신을 보고 많이 놀랐어요. 그리고 정독도서관에서 와는 달리 담담한 모습에 나에 대한 마음이 식은 게 아닌지 가슴이 아팠어요."

"……."

"몰랐어요. 나도 모르는 사이 당신은 나와 벌써 두 번의 이별을 맛봤군요. 그게 상처였나요? 그래서 나를 담담히 보셨나요?"

"……."

"이제는 그러지 마세요. 그리고 무척 기뻐요. 미안하기도 해요. 당신의 담담함에 섭섭했고 그 마음이 식지 않았다는 사실에 들뜨는 제가 부끄러워요. 그러니 앞으론 옆으로 보지 마세요. 정정당당히 다가와 나를 보세요. 내 손을 잡으세요. 이 마음이 진짜라면 내 마음속엔 당신이 이미 들어와 있답니다."

그녀가 내 손을 잡아 주었다.

따스한 온기가 부드러운 피부결이 닿는다.

Oh, Jesus Christ!

나는 이거면 된다.

이것만으로도 충분하다.

Chapter 21. 미국 가자

벅찬 환희 같은 시간이 흘렀다.

윤지연과의 만남이 성사된 날, 나는 가게 하나를 전세 내 학번 전체를 데려다 무한 병맥주 쏘기를 시전했다.

원래 뭐든 먹은 놈은 조용하기 마련.

튀기로 마음먹은 이상 뒷말 나오지 않게 신나게 먹여 댔다.

축하받고 인정받기 참 쉽다.

쉬쉬거리던 인물이 일약 스타가 되어 떠오르고 내 얼굴과 이름은 과를 넘어 학교 전체에 넘나들었다. 교수들까지 인정해 학교의 자랑이 되어 교내신문에 실리기까지 했다. 러브 스토리 또한 그 못지않게 알려졌다.

근데 이 정도 관심 따위 나는 괜찮지만, 윤지연은 조금 힘들어했다.

정독도서관의 그 친근했던 친구가 갑자기 멀어진 느낌이라고.

윤지연은 삽시간에 시대의 기린아를 잡은 행운아로 등극했고 뭇 여자들의 질시를 받았다. 시작이 삿되지 않았음에도 어느새 배경 보고 남자를 고른 그런 여자가 돼 버렸다.

"미안해."

"아니에요."

"신경 쓰지 말라고 해 주고 싶지만 잘되지 않는 걸 알아. 하지만 그래도 이겨 내라고 말해 주고 싶어. 어차피 나란 인간은 조용히 살기 어려워. 가만히 있어도 주변에서 건들게 마련이야. 내 이기심일지라도 난 네가 강해졌으면 좋겠어."

"……."

"세속적인 여자라 욕해도, 행운아라 불리어도 흔들리지 마. 질투에 눈먼 여자들의 말 따위 조금만 견디면 사라질 거야. 네가 아직 그들 수준이라 여겨 까부는 것뿐이니까."

"그들 수준? 그게 무슨 말이에요?"

내가 한 살 많다고 그래도 오빠 대접해 주려는 어여쁜 아가씨가 어여쁘게도 묻는다.

"원래 비슷하면 질투하거든. 아예 감당이 안 되면 경외하고. 네가 할 일은 자기론 감당 안 되는 높은 곳에 있음을 인식시켜 주는 거야. 그러면 너는 자연스럽게 그런 말들에서 자유로워질 거야."

"높은 곳이요? 그게 얼마나 올라가야 하는 거예요?"

"나보다 높으면 아주 높은 거지. 이제부터 난 네 뒤만 졸졸 따라다닐 테니까. 귀찮은 표정 좀 자주 보여 줘. 난 네가 저리 가라고 하면 저리 가고 이리 오라고 하면 올 테니까. 시대의 기린아를 넌 손짓 하나로 부리는 거야."

"에이, 내가 설마요……."

"네가 힘들면 나도 힘들어져. 우리 그런 것에 얽매여 우리의 시간을 낭비하지 말자. 가끔 보여 주기 식으로 연극도 하고. 우리만 괜찮으면 되는 거잖아."

"미안해요. 바보같이 움츠러들어서."

"아냐. 사람들에겐 보이는 것도 중요해. 그들 스스로 납득하지 않는 이상 나와 결혼해서도 같은 말이 오갈 거야. 그때 가서도 그러면 내가 직접 나설 거야."

"겨, 결혼이요?"

눈이 동그래진다.

열라 예쁘다.

"웅, 너 졸업하면 바로 내가 데려갈 거야."

"……."

잠시 말을 멈추더니 무언가를 생각하는 윤지연이었다.

그러고는 내 가슴을 닿을락 말락 툭 친다.

"무슨 남자가 프로포즈를 그렇게 멋없이 해요?"

살짝 원망하는 투도 보이고.

"아! 미안. 계획을 말하다 내뱉어 버렸네. 정말 미안. 그때 가면 진짜 잘해 줄게."

"됐어요. 전 이게 제일 섭섭하네요. 어떻게 시집오라는 말을 이렇게 던지지?"

"아, 하하하하, 어떻게 하면 좋지? 어떻게 해야 하지? 어떻게 해야 우리 강아지 섭섭함이 풀릴까?"

"뭘 어떻게 해요? 같이 단성사 가요."

"단성사?"

같이 하고 싶은 게 참 많단다.

영화도 보고 보기 좋은 카페에서 차도 마시고 같이 놀이공원도 가고.

저렇게 기대하며 히죽거리는데 뭔들 못 해 줄까.

단성사에 갔더니 최재성과 최수지가 주인공인 '달콤한 신부들'이란 영화가 상영되고 있었다. 강우석 감독 영화였는데 아는 이름이 나오니 나도 반가웠다.

이 얼마만의 로맨스 영화인지.

손에 땀이 차도 난 절대 놓지 않았다.

다 보고 나오자 어둑어둑하다.

윤지연은 다시 내 손을 이끌고 어디론가 향했다.

"피맛골?"

"저쪽 건너편으로 엄청 몰려 있다는데 한번 가 보고 싶어요."

"뭐 하는 데인데?"

"술집이요. 우리가 자주 가는 술집."

말 그대로 사거리를 건너고 도로가 건물 뒤편으로 돌아가니 딱 두 사람 지나가면 길이 막히는 좁은 골목이 나타났다.

"우와~."

"여기 처음 와 봐요?"

바글바글하다.

골목 전체가 술 냄새에 안주 냄새에 뭔 이상한 냄새까지 뒤섞여 난리도 아니었다.

"근데 왜 여기 이름이 피맛골이야?"

"저도 몰라요. 사람들이 그냥 그렇게 불러요."

"그렇긴 한데 우와~ 짱인데."

"진짜 처음인가 봐."

처음이지. 내가 언제 서민들 들락거리는 술집을 가 봤어야지.

우린 허름한 막걸리집으로 들어갔다.

대충 파전이랑 동동주랑 시키고 앉아 있는데 천장에 걸린 TV 뉴스에서 갑자기 삼촌이 나왔다.

"어!"

기자들의 적대적 플래시 세례를 받으며 반민특위에 출석하는 삼촌이었다.

순간 정신이 번쩍 들었다.

안 그래도 어제 늦게 전화 와서는 '너 때문에 미치겠다.'란 말만 하고 끊더니.

"여기 동동주랑 파전이 그렇게 맛있대요. 한번 와 보고 싶었는데 오빠랑 와서 정말 좋아…… 오빠?"

윤지연도 내 시선에 따라 삼촌이 반민특위로 걸어가는 모습을 봤다.

"오빠…….."

"……."

"괜찮아요?"

괜찮다.

그냥 좀 의외라서.

꽤 버틸 줄 알았는데.

"신경 쓰지 마. 난 괜찮아."

"그래도…….."

"내가 권유한 일이야."

"……네?"

"기업의 사회적 책무는 단지 돈 버는 것만이 아니잖아."

"……."

내 입에서 이런 말이 나올 줄은 몰랐지만 어쨌든 스스로 진흙 구렁텅이로 걸어가는 삼촌의 뒷모습에서 나도 내가 가야할 길이 뭔지 짚어 봐야 하는 게 아닌지 생각이 들었다.

아니, 이미 어렴풋이 여기고 있었던 것 같다.

망나니에서 벗어난 길.

그 길이 어떤 길인지도 모르고 막연히 공익을 위한 길이 아닐까 믿고 있었다지만 이제 보니 조금은 달랐다.

집에 돌아가 뉴스를 틀었을 때도 느낌은 한결같았다.

멍하니 보고 있는데.

조사 마치고 귀가하는 삼촌에게 어떤 기자가 이렇게 물었다.

"왜 스스로 나오게 되셨습니까?"

많은 의미가 함축된 질문이다.

삼촌도 서서 무슨 말인가를 했는데 잘 들리지 않았다.

나도 나에게 던지는 질문에 정신이 없었으니까.

-그래서 네가 원하는 건 뭔데?

모른다.

화두는 사라지지 않았고 나 역시 제대로 된 답을 하지 못했다.

이것저것 떠오른 것은 많았지만 스스로를 속이는 짓은 그만하고 싶다.

그런 것들이 과연 내가 원하는 답일까?

진정 내가 원하는 답은 무엇일까?

그러고 보니 내 주위에도 제대로 된 답을 원하는 이가 하나 더 있었다.

아주 절실하게, 아주 끈적이게.

"내가 어떻게 하면 해법을 말해 주겠나? 부탁함세. 자네가 풀이하는 위기의 해법이 뭔가?"

"이러지 말고 나랑 얘기 좀 하세. 아무리 생각해도 온갖 법칙만이 난무할 뿐 이 상황에서 10년 안에 온다는 대위기를 이겨 낼 방안은 없어. 정말 그게 오긴 오는 게 맞는가?"

"학자의 양심을 걸고 이 일을 연구하겠으니 제발 좀 나를 도와주게."

"오대길! 언제까지 얘기해 주지 않을 생각인가?! 선생이 직접 이렇게 쫓아다니는데도 계속 모를 척할 텐가?!"

"내가 이렇게 빔세. 어떻게…… 어떻게 해야 나와 대화를 해 주겠나?"

노교수의 애틋한 사랑은 입소문을 탔다.

학교에서도 유명해졌다.

연령대를 의심하게 하는 쩌렁쩌렁 울리는 그의 목청이 복도를 타고 건물 전체로 퍼져 흘렀으니 모르는 게 더 이상하다.

결국 나도 더는 외면할 수가 없었다.

그와 연구실로 가 마주 앉았다.

"기대하지 마세요. 더는 그만 괴롭혀 달라고 찾아온 거니까."

잔뜩 상기된 그에게 김새는 소리를 늘어놓았지만, 그는 전혀 개의치 않았다.

"괜찮네. 괴롭히지 않겠네. 자네가 생각하는 것만 알려 주면 나도 이만 물러서겠네."

"제게 뭘 주실 생각이신데요?"

"내가 할 수 있는 것을 돌아보았네. 장학금은 어떤가? 아님, 내 연구실에 조교로 일하는 건 어떤가? 연구 논문에 자네 이름을 올려주겠네."

"겨우 그런 거로 절 불러 세우신 거예요?"

"그것으로도 안 되겠나?"

눈빛이 절절하다.

"적어도 몇 년은 연구할 내용입니다. 그리고 얼마 안 가 세간의 이슈가 될 사안이고요. 이 연구만으로 대한민국 대표 경제학자가 되실 분께서 꺼내 놓으신 카드가 겨우 장학금이요? 조교요? 제게 그런 경력이 필요한 것 같으세요?"

"없……겠지."

고개를 떨어뜨리는 그의 앞에 봉투 하나를 내놓았다.

이게 뭐냐고 날 쳐다본다.

"그 답입니다."

손이 얼른 봉투를 집으려 하나 내가 다시 뺐다.

"감을 못 잡으시는 것 같으니 제가 원하는 걸 직접 말할게요. 그래도 될까요?"

"하게. 들어줄 수 있는 건 다 하겠네."

"저에게 시간을 주세요. 저 같은 사람에게 가장 중요한 건 시간입니다. 가능하시겠습니까?"

"……몇 년이면 되겠나?"

이건 빠르네.

손가락 네 개를 펼쳐 보였다.

"4년이나? 차라리 월반하지 그런가."

"월반할 생각이면 차라리 관두죠. 이미 제 실력은 입증됐고 전 고졸이라도 상관없는 사람입니다."

"그것도…… 그렇군."

"어떻게 하시겠습니까?"

"주게. 적어도 내 시간만큼은 자넨 자유로울 걸세."

"알겠습니다."

봉투를 주었다.

살포시 받은 노교수는 난리 치던 것과는 달리 서둘러 열어 보지 않고 도리어 나를 쳐다봤다.

"본격적인 연구가 시작될 걸세. 하나 부탁해도 되겠나?"

"말씀하시죠."

"자네를 제1 저자로 올리고 싶은데."

"뜻대로 하십시오. 계약이 성립됐으니 에프터서비스도 해 드려야죠."

"그래 주면 정말 좋겠네. 됐어. 됐어. 하하하하하하하하."

이후부턴 날 보며 소리 지르는 일은 없어졌다.

대신 자꾸 들러붙어 꼬치꼬치 캐묻기 시작했는데 노교수
는 아예 소문내고 다녔다. 경제학의 중대한 분기점이 될 연
구를 오대길과 함께한다고.

나도 섣불리 수업을 빠지거나 하지는 않았다. 어차피 윤
지연이 이곳에 있었고 나는 그녀와 좀 더 오랫동안 가까이
있고 싶은 마음뿐이었다.

이대로 한 1년만 그녀 곁에서 같이 밥 먹고 같이 공부하고
싶은데…….

그러나 세상은 내 평범한 학창 시절을 더는 두고 보지 못
했다.

"미국에서 정식으로 초청장이 들어왔다고?"

"네, 부시 대통령 직인이 찍혀 있어요. 열흘 후 워싱턴에서
보자고요."

"왜?"

"저야 모르죠. 저번에 못다 한 말이 있나?"

모를 일이었다.

할 수 없이 나는 존 와이어에게 전화를 걸 수밖에 없었다.

"네, 이번에 초청이 와서 그러는데 뭐 아는 거 있습니까?"

-오호호호, 백악관이 벌써 움직였나 본데요. 이거 우습게 보면 안 되겠습니다.

"네?"

-오늘 국제특허가 인정받았어요. CDMA 특허가요. 미국에서도 인정받았는데 아무래도 그 때문인 것 같습니다. 혹은 그들이 신경 써 줬든가요.

"아……."

-오세요. 별일은 없을 겁니다. 요청하면 에스코트 정돈 할 순 있지만, 이번엔 제가 빠지는 게 좋을 것 같긴 한데…….

"알겠어요. 일단은 그렇게 알고 있을게요."

일단 끊었다.

"CDMA 특허라."

"왜요? 특허 나왔대요?"

"응, 국제와 미국은 통과됐대."

"우와아아아~ 축하드립니다. 역시 우리 도련님."

"……."

"근데 왜 안 웃으세요?"

"존이 이렇게 초청장부터 미리 보냈다는 건 특허도 미국에서 신경 써 줬을 수도 있다고 해서."

"그게 왜요? 좋은 게 좋은 거 아닙니까? 특허는 인정됐고 이제 CDMA 기술에 관해서는 누구도 도련님을 배제하지 못할 텐데요."

"그렇긴 한데…… 아직 실감이 잘 안 나네."

"그럼 간다고 약속합니다?"

전화기 쪽으로 가는 서 실장을 서둘러 잡았다.

뭔가 떠오른 게 있어서였다.

"아, 아직 잠깐만. 하루만 기다려 줘. 내일 말해 줄게."

다음 날 난 아침부터 윤지연을 붙잡고 이 얘기부터 꺼냈
다.

"나랑 미국 안 갈래?"

"미국이요?"

"응, 한 며칠 관광 가는 셈치고 다녀오자."

"강촌이나 대성리도 아니고 미국을요?"

황당하다는 표정마저 이렇게 예쁜지.

"그래, 워싱턴 가서 백악관도 구경하고 미국 국회의사당도
보고 자연사박물관도 가고 워싱턴 기념탑이랑 그 앞 공원도
거닐고."

"흐음……."

"가자. 가자. 가자~."

"저도 가고 싶은데 외박은 안 돼서."

"부모님이 문제야?"

"그……렇죠."

"알았어. 오늘 내가 부모님 찾아뵐게."

"네?!"

"가자고. 안 그래도 뵙고 싶었는데 잘됐다. 오늘 가서 확실히 마무리 짓자고. 네 결혼 문제도."

윤지원의 손을 잡아 이끌었다.

Chapter 22. AT&T의 부활.

　속전속결이었다.

　아버지의 스케줄을 확인하자마자 학교 끝나기가 무섭게 그녀를 먼저 집으로 보냈다. 2시간 뒤 내가 가겠다 알리라고.

　난 일단 백화점으로 가 양주를 좋은 놈으로다 하나 사고 어머니 드릴 선물은 거창하지 않은 선에서 가방으로 성의껏 골랐다.

　고르고 고르다 보니 어느새 갈 시간이 됐고 바람처럼 달려가 그녀의 집 초인종을 눌렀다.

　정말 뜻밖이었나 보다.

　집안 전체가 허둥지둥한 느낌이었다.

인사드리고 음식이 나오고 분주하다.

그 와중에도 내가 사 온 술을 아낌없이 까는 아버님이었다.

"이거 너무 급작스러워서…… 근데 자네 낯이 좀 익은데."

"그렇습니까?"

"이상하게 자주 본 것 같단 말이야. 혹 TV에 출연했나?"

"자의적으로는 한 적 없는 것 같습니다."

"그래? 일단 받게."

쫄쫄쫄 따라주는 걸 두 손으로 공손히 받았다.

아버님은 술을 따라 주면서도 고개를 갸웃댔다.

"병은 고급진데 술 이름이 없어?"

병을 요리조리 돌려 보더니 자기 잔에도 따른다.

"마시자고."

"네, 감사합니다."

나는 몸을 돌리고 그는 뭣도 모르고 쭈욱 들이켰는데 입에 넣자마자 조이는 듯 화사하게 풀리는 바디감과 부드러운 목넘김, 비강까지 적셔 오는 향기의 피니쉬에 견디지 못하고 온몸을 떨었다.

받은 충격처럼 더 다급하게 물어왔다.

"이, 이게 무슨 술인가?"

"리샤르 헤네시입니다. 꼬냑이죠."

"리샤르 헤네시? 꼬냑?"

"프랑스산 고급술입니다."

"내 살다 살다 이런 술을 처음 마셔 보네."

"조금 따라서 한 잔의 향취를 즐기는 술입니다. 하루를 마감할 때 만나는 친한 친구와 같죠."

"허어……."

감탄했는지 자꾸만 술병을 쳐다보던 그가 뭔가 떠올랐는지 나를 다시 보았다. 유심히 보더니 무릎을 탁 친다.

"맞아! 나 본 적 있어. 자네…… 그 사람 맞지?"

"맞을 겁니다."

"그런 자네가 우리 지연이와 만난다고?"

"네, 그것도 맞습니다."

"왜?"

황당하게 쳐다본다.

"네?"

"자기 딸 귀한 거야 굳이 떠들 필욘 없겠지만, 자넨 그 범위를 한참 뛰어넘은 사람이잖나. 우리 애 어디가 그렇게 좋아서 집까지 찾아왔나?"

"그런 거 없습니다. 저도 똑같이 밥 먹고 잠자고 지연이와 학교 다니고 그렇습니다. 따님은 늘 업고 다니고 싶을 만큼 좋고요."

"언……제부터인가?"

"마음속에 품은 건 작년 대천 해수욕장에서고요. 그러다 정독도서관……."

내 얘기가 진행될수록 나의 시작이 마냥 호기심이 아니라는 걸 두 분도 알았다.

당혹스러워하면서도 나 자체를 밀어내는 건 아닌지 일정 부분 공감도 해 주시면서 이성적으로 접근하려 애쓰시는 것도 눈에 보였다.

솔직히 말해 다 읽혔다.

그래서 더 기뻤다.

하나의 몸짓에도 의미를 담지 않는…… 이런 분들이 내 장인어른, 장모님이 된다면 정말 좋을 것 같았다.

자세를 고쳐 무릎 꿇었다.

"저 진지합니다. 결혼까지도 갈 생각입니다. 아니, 지연이 졸업하는 날 결혼하고 싶습니다. 사회에서 뭐라 하든 아무것도 보지 마시고 저 한 사람만 봐 주십시오. 저 오대길에게 결혼이란 윤지연 외엔 없을 겁니다. 자식도 윤지연을 통해서가 아니면 없을 거고요. 제 삶을 윤지연과 함께하고 싶습니다. 교제를 허락해 주십시오. 결코 실망시켜 드리지 않겠습니다."

이들 앞에 펼쳐지는 내 이력은 이랬다.

20세에 이미 대통령과 호형호제하는 거로 모자라 SD 텔레콤의 대표 자리에 올랐고 학력고사 전국 수석 타이틀에, 미국이 탐내는 특허권까지 쥐고는 미국 대통령과 담판을 지은 전도유망한 남자.

더구나 딸도 좋아하고 남자는 더 딸을 좋아한다.

사윗감으로 이보다 더 좋을 사람은 없으리라 자신했다.

하지만 아버지의 자존심은 내가 생각하는 것보다 더 단단했다.

"이성적으로는 좋네. 하지만 아직 내 마음이 받아들이기는 어렵네. 지연이는 이제 겨우 스무 살이야. 한창 피어나는 애기라고. 어떻게 벌써 결혼을 생각하겠나?"

"……."

"……."

"거절이십니까?"

"지금은 어렵네."

"……으음."

입을 꾹 다무는 나를 긴장한 시선으로 바라보는 가족이었다.

왠지 아슬아슬한 장면이다.

심술이 불뚝 솟는 김에 그냥 일어날까란 생각도 잠시 스쳐 지나갔지만 그랬다간 진짜 망나니 된다.

"어차피 지금 결혼하자는 것도 아니고 아버님 말씀을 시간이 필요하다란 의미로 받아들여도 되겠습니까?"

"으, 응?"

"말씀드린 김에 이번에 미국에 데리고 가고 싶은데 그건 괜찮은 거죠?"

"미국?"

"백악관에서 초청이 왔습니다. 가 봐야 할 것 같은데 가는 김에 지연이를 데리고 가려고요. 백악관 구경도 좀 시켜 주고 겸사겸사 둘러보려고요."

"그건……."

"그것마저 안 된다고 하시는 겁니까? 아! 안전은 걱정 마십시오. 제 개인 경호원이 따로 붙을 테니까요."

"거, 경호원까지?"

"지연이를 위해서라도 좋은 기회입니다. 아버님께서 결혼을 반대하시는 이유에도 세상 경험이 들어가 있는 것 같은데 설마 이것도 반대하시진 않으시겠죠?"

"……."

아버님의 가벼운 저항 따윈 불도저로 밀어 버리듯 치워 버린 나는 곧장 미국에 의사를 타진했다.

당연히 OK다.

다만 중요 협의 자리에는 참석 불가니 양해해 달라는데 그 자리에 윤지연을 대동하는 건 나도 싫었다.

나도 OK.

그사이 삼촌한테 1,000억이라는 추징금이 떨어졌다.

그렇지 않아도 매국노라고 대양도 친일 기업이 아니냐며 온갖 손가락질을 받고 있었는데 추징금이 자그마치 천억이었다. 사유는 여러 가지가 나왔지만 거의 잔잔바리고 주는 적산가옥으로 인한 부당이익 수취였다.

살짝 미안한 감이 있었는데 적산가옥 건으로 인해 확 가셨다.

이 건을 해결하는 순간 일제강점기에서 자유롭게 되는데 뭐가 아까울까.

저녁에 삼촌에게서 전화가 왔는데 내용도 비슷했다.

어쨌든 큰 시름을 덜게 됐다고.

돈이야 또 벌면 되지만 이런 문제는 자칫 생명까지 앗을 수 있는 암이고, 마침 알맞게 무라타 리조트도 정리돼 간단히 처리할 수 있겠다고.

이번 기회에 제거해 속이 다 후련하다고.

추징금 맞고부턴 실제로 여론도 대양의 잘못을 크게 문제 삼지 않았다.

잔잔바리 잘못들은 서둘러 고치면 되고 부당이득을 취한 부분도 천억이라는 천문학적 추징금을 맞았으니 죗값을 충분히 치르는 거라고.

근데 그 천억마저 사흘도 안 돼 성실히 납부하며 고개 숙여 사죄드리자 여론은 다른 이들처럼 꽁꽁 숨기지 않고 용기 있게 나선 대양을 오히려 칭찬하며 추켜세웠다. 다른 놈들도 어서 기어 나오라고.

그러자 며칠을 더 버티지 못하고 결국 선영의 최 회장도 대세를 따라 반민특위의 문을 두드렸다.

여기까지 보고 난 윤지연과 함께 미국행에 올랐다.

김하서가 윤지연을 보고 아주 좋아 죽을 지경이다.

어찌나 좋아 죽는지 아예 손도 까딱 못 하게 하였다. 12시 간 내내 나는 찬밥이었고.

공항에 내려서도 마찬가지였다.

최일순위로 윤지연을 챙겼고 요원들이 마중 나와 다른 차 에 탈 때까지도 그들은 윤지연 옆에만 붙어 있었다.

"이것 참."

"······?"

옆에 앉은 윤지연이 왜 그러냐고 쳐다본다.

"다음부턴 저놈들부터 떼어 놓고 와야겠어. 극성스러워. 오는 내내 너랑 대화 한 번 제대로 못 했잖아."

"후훗."

"웃음이 나와?"

"왜요? 저 어색하지 않게 해 주려고 애쓰시는데요. 근데 왜 김하서예요?"

"성만 따로 붙인 거야. 날 지키라고 만든 어벤저스인데, 오 늘 완전 실망이야."

"어벤저스요?"

"내 친위대지."

"호호호, 정말 다른 세상 사람 같아요."

웃으면서도 살짝 씁쓸한 빛을 보인다.

너무 예쁘다.

"뭐가?"

"이런 건 정말 높은 사람들 얘기인 줄 알았는데."

"너도 높은 사람이야."

"네?"

"나에게 높으면 높은 사람이지. 누구보다도 높은 사람. 너는 아무것도 생각하지 말고 나만 봐. 그럼 해결되는 거 아냐?"

"어머! 그럼 김하서 분들에도 오빠가 질투하면 안 되죠. 오빠한테 높은 사람을 지키려고 애쓰시는데."

"으응? 그게 그렇게 되나? 어랏! 너 이 말 꺼내려고 울적한 표정 한 거구나."

"헤헷."

늘어져 가는 세포에 활력을 깨우는 미소를 보고 있노라니 어느새 들어가기 싫은 백악관에 도착하였다.

이번엔 입장과 관련된 어떤 조치도 취하지 않고 바로 통과됐다. 여전히 학생 관광객들이 많이 있었는데 요원들이 대하는 자세부터가 편안한 게 나에 대한 대우가 많이 달라진 걸 느낄 수 있었다.

게다가 부시 대통령이 직접 우릴 맞이하였다.

"오오, 미스터 오. 잘 왔어요. 환영합니다."

"미스터 프레지던트, 다시 뵙게 되어 정말 기쁩니다."

"잘 왔어요. 잘 왔어요. 여기 이분이 그 레이디?"

"안녕하세요. 윤지연입니다."

수줍게 고개 숙이는 그녀에게 더욱 환히 미소 짓는 부시 대통령이었다.

"어쩜 이렇게 어여쁠까요. 반가워요. 당신을 환영하니 내 집처럼 편하게 지내시면 됩니다. 근데 하나 미안한 게 있는데 어쩔까요?"

"네?"

"이 친구를 한 시간만 빌려줬으면 좋겠어요."

"아."

날 본다.

"김하서랑 잠시 놀고 있어. 금방 다녀올게."

"알았어요."

고갯짓하는 그녀의 등을 한 번 쓰다듬어 준 나는 부시 대통령이 이끄는 손길에 따라 저번과 반대되는 끝 방으로 향했다. 한 곳만 사용하는 게 아닌 것 같았다. 이 방도 반대 끝 쪽 방이랑 큰 차이 없이 세팅된 걸 보니.

문을 열고 들어가자 못 보던 이들이 두 명 앉아 있었다.

한 명은 가는 체구에도 콧수염이 아주 두둑한 남자였고, 또 한 사람은 멀끔하게 생긴 금발의 백인이었다.

"인사들 나누세요. 여기 이 젊은 청년이 바로 DGO 시스템즈의 오대길 대표입니다."

"안녕하십니까. 인텔의 앤디 그로브입니다."

"안녕하세요. Southwestern Bell의 헨리 버크만입니다."

"아! DGO 시스템즈의 오대길입니다."

인사를 마치자마자 부시 대통령은 바로 목적부터 꺼냈다.

가타부타 없었다.

바로 시작.

"AT&T를 부활시키려 하는데 여러분들의 도움이 필요하여 이렇게 불렀습니다."

깜짝 놀랐다.

AT&T면 반독점법에 따라 자기들이 쪼개 버린 통신 회사가 아니었나.

마주 앉은 두 사람을 보았다.

콧수염의 앤디 그로브도 멀끔한 헨리 버크만도 고개를 끄덕이는 것이 이미 얘기가 된 것 같았다.

역시나 부시 대통령도 나만 봤다.

정보가 없었다.

장난기 넘치는 표정을 보아하니 함정은 아닌 것 같고 솔직하게 나갔다.

"제가 뭘 해야 합니까?"

"하하하하하하, 역시 오 대표요. 다른 게 아니라 오 대표도 AT&T 설립에 참여를 해 줬으면 좋겠어요."

"AT&T 설립에 참여요?"

"미국 최대의 통신 회사의 창립멤버가 되는 거요. 어때요?"

"마다할 이유는 없겠지만 제가 어떻게……."

좋았다.

방방 뛰며 좋아하고 또 무조건 OK 할 사안이었으나 '이들이 왜 나를?'이란 문제가 내 목을 턱 움켜쥐었다.

알겠지만 미국엔 삼촌도 어린아이라 치부할 거부들이 많다.

그런 엄청난 실력자들 사이에서 왜 나를 골랐을까?

부시 대통령은 이걸 아주 간단히 풀었다.

"CDMA 기술을 미국의 통신표준으로 삼을 작정입니다."

"아!"

머리가 팽팽 돌아간다.

미국의 통신표준이 CDMA라.

그렇다면 인텔, Southwestern Bell이 여기에 있는 게 납득된다.

메모리칩 시장의 포기를 선언하였으나 여전히 반도체 시장의 독보적 1위를 달리는 인텔, Baby Bell로 격하됐다고는 하나 일곱 개의 Bell을 대표하는 Southwestern Bell이라면 그리고 CDMA 기술이라면 AT&T의 부활도 그리 어려운 일이 아니었다.

하지만 왜 이리 서두를까?

"혹 유럽 때문입니까?"

"맞아요. 벌써 시험 가동에 들어갔답니다. 근데 우리 미국이 저들에 뒤처져서는 말이 안 되지요."

'뒤처져서는 안 된다라.'

그의 말이 옳았다.

없었으면 모르되 있는데 굳이 실천하지 않을 이유는 없었다.

덕분에 나도 포지셔닝이 끝났다.

사업 타당성이라고 해 봤자 인텔과 Southwestern Bell을 불렀다면 이미 얘기할 바 없었고 결국 나는 완성된 자리에 끼워질 하나의 퍼즐 조각이라고 봐야 옳았다.

"혹 특허에도 손쓰셨습니까?"

"특허 자체는 아니지만, 일정을 좀 앞당기긴 했지요. 그 정도는 얼마든지 할 수 있는 거 아닙니까?"

"그렇군요. 그럼 제가 할 일이 뭐가 있습니까?"

"거기에 대해서는 제가 설명하겠습니다. 괜찮겠습니까?"

헨리 버크만이 나섰다.

Southwestern Bell의 얼굴.

일전에 DSL을 구매했을 때 존 와이어조차 면식도 못 한 비
싼 양반이다.

"예, 그렇게 하셔도 좋습니다."

"AT&T의 부활에 저희 Southwestern Bell과 나머지 여
섯 벨이 주축이 되는 걸 인정하신다면 얘기가 편할 것 같은
데…… 일단 우선 저희끼리 구성한 내역을 먼저 말씀드리지
요. 이걸 듣고 수정할 부분이 있으시면 말씀해 주시면 되겠습
니다."

"알겠습니다."

"부활할 AT&T는 자본금 1억 달러로 시작할 겁니다. 일곱
Bell이 40%를 가져가며 경영을 책임지고요. 아무래도 인프라
문제가 있다 보니 저희 쪽이 경영하게 됐습니다. 그리고 앤디
의 인텔이 20%를 가져가며 필요한 부품을 조달합니다. 연방
정부 몫으로는 10%가 할당됐고요."

"그렇다면 30%가 남는데 저는 어디에 해당됩니까?"

"DGO 시스템즈가 없이는 사업 자체가 되지 않는데 당연
히 20%죠. 나머지 10%는 공개 매각 절차를 밟을 겁니다."

"20%면 2천만 달러겠군요."

"우선은 그렇게 시작할 겁니다."

"……알겠습니다."

아아아, 이제야 이들의 목적이 보였다.

심장이 차가워졌다.

아까 부시의 얼굴을 보며 함정이 없다고 판단한 걸 단호히 취소한다.

함정이 있었다.

교묘한 함정으로 나를 업신여기기까지 한다. 필요는 해서 끼워 넣기는 했지만 원래 네가 낄 자리는 아니라고?

'하긴 대놓고 밀어내지는 못하겠고 그렇다고 동양의 어린 놈과 어깨를 나란히 하는 것도 싫겠지.'

더럽다.

치사하다.

짜증 난다.

북녘 한기가 맴도는 어느 눈 쌓인 장소에 홀로 떨어진 기분이다.

기술밖에, 기술 외 아무것도 없는 DGO 시스템즈를 불러다 AT&T의 지분을 20%나 준다라.

'어쩐지……'

자본주의는 돈이 총이고 깡패고 핵이다.

이들은 내 계좌에 5천만 달러가 든 것도 알고 있을 것이다.

여기에서 2천만 달러를 빼낸다면…….

우선은 괜찮다.

다들 이렇게 시작하는 거니까.

하지만 이 사업이 돈 1억 달러로 감당이 되는 사업일까?

절대로 안 된다.

적어도 100억 달러는 예상하고 달려야 할 사업이다.

결국 사업 범위를 키우면서 자본금을 늘리는 형식으로 재투자를 권할 게 분명하였다. 갑자기 자본금을 두 배, 세 배, 열 배로 늘리는 식으로 말이다. 아니, 틀림없이 진행될 수순이었다. 그때마다 돈을 집어넣지 못한다면 비율만큼 내 지분은 쪼그라들 테고 결국 나는 쭉정이 신세로 전락. 그만큼 이들 중 누군가의 주머니만 부풀려질 것이다. 돈 싸움에 밀리는 순간 그렇게 될 게 뻔한데…….

왜 이렇게 웃음이 나오는지.

내가 순진한 스무 살짜리였다면 이들의 제안을 호의로 받아들였겠지만 아쉽게도 난 못다 한 꿈을 시뮬레이션으로만 20년이나 돌린 이무기다.

'사실 로열티만 먹어도 아쉬울 게 없는 사업이긴 한데……
너희들이 이렇게 나온 이상 나도 가만히 못 있지.'

걸맞게 움직여 줘야 한다.

가령 이들의 사업에 발을 걸치거나 빼 가는 방식으로.

헨리 버크만을 유심히 보았다.

'너희는 모르겠지만 나는 대양 때문에라도 통신사업에 관해서는 너희가 생각하는 것보다 훨씬 윗줄에 있단다. 하지만 오늘은 너희 뜻대로 따라 주지. 누가 뭐래도 지금의 난 아직 피지도 못한 꽃이니까.'

내가 고개를 끄덕이자 교통정리는 금방 끝났다.

미 행정부는 CDMA를 미국의 통신표준으로 삼겠다 발표하고 그에 따라 일곱 Bell도 무선통신사업을 위해 대승적으로 힘을 합친다며 AT&T의 부활을 선포하고 난 인텔에 칩셋 생산을 맡기고 인텔은 열심히 찍어 내면 된다.

정확히 한 달 후 첫 삽을 뜬단다.

저녁이 되자 우린 앤디 그로브가 주최하는 파티에 초대됐다.

유명 배우부터 저명인사, 정치인들까지 미국 상류사회를 주름잡는 이들이 대거 몰려왔는데 조용히 구석탱이에서 소개도 없이 샴페인이나 찌끄리던 나는 역시나 1시간째 접근이 없자 기회를 봐 헨리 버크만에게 접근했다.

"이렇게 뵐 줄은 몰랐네요."

"저도 그렇습니다. 제프를 혼비백산하게 한 장본인을 백악관에서 볼 줄이야 누가 알았겠습니까?"

"제프 코트리 이사는 잘 계시죠?"

"아무래도 책임질 사람은 있어야겠죠."

"으음……."

잘랐다는 얘기다.

좀 충격이다.

그 사람이 소리치며 공항까지 달려온 게 엊그제 같은데.

그러고 보니 이 새끼 말투부터가 나에게 유감이 많다.

시비 걸 거리야 딱 하난데.

난 분명 도와 달래서 도와준 거 아닌가.

"그렇군요. 아쉽군요. 좀 더 많은 것을 나눌 수 있을 줄 알았는데……."

"할 수 없죠. 아까운 친구였으나 길이 달랐으니 다른 방법이 없었습니다."

"그렇군요. 즐거운 시간 되십시오."

"오 대표님도 좋은 시간 되세요."

더 할 얘기가 없었다.

분위기가 그랬다.

들러리로 초대했으나 그마저도 초대받지 않은 느낌이다.

주최자인 앤디 그로브도 이쪽엔 전혀 시선을 주지 않았고 헨리 버그만도 웃고 있으나 속으로 칼을 간다. 화려하고 몽환적 빛이 흐르는 파티장에 우리 쪽만 유일하게 암운이 낀 것 같은 배치도 모두 앞으로 네 꼴이 그렇게 될 거라는 걸 은유적으로 암시하는 것 같았다.

완전히 얕보였다.

그랬다.

백악관에서도 그렇고 전쟁은 이미 시작된 거였다.

"쿠쿠쿡, 여간하면 같이 가 줄 수도 있었는데. 한번 해보자는 거지? 씹째들."

"금방 돌아오시네요. 도련님."

"알맹이가 없어. 돌아가자."

"벌써요?"

"배고파?"

"이것저것 먹긴 했는데…….."

그러면서 윤지연을 본다.

오늘 한껏 치장한 그녀는 그 환한 미소만큼 참으로 아름다웠다.

"아깝잖아. 저런 애들 보여 주기엔."

"그런가요?"

"지연아, 돌아갈까?"

"네~."

애도 여기가 불편했나 보다.

하긴 갓 스물 여대생이 언제 이런 파티를 겪어 봤을까.

도넛 좀 넉넉하게 사다가 바로 호텔로 돌아간 나는 삼촌에게 전화부터 걸었다.

이유는 굳이 말하지 않겠다. 어차피 돈 얘기였으니.

"삼촌."

-어. 거긴 어떠냐?

거긴 어떠냐?

첫마디부터 뉘앙스가 이상하다.

"나쁘지 않죠. 한국에 무슨 문제 있나요?"

-최 회장 2천억 맞았다.

"2천억이요?!"

-어마어마하게 해먹었나 보지. 동시에 위안부 노인들을 위한 자선 단체도 선영에서 만들기로 했다.

"히야~ 완전 다 뜯기겠네요."

-설마 너 이것도 노린 거냐?

"뭘요?"

-저번부터 최 회장의 자금력을 건들더니 오늘 아주 치명적인데.

"쿠쿠쿡, 없던 사실도 아니고 부당하게 취했으니 갚아 줘야죠. 어쨌든 이걸로 최 회장님도 과거에서 벗어난 거 아니에요?"

-그렇긴 한데…… 재계가 심상치 않다.

"눈 딱 감고 버티세요. 지들이 어쩔 거예요. 원죄가 있는데."

-그렇게 해야겠지. 근데 왜 전화한 거냐?

"급전 좀 쓸 수 있나 해서요."

-뭔데?

계획은 빼고 일어났던 자초지종만 자세히 말해 줬다.

조용히 듣던 삼촌은 흔쾌히 허락했다.

-빌려줄게.

"이자는 통용되는 선에서 하면 되죠?"

-그것보다 너. 돈도 운용할 수 있어?

알면서 묻는다.

"있죠. 지금 하는 것도 다 그건데요."

-돈 좀 운용해 봐라. 그 수익으로 이자 치고.

"얼마나 주실 건데요?"

-3천억 엔.

옴마나!

3천억 엔이란다.

많아 봤자 천억 정도 예상했는데…….

환율이 대충 500원이니까 우리 돈으로 1조5천억?

달러로는 오호! 얼추 25억 달러는 되는 것 같은데…….

나도 어이가 없어 물었다.

"그렇게 큰돈을 맡기겠다고요?"

-못 하겠냐?

"저야 돈이 많으면 많을수록 좋지만, 증권사도 아닌 일개 투자사를 너무 믿는 거 아니세요?"

-활황이잖아. 이자 더 쳐줄 자신 없냐?

"내년 말까지 얼마나 불려 드리면 돼요?"

-50%면 가능하겠냐?

"OK. 계약서는 들어가서 쓸게요."

AT&T의 부활 등 앞으로 변화될 일들에 대해 몇 가지를 더 얘기한 다음 끊었다.

"좋았어."

이 시점 무라타 리조트가 팔린 건 천운이었다.

안 그랬음 순항 중인 내 주식을 팔았어야 했을 테니.

참고로 DGO 인베스트는 작년까지 고공을 찍은 한국과 미국의 주식을 모두 처분하고 지금 일본에 몰빵 중이다.

어쨌든 이제 총알 문제는 없어졌다.

서 실장을 불렀다.

"제프 코트리라고 얼마 전까지 Southwestern Bell 이사를 하던 양반이 있는데, 그 사람 좀 찾아줄 수 있어?"

"급한 건가요?"

"웬만하면 빨리 찾는 게 좋겠지."

"알겠습니다. 또 분부가 있으신지요?"

공손한 자세로 내 지시를 듣는데 서 실장치고 너무 지나치게 예의 바르다는 생각이 든다.

"무슨 일 있어?"

"없습니다."

"원래대로 해. 이상하잖아."

"그렇습니까? 격상된 도련님의 격에 맞게 움직이려 했는데 어색함이 발목을 잡는군요."

"그래, 어색해. 그러니까 원래대로 해. 굳이 맞출 필요 없어."

"선택해 보겠습니다."

"서로 좋은 쪽으로 가자고."

"그럼 끝난 겁니까?"

"아니, 한 가지 더 있어."

"무엇입니까?"

"카를로스 슬림이란 자를 찾아."

"카를로스 슬림이요?"

"지금이라면 엠프레사스 나코브레의 주인일 거야. 멕시코 부자야."

"알겠습니다."

서 실장이 나가고 워싱턴 전경을 보며 다시 또 생각했다.

'더 준비할 게 없나?'

가만히 학교 잘 다니던 나의 코털을 건드린 대가는 무척 엄중하다.

'일단은 더 가 봐야겠군. 어쨌든 1차 준비는 마친 것 같으니.'

생각보다 길어질 것 같은 미국행이었지만 마음은 여유로웠다. 학교에도 부시 대통령 직인이 찍힌 초청장을 제출했고 기간도 넉넉하게 잡아 출석 문제도 없으니.

"그럼 관광부터 할까?"

서 실장에게 한 지시를 넘겨받고 바쁘게 사라진 하제필만 두고 우리 넷은 다음 날부터 워싱턴 시내를 돌아다녔다. 오벨리스크 워싱턴 기념탑도 구경하고 자연사박물관도 관람하고 맛있는 것도 먹고 한참을 돌고 돌아 돌아다녔더니 서 실장이 무라타 재단 이름으로 30억 달러가 이체됐다고 알려 줬다.

또 머리가 벙쩐다.

30억 달러란다.

30억 달러.

알면서도 참으로 감격스러운 숫자다. 또 이 시점이면 참으로 할 게 많은 숫자이기도 하고. 그리고 난 이 돈을 1990년 말까지 45억 달러의 가치로만 불려 주면 되는 거다.

"미치겠네."

그 이상으로 불리면?

나머지는 내 거.

유명해지니까 확실히 자산이 붙는 게 눈에 보일 지경이다.

기분이 좋아진 김에 다음 날엔 보스턴으로 날아갔다. 그래도 미국까지 왔는데 미국 동부의 주요 도시는 다 봐야지 않겠나?

붐비는 퀸시 마켓도 구경하고 버컨힐에서 찰스강까지 걷기도 하고 케임브리지도 구경하고 대충 훑어 주고 다음 날엔 뉴욕으로 넘어갔다.

브롱크스, 퀸스, 브루클린은 차로 돌아 주고 배 타고 자유의 여신상에 가서 사진도 찰칵. 맨해튼 센트럴 파크에 돗자리 깔고 도시락 먹으며 한때의 낭만도 즐겼다.

근데 이런 걸 왜 이제야 해 보는지 모르겠다.

그동안 뭘 하고 나댔는지…….

역시 윤지연이다.

윤지연의 힘은 다른 곳이 아닌 이런 산뜻함에서 출발하는 게 분명했다.

나에게 없는 힘.

내가 정말 색시 하나는 잘 골랐다. 진짜로.

다음 날로 워싱턴에 돌아가니 하제필이 대기하다 얼른 다가온다.

"제프 코트리부터 말씀드리겠습니다."

"응."

"잠깐 사이 그에게 참 많은 일이 있었습니다."

얘기를 들어 보니 기가 막혔다.

배임죄로 Southwestern Bell에서 잘리자마자 기다렸다는 듯 그의 부인이 이혼신청을 했고 재산의 절반을 거덜 내자마자 Southwestern Bell에서 그에게 횡령죄를 물어 나머지 재산까지 강탈해 갔다.

여기에서 하제필의 말이 더 웃겼다.

"제프 코트리의 와이프는 헨리 버크만이 제공해 준 저택으로 옮겼는데 거기에서 젊은 애인과 노닥거리느라 바빴습니다."

"뭐?! 지 남편이 노숙자로 떨어졌는데?"

"남편에 대한 생각은 1푼도 없어 보였습니다."

"그래서?"

"어! 죄송합니다. 그다음은 카를로스 슬림을 찾아야 해서 더는 못 살펴봤습니다."

꾸벅 인사하는데 아차 싶었다.

겨우 사흘 주고 너무 많은 걸 바란 거다.

"그래, 그 정도면 대충 윤곽은 나오는구만. 죄송할 거 없어. 훌륭하다."

"죄송합니다. 더 꼼꼼하게 하지 못한 점 용서를 빕니다."

"됐어. 그리 중요한 일은 아니야. 다음."

"예, 알겠습니다. 카를로스에 대해 설명해 드리겠습니다."

"아니야아니야아니야. 잠깐만. 그 양반은 움직이면서 듣자고."

꾸물댈 필요 있나?

바로 날아갔다.

텍사스 주에 있던 사람이 공교롭게도 아칸소로 넘어가 노숙자 생활을 하고 있단다. 와 보니 알겠다. 하제필이는 대체 이걸 어떻게 찾아낸 거지?

우아치타 국유림이 주의 절반을 차지하는 아칸소는 거의 갈 데가 없긴 했어도 물론 이것도 아니까 찾기 쉬운 거 아니겠나.

이상한 놈.

다이렉트로 움직인 우린 주도인 리틀록을 가로지르는 아칸소 강가를 10분도 걷지 않아 낡은 정장 차림의 노숙자를 한 명 만나게 되었다.

그 앞에 턱 서니 그가 슬그머니 고개 들다 입을 떡 벌린다.

"당신은……!!"

웃어 줬다.

"제프 코트리. 당신이 왜 여기에 있나요?"

〈4권에 계속〉